"——위기야. 우리들의 인기를 빼앗아
추월할지도 모르는 어린 싹들이 나오고 있는 거야.
누가 봐도 위기잖아."

"하지만 멈출 수 있는 게 아니잖아, 그런 건."

학원 방송국이 결성됐다는 보고를 듣고!!

"그럼 수행을 시작해 볼까?"

커버 그림, 본문 일러스트 | 카타나 카나타

Contents

도장 옆에 한 남자가 서 있었다.

어른이라도 올려다봐야 할 정도로 우람한 체격을 가진 거한이
었다.

호흡을 가다듬는다.

가늘게. 더 가늘게.

체내에 있는 힘이 흔들리지 않도록, 그릇인 육체를 평온하게
유지한다.

천천히 힘을 가다듬는다.

처음에는 이 정도로 간단한 일에 얼마나 많은 시간을 소비했는
지 모른다.

아무것도 하지 않아도 땀이 솟구치고, 몸은 피로해지고 무거워
지며 무릎이 떨려왔다.

단련된 육체 안쪽에 자리한 힘.

'기'.

처음 듣는 개념이었고, 처음 듣는 기술이었다.

마치—— 옛날이야기에서 들었던 영웅담처럼.

고대의 무술서나 비전서에나 있을 법한, 믿기 힘든 기술이나
오의 같은 것들.

그런 망상 같은 힘이었다.

단련하면 할수록 옛이야기가 더더욱 거짓말처럼 느껴졌다. 현

실적인 무를 알면 알수록 옛 무인이 남긴 일화를 믿을 수가 없었다.

하지만 '기'를 알고 생각이 바뀌었다.

분명 믿을 수 없는 그 일화에 진실도 섞여 있을 것이라고.

"――핫!"

쾅!

충분히 다듬은 '기'를, 앞으로 가며 손바닥에 실어 날렸다.

단순한 장타(掌打). 그것도 심지어 기본 동작.

하지만 무겁다.

주먹이나 발차기보다도 무거운―― 자기 기술 중 그 어떤 것보다도 강력하고, 치명도가 높은 장타였다.

"……안 되네."

무거운 기술의 반동으로 인해 손바닥이 조금씩 떨린다.

그것을 보면서 간돌프는 중얼거렸다.

눈을 감았다.

눈꺼풀 뒤로 흰머리 소녀의 모습이 떠올랐다.

――"잘 들어, '기권 · 굉뢰'는 표면 파괴를 목적으로 한 무거운 장타야. 뭐, 익숙해지면 주먹 말고도 발이나 팔꿈치나 무릎으로도 사용할 수 있어. 자세는 이렇게. 중요한 건――."

중요한 것은 내딛는 발의 무게.

땅을 밟는 힘.

이론으로만 말하자면 밟는 힘이 단단할수록 손바닥으로 그것이 전달되어 위력이 더 상승한다.

그래서 건물 안에서는 시도할 수 없다. 자칫하면 바닥이 부서질 수도 있으니까.

——스승님의 장타는 굉장했다.

땅이 흔들리고 대기가 요동쳤다.

기본 동작 하나만으로도 파괴력이 얼마나 위험한지를 짐작할 수 있었다. 맞으면 어떻게 될지 상상조차 하고 싶지 않았다.

어지간히 두꺼운 철판이라고 해도 손쉽게 손자국을 만들 수 있을 것이다.

지금 간돌프의 '굉뢰'에 그 정도의 위력은 없었다.

철판에 손을 치면 반대로 자기 팔이 날아갈 것이다.

"아직 멀었구나……. ——이런!"

완성까지는 아직 시간이 걸릴 것 같았다.

뒤늦게 정신을 차리고 보니 생각보다 시간이 많이 흘러 있었다.

'기'의 연마가 느린 탓이었다. 좀 더 몸에 익히지 않으면 실전에서는 아예 사용조차 할 수 없었다. 순간적인 상황에서 내보낼 수도 없다.

어쨌든, 그건 그렇다 치고.

약속 시간이 다가오고 있다.

간돌프는 가볍게 땀을 씻어낸 뒤 옷을 갈아입고 학교 밖으로 나왔다.

'어슴푸레한 영서정'은 오늘도 어둠 속에서 조용히 영업하고 있었다.

　아직 밤인지 저녁인지 모를 애매한 시간, 벌써 골목의 싸구려 술집은 손님으로 붐볐다.

　"이봐, 안젤, 요즘 돈 많이 번다며? 가게도 잘 되는 모양이고. 나도 한 자리 좀 꽂아줘."

　가끔 찾아오는 옛 친구가 카운터를 차지하고 앉아 평소처럼 말을 걸어왔다.

　유리잔을 닦고 있던 가게 주인 안젤은 지루한 얼굴로 대답했다.

　"그렇게 많이 벌고 있지도 않아. 게다가 손님이 많은 건 저렴하니까 그렇지. 바쁘기만 하고 이익은 거의 없어."

　팔고 있는 상품이 싸구려 술뿐이었기 때문에 손님이 많은 것에 비해 이익은 별로 없었다.

　그리고——.

　"아하하! 손님, 계산을 잊으셨네요!"

　점원인 프레사가 크게 기쁜 얼굴로 몰래 가게를 빠져나간 손님을 쫓아갔다.

　또 먹튀……가 아니라 술튀다.

　오랜만에 겪는 사건에 프레사는 즐거워 보였다.

　——웨이트리스에게 거스르지 말라, 도망갈 수 있다고 생각하지 마라.

　이 근처에서는 이미 널리 퍼져 있는, 이 가게의 암묵적인 규칙이었다.

"이런, 이 가게에서 사고를 치다니, 목숨 귀한 줄 모르는 친구군."

옛 친구들은 안젤이나 프레사에 대한 것도 이미 알고 있다. 오랜 친구답게 두 사람의 본업을 아는 거다.

"애초에 얼마 하지도 않는 술인데 술값 정도는 내야지. 너도 빨리 돈 내고 가."

"나는 이제 막 왔잖아. 왜 쫓아내려는 거야?"

"술 한 잔만 시키고 눌러앉아 있는 것도 곤란해. 그럴 거면 좀 비싼 술도 있으니, 그거 주문하든가."

"이제부터 일하러 가야해서 취할 정도로는 못 마셔."

그 말에 안젤은 카운터에 팔꿈치를 괴고 몸을 앞으로 내밀었다.

"……요즘 무슨 일 있나?"

낮고 억제된 그 목소리에, 옛 친구…… 나스틴이 술을 홀짝이며 중얼거렸다.

"없어. 평화에 찌든 알투아르답게."

"그런가. 좋은 소식이네."

"대신 조금 심심해졌지만 말이지. 뭐, 난 막노동 전문이 아니니까, 차분하게 돈 계산이나 할 수 있는 일이 가장 좋아. 그래서? 넌 뭔가 재미난 소식이라도 있어?"

"재미난 소식이라."

이곳은 술집. 근거 없는 소문 이야기가 끊이질 않는 곳이다.

특히 손님층이 깡패들뿐이라 정말이지 시시한 구설수들로 넘쳐났다.

그중에서 유독 흥미롭다고 생각한 것은 안젤도 어느 정도 머리에 넣어두고 있었다. 뭐, 대부분은 하찮고 지루해서 외울 가치도 없는 소문이 대부분이지만.

　프레사는 적당히 즐기고 있었지만, 안젤은 다소 싫증이 나 있었다.

　"굳이 이야기하자면, 마법약 임상 시험에서 위험한 부작용이 나왔다는 말도 있고, 지하 하수도에 유령이 나왔다는 말도 있고, 무시무시하게 큰 박쥐를 봤다는 소문도 돌고 있더군. 내가 흥미로웠던 건 이 정도야."

　나머지는 어디 여자가 어떻다거나, 무대의 여배우 중 누가 좋다거나, 마음에 안 드는 녀석을 덮치겠다는 이야기, 심지어 이 술집을 장악하겠다며 당당하게 밀담을 나누는 자들도 있었다. 참고로 마지막 녀석들은 프레사가 처치했다. 당연하지만 프레사가 처치하지 않았어도 안젤이 했을 것이다.

　"흐음. 관심 가는 건 별로 없네."

　"그래. 나도 더 알아보고 싶을 정도의 관심은 없어."

　두 사람이 그런 지루한 소문에 관해 이야기하고 있을 때, 안쪽에서 누군가가 다가왔다.

　"안젤 군, 교대하지."

　마르고 키가 크며 품위 있어 보이는 노인이었다.

　그 역시 안젤의 옛 친구, 기스 바이츠라는 남자다. 고령이 되어 거친 일이나 뒷세계에서 물러나 이제는 여유롭게 지내고 있는 은 거 노인이다.

지금은 안젤이 고용해서 바텐더로 일하고 있다.

뒷세계에서 살아남은 사내답게 폭력적인 일에도 능하고 담력도 있다. 그렇기에 이런 깡패들로 가득한 술집을 맡길 수 있는 것이다.

"이후는 부탁할게, 기스 씨."

대신할 사람이 왔으니 안젤은 퇴근이다.

"그래, 나스틴인가."

"오랜만입니다, 기스 씨."

"이런 곳에서 마셔도 되는 건가?"

"친구 가게에 돈 써주러 온 거죠. 기스 씨는요? 술집 일에 좀 익숙해졌습니까?"

"그냥 그렇지."

그런 대화를 뒤로한 채 안젤은 간단히 짐을 챙겨 가게를 나섰다.

항구로 떠나 세드니 상회의 배를 타고 만나기로 약속한 간돌프와 합류한다.

"시작할까, 안젤."

"──그래."

좀 넓은 방을 빌려서, 침묵한 채 서로를 마주 본다.

둘 다 벗고 있는 이유는, 지금부터 엄청난 땀을 흘릴 예정이기 때문이었다.

"핫!"

어느새 쇠파이프를 쥐고, 예비 동작도 없이 그것을 휘두르는 안젤.

"큭!"

상상한 것보다 빠르고, 겉보기보다 훨씬 무거운 공격.

간돌프는 방어하는 것이 고작이었지만, 그럼에도 아직 한 대도 맞지 않았다.

단순한 대련이다.

하지만 여기에 '기'가 담기면 아주 위험한 것으로 변모한다.

서로 '기'가 끊기면 거기서 끝.

그때는 방어해도 뼈가 부러진다. 반대로 안젤의 공격이 '기'를 잃으면 공격이 튕겨 나간다. 그리고 반드시 간돌프가 반격을 시도하겠지.

겉보기에도 흉악했지만, 보이는 모습만큼 위험하기도 했다.

하지만 안젤과 간돌프는 미숙한 기를 실전 수준까지 끌어올리기 위해서는 이것이 가장 빠른 방법이라는 결론을 내렸다.

지금부터 10억 크람을 벌기 위한 사냥을 간다.

목적지인 부유섬에 도착하는 것은 아마 내일 새벽쯤일 것이다.

훈련하고, 제대로 쉬고, 그리고 사냥을 시작한다.

강해지는 것에 매진한 두 사람은 시간이 가는 줄도 모르고 대련을 이어갔다.

　비행황국 반돌루즈에서 알투아르 왕국으로 돌아오자 곧바로 3
학기가 시작되었다.

　겨울 방학의 돈벌이 원정은 무사히 성공했다.

　가는 길에 때 탔던 고속선을 돌아올 때도 탈 수 있었기 때문에
조금 여유 있는 일정으로 알투아르에 돌아올 수 있었다. 그래봤
자 하루 이틀 정도였지만.

　원정 여행의 최종 수입은 1억 8천만 크람이었다.

　이동 중에 마주친 스카이 스퀴드와 그것에 습격당한 비행선과
관련된 보상으로 1천만이 추가되었고, 그 후 세드니 상회에서도
자신들이 요청한 마수를 잘 사냥했다는 이유로 추가 보상금이 들
어와 총액은 정확히 1억 8천만이 되었다.

　당초의 이상은 3억 크람이었지만, 결과는 그 절반을 조금 넘은
수준.

　아쉽긴 하지만 벌어들인 돈을 생각하면 어느 정도 현실성 있는
금액이라 할 수 있다.

　목표인 10억 크람에 조금 더 가까워졌다.

　아직 먼 이야기지만, 다음 장기 휴가…… 봄 방학은 짧으니까
힘들려나? 그렇다면 여름 방학?

　보나 마나 작년과 마찬가지로 촬영 스케줄이 빡빡하게 채워질
테지. 정말 이래도 되나 싶을 정도로 미친 듯이 꽉꽉. 그 얄미운

벤델리오가 빈틈없이 일을 채워 넣을 거다.

그래도 열흘 이상의 시간을 확보하는 쪽으로 협상하고 싶다. 그 정도 시간이면 남은 액수를 한꺼번에 채울 수 있을 듯했다.

여름까지는 시간이 좀 있으니까, 그때까지 확실하게 준비해 두자.

다시 사냥 계획을 세우는 편이 좋겠지. 열흘이 넘는 시간이 있다면 고가의 마수만을 노려서 사냥하고, 가능하다면 국가를 넘어가 활동하는 것이 좋겠다.

차라리 세드니 상회와 의논해서 남은 8억 정도를 한꺼번에 벌 수 있는 공격적인 여행 계획을 세워달라고 하는 것도 방법이다.

뭐, 이 부분에 대해서는 나중에 리노키스와 상의하자.

3학기에도 나의 일상은 분주했다.

같은 반인 만큼 레리아렛과는 매일 만나고 있지만, 서로 매직 비전과 관련된 일로 바빠서, 시간을 내서 이야기하는 일은 거의 없었다.

학년이 다른 힐데트라와는 특히 더 심해서 3학기 중에는 거의 만나지 못했다.

그녀의 야심 찬 기획인 '요리하는 공주님'이 매우 순조롭기 때문이기도 했다.

얼마 전에 우연히 만나서 잠깐 대화를 나눴는데, 요즘은 '요리하는 공주님'을 촬영하느라 바쁘다고 했다. 촬영이 없는 날도 요리 연습에 시간을 할애하고 있는 모습에서 프로그램을 향한 의욕을 엿볼 수 있었다.

지금은 생선을 손질하는 과정이 즐겁다고 들었다. 좋아하는 조리 방법은 구워서 소금만 뿌리는 것. 꾸밈없는 단순함이 좋다고 한다.

『이건 비밀인데, 니아한테만 알려드릴게요.』

그녀의 귓속말에 따르면, 여름에 시청자가 참여하는 대형 기획이 예정되어 있다고 했다.

한 어촌 마을의 축제에 참여해서 갓 잡은 해산물을 요리해 많은 일반인에게 대접한다나 뭐라나.

역시 장기 휴가가 대대적인 일을 벌이기에 좋다. 촬영은 아니지만 나 역시 한 번 더 돈벌이 원정을 하러 갈 예정이고.

'니아도 참가해도 괜찮아요'라며 권유를 받았는데, 솔직히, 꽤, 상당히 흥미는 갔지만, 우선순위가 떨어졌다.

최우선은 리스톤령의 촬영 스케줄.

이것만은 도저히 뺄 수 없었다. 벤델리오를 때리는 한은 있어도 바람맞힐 생각은 없다.

다음으로는 개인적인 원정 여행이다.

이번 여름에 5억 정도는 벌어두지 않으면 10억 크람에 도달하지 못할 것이다. 본격적으로 벌어야 한다.

힐데트라의 권유에 응할지 말지 여부는 그다음에 생각할 문제였다.

리스톤령 촬영은 어느 정도 조정할 수 있겠지만, 원정 스케줄은 조정하기 어려웠다. 애초에 움직일 수 있는 날을 얼마나 확보할 수 있을지도 알 수 없다.

열흘 이상은 갖고 싶지만, 작년 여름 스케줄을 생각하면 얻을 수 있을지 어떨지 모르겠다. 단 며칠의 휴가를 빼내는 것조차 쉽지 않았으니까.

'스케줄이 맞으면 꼭 갈게'라고만 대답하고 그 자리에선 헤어졌다.

그 이후로 만나지 못했다.

아, 그러고 보니.

『저기, 니아. 니아의 그 에피소드 좀 자세히 알려줄 수 있을까?』

신기하게도, 힐데트라와 만난 날은 레리아렛에게 이상한 말을 들었던 날과 똑같은 날이었다.

'무슨 에피소드?'라고 묻자 '병을 회복한 그 이야기 말이야'라는 대답이 돌아왔다.

『그 이야기, 우리 쪽에서 종이 연극으로아야야야야!』

일단 한번 꼬집었다.

그리고 말해 두었다.

'그건 한다면 리스톤령에서 할 거야'라고.

레리아렛 녀석.

여전히 돈 될 만한 이야기를 찾고 있구나. 방심할 수 없는 녀석이다. 이제 용돈도 안 줄 거다. 준 적은 없지만.

연말이다 보니 정리해야 할 일도 의외로 많았다. 아이라도 힘들다.

 정신 없이 바쁜 나날을 보내고 정신을 차려보니 진급 시험일이 다가왔다.

 이것이 끝나면 봄 방학이고, 그것이 끝나면 2학년으로 진급하게 된다.

 "아가씨, 힘내세요! 시험 보기 전에 꼭 화장실 다녀오시고요. 그리고 문제는 차분하게 꼭 두 번씩 읽어보고, 제대로 이해하고 고민해 보셔야 해요! 만약 시간이 남았으면 문제와 답을 한 번 더 읽어보는 게 좋아요! 시간이 남았다고 그냥 자거나 답안지 뒤에 그림을 그리시면 안 돼요!"

 "그래, 그래."

 귀에 딱지가 앉을 정도로 자주, 최근에는 거의 매일 듣고 있는 리노키스 녀석의 주의. 잔소리.

 이미 외울 정도였던 나는 대충 대답하고 방을 나왔다.

 오늘만큼은 조용하고 어딘지 모르게 긴장된 공기가 가득 차 있었다. 평소였다면 시끌벅적했을 귀인용 여자 기숙사도 마찬가지였다. 물론 아이들이 가득해서 활기는 느껴지지만.

 봄이 가까워진 요즘, 추위 속에 섞여 있는 이 공기는 결코 좋은 감정이 아니었다.

 그럴 수밖에 없었다.

오늘은 진급 시험일이니까.

학교에서 1년 동안 배운 것을 제대로 기억하는지, 제대로 학습했는지를 확인하는 승부의 날이다.

초등학부는 어떤 점수를 받더라도 진급하는 데에는 문제가 없다고 하지만, 그렇다 해도 페널티가 아예 없는 것은 아니었다.

만약 일정 점수 아래로 떨어지면 다음 학년 때는 '보충 수업'이라고 하는 추가 수업이 진행된다고 했다. 즉 수업 시간이 늘어난다는 뜻이었다. 1년 내내.

실로 무시무시한 규칙이 아닐 수 없었다.

그렇게 되면 방과 후 무술 교실이나 연구실 출입 등의 활동은 전면 금지된다고 한다.

──하지만 뭐.

머리 쓰는 일에는 자신이 없었지만, 크게 걱정하지는 않았다.

이제는 증오만 남은 숙제라는 이름의 마물이 늘 내 뒤를 따라다닌 덕분에, 어느 정도의 학습은 되어 있었다.

숫자도 일곱 자리까지라면 양 손가락을 이용해 간신히 계산할 수 있었고, 역사에서 배운 건국기의 내용도 제법 기억하고 있다. 실버령의 종이 연극에서 했던 '알투아르 건국기'를 필두로 이 나라의 역사와 밀접한 연관이 있는 이야기 몇 가지가 방송된 덕분인지 의외로 머릿속에 꽤 들어 있었다.

이 정도면 괜찮을 것이다. 오라비나 리노키스의 보증도 받았다.

최근에는 리노키스의 압박이 너무 강해서 반항하지 못하고 철저하게 예습과 복습까지 했으니까 걱정할 필요는 없을 것이다……
아마도.

…….

어라? 이제 시험이 다가온다고 생각하니 어쩐지 배가 아픈 것
같은 느낌인데…… 나오진 않을 것 같지만 혹시 모르니 화장실에
한 번 다녀올까.

진급 시험이 끝나면 봄 방학이다.

봄 방학은 짧고, 신년 준비도 해야 한다.

게다가 벤델리오 녀석이 이번에도 지옥 같은 촬영 스케줄을 짜
고 있을 테니, 돈을 벌러 가는 것은 진즉부터 포기한 상태였다.

역시 봄 방학 때는 움직일 수 없었다.

그래서 지금부터 여름 방학을 기대하는 것이다.

……왕은 '1년 동안 격투 대회를 준비할 것'이라고 말했다.

혹시 모를 상황을 대비해 슬슬 이쪽의 상황을 보고해 두는 편
이 좋겠지.

지금까지 얼마나 모았는지, 실현 가능성은 있는지 등에 대해.
왕도 움직이기 시작할 타이밍을 노리고 있을 것이다. 이쯤에서
한번 의사소통을 해 두고 싶었다.

──풀 수 없는 문제를 앞에 두고 그런 생각으로 도피했고, 그
러는 사이에도 시험 시간은 무정하게 흘러가고 있었다.

그러나 현실은 예정대로 흘러가지 않는다.

그렇다. 계획이라는 것은 우선순위가 높은 것이 들어오면 쉽게 뒤집히는 법이었다.

'다음 기회'니 '다음에 만나면'이니 하며 가볍게 나눈 그들과의 약속을 이루는 날이, 예상보다 빨리 다가온 것이다.

봄 방학, 우리는 다시 한번 비행황국 반돌루즈에 가게 되었다.

◆

진급 시험이 끝나고, 며칠 후의 봄 방학을 앞둔 학기 말의 어느 날.

"아가씨. 힐데트라 님께서 오셨습니다."

방과 후, 오늘도 피곤한 머리를 얹고 기숙사로 돌아와 내 방에서 편지를 쓰고 있을 때의 일이었다.

노크 소리에 반응한 리노키스가 생각지도 못한 방문자의 이름을 알렸다.

정말 뜻밖이었다.

이 무슨 타이밍이란 말인가. 실로 완벽했다.

"들여보내줘."

리노키스에게 지시를 내리자, 머지않아 금발의 소녀가 방으로 들어왔다.

"안녕하세요, 니아. 갑자기 찾아와서 미안해요."

"신경 쓰지 마. 나도 힐데에게 볼일이 있었으니까."

힐데트라와는 3학기에는 거의 만나지 못했다. 학년이 다르기도 했지만, 서로가 바빴기 때문이다.

바쁜 것은 좋은 것이다. 일이 순조롭게 진행되고 있다는 뜻이니까.

"저한테 무슨 볼일이라도 있나요?"

"응. 지금 쓰고 있는 편지를 폐하께 전해 줬으면 좋겠어."

정말 좋은 타이밍이었다.

이렇게 만나지 않았다면 내일이나 모레 내 쪽에서 먼저 만나러 갔을 것이다.

"폐하께…… 그렇다는 건 저번에 말한 그 10억 크람에 관한 보고인가요?"

음.

힐데트라와 10억에 관한 이야기를 나누는 것은 작년 여름 부유섬 여행 이후로 처음이었다. 당시 그녀는 왕에게 직접 나와 그를 연결하는 다리 역할을 명령받았었다.

"혹시 너무 기다리게 했나?"

내 맞은편, 리노키스가 내민 의자에 힐데트라는 우아하게 앉았다.

"조금요. 그 후로는 한 번도 이 주제가 언급되지 않아서 궁금하긴 했습니다. ——제가 봐도 될까요?"

그녀가 테이블에 있는 다 쓴 첫 번째 편지지를 바라보며 물었다.

특별히 숨길 내용도 없었기에 나는 편지지를 건네주었다.

　"……어머, 2억 정도를 벌써 마련한 건가요?"

　"응, 그 보고를 해야 할 것 같아서."

　그 왕이 읽을 것을 고려해 내용은 군더더기 없이 간결하게 정리되어 있었다.

　첫 번째 항목에는 지금 세드니 상회에 맡겨진 자금 총액.

　두 번째 항목에는 다음 여름 방학이 끝나기 전까지 모을 수 있을 것이라 예상되는 예상 금액과 벌어들이는 페이스를 점검했다.

　언제까지 얼마가 필요한지 정확하게 상의하고 싶다.

　10억을 다 벌기 전까지 계획이 아예 멈춰있는 것은 아니니까.

　준비만 하는 것이라면 1억 정도만 있으면 바로 시작할 수 있을 것이고, 언제까지 얼마가 더 필요한지 파악하고 있으면 돈을 버는 페이스를 조절할 수 있었다. 하나하나 목표치를 달성하는 것처럼 효율적이고 낭비 없이, 그리고 무리 없이 움직일 수 있을 것이라 예상한 것이다.

　그런 부분에 관한 의견을 듣고 싶었다.

　지금 당장이라도 기획을 진행할 수 있다면 보관 중인 자금을 사용해도 좋다는 이쪽의 허가도 함께 덧붙였다.

　"어떻게 벌었나요?"

　"모험가 리노, 몰라? 지금 알투아르에서는 굉장히 유명한데."

　"네? 아, 네, 이름은 들어봤는데……."

　"저 애야."

나조차도 평소엔 마실 수 없는 비싼 찻잎으로 홍차를 우리고 있는 리노키스를 가리켰다.

"모험가 리노, 사실 내 시녀거든. 그녀가 돈을 벌어주고 있어."

"……그렇군요."

크게 놀란 힐데트라에게서는 딱 그 한마디만 나왔다.

"그래요……. 여러 사정이 있는 것 같으니 이 문제에 대해서는 저는 따로 언급하지 않겠습니다. 물론 다른 사람에게도 말하지 않을 거고요."

하고 싶은 말은 많을 것이다.

모험가로 활동하고 있는데 왜 시녀로 일하고 있는 것인지. 시녀로 일하는 것보다 모험가 일에 집중하는 편이 더 많은 돈을 벌 수 있을 텐데 왜 그러지 않는 것인지, 등등.

그런 부분의 의문을 삼키고 '아무 말도 하지 않겠다'고 선언해 준 것이다.

"비밀로 해 줘."

어떻게 돈을 벌었는가.

왕에게도 똑같은 질문을 받았을 경우를 감안해서 힐데트라에게는 먼저 알려주기로 했다.

레리아렛은 조금 미심쩍지만 힐데트라는 상류층. 그것도 최상류층인 왕족이다.

귀인 사회에서는 서로 견제하고 물어뜯는 것이 일상다반사. 함부로 비밀을 누설하면 여러 불이익이 생기거나 자기 입장을 위협

받을 가능성도 있다. 그 사실을 그녀는 누구보다 잘 알고 있을 것이다.

　적어도 그녀라면 아무에게나 함부로 이야기를 떠벌리진 않겠지.

　"그래서 힐데는 여기 무슨 일로 왔어? 차 마시러?"

　"아, 그렇죠. 여러모로 놀랄 일이 많아서 까맣게 잊고 있었네요."

　그녀는 편지지를 접어서 테이블 위에 놓았다.

　"실은 저도 오라버님께 편지를 받아왔습니다."

　이런 우연이 다 있네요, 라며 힐데트라는 겉옷 안주머니에서 아무 장식이 없는 하얀색 봉투를 꺼냈다.

　호오. 그녀의 오라버니한테서 편지가?

　정말 이런 우연이 있나. 힐데트라는 내게 편지를 전해 주고, 내게서는 편지를 받아 성으로 돌아가는 것인가.

　참으로 군더더기 없는 일정이었다.

　"오라버님이라면, 난 히에로 왕자님 말고는 만난 적이 없는데."

　둘째 왕자 히에로 알투아르.

　지난 겨울 방학 때 다녀온 돈벌이 원정 때 그의 이름을 이용했었다. 덕분에 그와는 안면이 있는 상태다.

　하지만 내가 알기로는 힐데트라에게는 몇 명의 오라비와 누이가 있을 것이다. 그리고 밑으로 동생은 없나?

　그리고 소문에 따르면 알려지지 않은 숨겨진 왕의 자식들도 몇명 더 있다고 하는데…… 왕의 성격을 고려하면 확실히 있을 것 같다. 그것도 계획적으로 만든 숨겨진 자식이 말이다. 뛰어난 인재를 얻기 위해서…… 가만히 생각하면 정말 폭군이 따로 없군.

"그 히에로 오라버님께 온 편지예요."

아아, 그래? 무슨 내용이지?

"잠깐만 기다려줘. 빨리 쓸 테니까."

우선 지금 손에 있는 일을 마무리하자.

리노키스와 상의해서 편지에 쓸 내용은 이미 다 정리해 두었다. 이제는 내 친필로 글을 적는 것만 남았다.

빠르게 내용을 정리해서 봉투에 넣었다.

봉인은 필요 없겠지? 봐도 상관없으니까. 이 상태로 힐데트라 한테 넘겨버리자.

"잘 받았습니다. ——그럼 이것을."

편지를 넘겨주고 다른 편지가 돌아왔다.

이쪽도 밀봉되어 있지 않았다. 서둘러 내용물을 확인했다.

"……음?"

히에로 왕자가 보낸 편지 내용을 보고 놀랐다. 수수하게 놀랐다.

"뭐 신경 쓰이는 내용이라도 적혀 있나요?"

밀봉되어 있지는 않았는데, 아무래도 힐데트라는 읽어보지 않은 모양이었다.

뭐, 밀봉되지 않았다는 것은 다시 말해 그녀가 볼 가능성도 감안했다는 거겠지. 그렇다면 내용을 알더라도 문제는 없을 것이다.

"봄 방학 때 시간을 내달라고 하시네. 반돌루즈에서 열리는 결혼식에 참석해 줬으면 좋겠다고."

"네? 결혼식이요?"

구체적으로는 '잭퍼드와 필레디아가 날 결혼식에 초대했으니까 와달라. 자세한 내용은 후일 직접 알려주겠다'라는, 그런 내용이었다.

"결혼식…… 그러고 보니 비행황국 반돌루즈의 수학관에 속해 있는 하스키탄 가문 자제와 기병왕국 마벨리아의 코큘리스 가문 아가씨가 졸업과 동시에 결혼한다는 이야기를 들은 적이 있는 것 같아요."

역시 왕족이라고 해야 할까.

힐데트라만큼 어리고 바쁜 아이라 할지라도 그런 종류의 정보는 제대로 챙기고 있는 모양이었다.

뭐, 그건 그렇다 치고.

문제는 내가 결혼식에 초대받았다는 것이 아니라, 히에로 왕자가 '와라'라고 말했다는 점이었다.

그렇다는 건 즉 이 역시 매직비전 보급 활동과 관련되어 있다는 것.

그것도 '다른 나라에서 판매를 추진하는 히에로가 부르고 있다'라는 점을 생각하면, 어쩌면 판매에 진전이 있었을 가능성이 높다.

나는 그 부분에 놀랐다.

나를 불렀다는 것은, 나에게 매직비전에 관한 협조를 요청한다는 의미나 마찬가지다.

……그러고 보니 헤어질 때 뭔가 사악한 음모를 꾸미고 있었

지, 그 두 사람. 그 일이 잘 풀린 것일지도 모른다.

"알았다고 전해 줘. 하지만 나도 일정을 잡기 어려우니까 가능한 한 빨리 일정을 알려달라는 말도 덧붙이고."

봄 방학 때 일정을 언제, 어느 정도 비워야 하는가.

틀림없이 내 봄 방학 스케줄은 이미 리스톤령 촬영으로 꽉 차 있을 것이다. 벤델리오가 자비 없이 채워놓았을 것이다. 그 녀석은 용서 못 한다, 진짜로 용서 못 해. 좀 쉬게 해 달라고. 어쨌든 그런 일정을 어떻게든 조정할 필요가 있다.

안 그래도 제자들을 봐주고, 촬영하고, 돈벌이 원정 계획을 세우고, 숙제하고, 방심할 틈 없는 리노키스를 견제하느라 바쁜데, 여기서 더 계획이 늘어난다고 하면 감당하기 어렵지 않을까.

하지만 매직비전을 보급하기 위한 일이라면 싫어도 협력하지 않을 수 없었다.

알투아르 왕국에 보급하는 것도 중요하지만, 타국에 판매하는 쪽이 이익은 더 크다. ……뭐, 그 이익이 나한테 돌아오는 것은 아니지만.

"알겠습니다. 조만간 오라버님의 전언을 듣고 다시 오겠어요."

홍차 한 잔을 마실 정도의 짧은 잡담을 나누고 힐데트라는 빠르게 자리를 떠났다.

◆

"보수로는 2천만 크람을 내지."

호오. 2천만이나?

"제 입으로 말하는 것도 좀 그렇지만, 보수 같은 건 내지 않아도 도와드릴 건데요?"

"아니, 이건 실패가 용납되지 않는 일이야. 무보수라는 이유로 소홀히 하면 곤란해. 그러니 충분한 보수를 지급할게."

……흠, 그런가.

그 정도로 진지하게, 그 정도의 각오를 품고 책임감 있게 임해라, 라는 뜻이겠지.

"여기까지 와서 물어보는 것도 우습지만, 대답을 들을 수 있을까?"

그의 말대로 정말 우스운 질문이었다.

"지금 당신과 반돌루즈에 가고 있는 시점에서 답은 이미 나와 있다고 생각하지만—— 굳이 말할게요. 이번 일, 힘을 합쳐서 잘 해내보죠."

굳이 말로 한 번 더 승낙의 뜻을 전하자, 알투아르 왕국 제2 왕자 히에로는 만족스럽게 고개를 끄덕였다.

봄 방학의 중반부.

히에로와는 3학기가 끝날 무렵 만나기로 약속했지만, 서로의 일로 시간이 맞지 않아 스케줄을 조정하고도 만날 시간을 내지 못했다.

결국 만난 것은 봄 방학의 거의 중반 무렵.

히에로 왕자가 친구의 결혼식에 맞춰 반돌루즈로 가는 도중 내가 합류한다는 아슬아슬한 일정이 되고 말았다.

나는 조금 전까지 살인적으로 빼곡하게 들어찬 촬영 스케줄을 소화하고, 촬영지에서 곧바로 히에로 왕자의 비행선에 올라타 이웃 나라로 향하고 있었다.

지난 겨울 방학보다 더 가혹한 스케줄이었지만…… 이것도 다 일이었으니 어쩔 수 없었다.

그리고 드디어 만나게 된 히에로 왕자에게 이번에 내가 초대받은 이유인 잭퍼드와 필레디아의 결혼식에 대한 설명을 듣고 완전히 납득했다.

확실히 나를 부른 이유가 있었다.

──나에게 한 의뢰는 결혼식 촬영이었다.

촬영지에서 바로 고속선 위에 올라타자마자 배의 응접실로 안내받았다.

그리고 테이블에 도착해 히에로 왕자와 마주 보고 앉은 채 서류를 건네받았고, 이번 일에 대한 이야기를 전해 들었다.

"세부적인 조율이 따로 필요하겠지만, 그 전에 이야기의 흐름을 간략히 확인해도 될까요?"

나 역시 지금 이 자리에서 막 들은 계획이었다. 직전까지 촬영하고 있었을 정도로 급하게 진행된 일이다.

2천만짜리 일이기도 하고.

의문의 여지가 없을 정도로 정확하게 개요를 파악해 두고 싶었다.

……2천만짜리 책임이라. 감정적으로나 육체적으로나 마수 사냥이 훨씬 나을 듯싶었다.

"물론이지. 뭐든지 물어봐."

솔직히 지금 당장 한숨 자고 싶을 정도로 피곤했지만, 이 상태라면 자고 일어나면 반돌루즈에 도착해 있을 것이다. 고속선이니까.

그쪽에 도착한 뒤부터는 또 본격적으로 바빠질 테니 최소한의 필수적인 협의는 지금 모두 끝내둬야 했다.

……솔직히 지금 당장 자고 싶지만. 온몸이 휴식을 외치고 있지만.

"이번 촬영은 매직비전 역사상 처음으로 진행되는 타국 촬영인 거죠?"

타국의 풍경 같은 것은 찍은 적이 있지만 이번에는 타국의 주요 인사와 문화가 촬영 대상이다.

그런 의미에서는 처음으로 타국의 내부와 깊게 관련된 촬영이라고 말할 수 있다.

"그래, 그래서 난 널 택한 거야."

내 발언의 의도는 히에로 왕자에게도 전해졌을 것이다.

"힐데나 레리아로는 어렵다고 판단한 거군요."

"맞아. 힐데는 왕족이라는 신분이 있어서 저쪽에서도 다루기 어려울 테니까. 게다가 첫 타국 촬영이니 정치적인 배경은 최대한 제외하고 싶어."

그렇다면 히에로 왕자 이외의 왕족이 더 추가되는 것은 피하고 싶을 것이다.

힐데트라는 아직 어린아이에 불과하다. 하지만 그렇다 해도, 히에로는 피하는 편이 안전하다고 판단한 거겠지.

중요한 일인 만큼 불안 요소는 최대한 배제하고 싶을 것이다.

"레리아도 안 되나요?"

"그녀에게 부탁하는 건 너무 불쌍해. 알투아르의 왕족에게도 주눅들 정도인데 반돌루즈의 고위 귀족들이 모이는 자리에서는 아무것도 하지 못할걸. 스트레스로 쓰러질지도 몰라."

'그런 점에서 니아라면……' 하고 말을 덧붙였지만, 이어지는 뒷말은 없었다.

아마 적잖이 실례되는 말을 하려고 했던 거겠지. 뻔뻔하니까 괜찮다, 무신경하니까 괜찮다, 강심장이니까 괜찮다, 뭐 이런 거.

물론 정말 괜찮으니까 상관없긴 하지만.

왕족이든 고위 귀족이든 옷을 벗기고 나면 평범한 사람일 뿐이다. 그런 것을 두려워할 이유는 없다. 때리면 피도 나고.

사람이 상대라면 어떻게든 된다. 어떻게든.

"첫 타국 촬영이니까 저쪽에서 보면 낯선 문화와 기술일 거야. 그쪽에서는 자연히 촬영에 경각심을 가질 수밖에 없겠지——. 하지만 그것을 주도하는 것이 아직 어린아이라면 경계심도 어느 정도는 풀릴 거라고 생각해. 아이가 일하는 것 정도로 두려워할 필요는 없겠지, 하고. 게다가 잭과 필이 널 지명했다는 것도 이유야. 알투아르 입장에서도 반돌루즈 입장에서도 네가 적임이었어."

음.

설마 겨울의 그 만남이 타국 촬영이라는 2천만짜리 큰일로 이어질 줄이야. 그때는 생각지도 못했다.

"이건 개인적으로 궁금해서 물어보는 건데, 촬영 허가는 어떤 식으로 받으신 거죠?"

타국에서 촬영을 진행하기 위해 어떤 식으로 이야기를 이끌어 갔는지가 궁금했다.

과연 그 왕자 일행의 설득── 사악한 계략은 어떻게 성공한 것일까?

"첫 번째, 필의 조부모님은 마벨리아 왕국을 떠날 수 없으니 두 사람에게 결혼식을 보여드리고 싶지 않냐면서 조부모님을 이용했어. 두 번째, 두 사람에게 평생 남을 추억이 될 거라고 영업했지. 세 번째, 이건 내가 주는 결혼 선물이라는 명목으로 모든 서비스를 무료 제공하겠다는 걸 강조했어. 네 번째, 인생에서 가장 눈부셨을 때의 모습을 지금의 우리 나이가 된 아이에게 보여주고 싶지 않냐고, 불가능을 가능하게 바꿀 수 있다고 홍보했어. 다섯 번째, 니아가 두 사람의 결혼을 축복하고 싶어 한다, 자신이 할 수 있는 일은 이 정도밖에 없다, 라고 했다는 작은 거짓말도 좀 보탰어. 여섯 번째, 첫 타국 촬영은 반돌루즈에서도 분명 화제가 될 테니까 매직비전 도입의 첫걸음이 될 가능성이 높다는 걸 전하고, 거기에 기여한다면 장기적으로 봤을 때 결코 마이너스는 아닐 거라고 말했어. 일곱 번째, 그렇다 해도 좀 거부감이 든다면 '한정된 장소에서만 촬영한다'는 방법도 있다는 양보안을 제시했지. 여덟 번째, 솔직하게 필의 아름다움을 남겨두고 싶지 않냐고 물었어. 아홉 번째, 내가 이렇게까지 부탁하는데도 안 되는 거냐면서 크리스토가 반대로 화를 내게 했어. 열 번째, 나까지 마지막으로 화를 내면서 못을 박았어. ——이런 교섭 과정을 통해 나랑 크리스토 둘이 잭과 필을, 그리고 하스키탄 가문과 코큘리스 가문의 설득까지도 성공할 수 있었어."

…….

일단 물어보긴 했는데, 장황한 설명을 줄줄 늘어놓는 탓에 머리에는 거의 들어오지 않았다.

"하지만 뭐, 결국 가장 반응이 좋았던 건 '필의 아름다움을 남겨두고 싶지 않냐'는 말이었지. 무심코 던진 그 한마디의 효과가 가장 컸어."

아아, 그렇군. 하긴 미를 향한 여성들의 집착은 강하니까. 충분히 납득이 가는 이야기였다.

"대략적인 협의는 끝났지만, 저쪽에 도착하면 최종 확인을 해야 해. 그때까지 니아도 계획을 머릿속에 잘 새겨뒀으면 좋겠어."

——응.

"지금은 무리예요."

"어?"

"리노키스. 내가 이번 봄 방학 때 몇 편을 찍었지?"

뒤에서 대기하고 있는 리노키스에게 말을 걸자, 갑작스러운 질문이었음에도 곧바로 '열한 편입니다'라는 대답이 돌아왔다.

"약 일주일에 11개. 아침 일찍 집을 나와 밤에 잠만 자러 돌아가는 생활이 조금 전까지 반복되고 있었어요. 아무래도 좀 쉬어야 머리가 작동할 것 같네요. 지금도 이미 졸리고요."

"……."

히에로 왕자는 빙긋 웃었다.

"괜찮아. 인간은 4일 정도는 밤을 새워도 의외로 별문제 없으니까."

야, 바보 같은 소리 하지 마. 별문제가 없을 리가 없잖아.

"사실 나는 이미 밤을 새운 지 이틀째야. 반대로 지금은 머리가 맑아."

무슨 반대? 역시 이 일 중독자는 벌써 무리하고 있었다.

"오히려 히에로 왕자님이야말로 주무시는 편이 좋을 것 같은데요."

그런 생활을 계속 이어가면 뇌가 망가질 거다.

"지금부터 아주 중요한 일이 있어. 처음으로 다른 나라로 뻗어나갈 시금석이 될지도 모르는 계획이야. 잠은 못 자."

이러쿵저러쿵 시끄럽다. 이제 됐어.

말하면서 히에로 왕자가 컵에 시선을 떨어뜨린 순간, 나는 의자에서 뛰어나가 그의 뒷목을 쳐서 재워버렸다. ——테이블에 엎드리기 직전 리노키스가 히에로의 머리를 잡고 컵을 회수한 뒤 머리를 천천히 내려놓았다. 역시 내 제자, 좋은 움직임이다. 마치 내가 뭘 할지 미리 알고 있었던 것처럼.

바보 같은 녀석.

중요한 거사를 앞두고 있으니까 쉬라고 말한 거다. 쓸데없는 헛소리를 할 시간이 있으면 잠이나 자라고.

나도 졸리다. 오늘은 이제 정말 무리다.

"재미있는 계획이네요. 개인적인 결혼식 촬영이라니."

"응, 신선해."

테스트 케이스로도 좋겠지만, 가격 문제만 해결된다면 알투아르에서도 분명 유행할 것이다. 매직비전이 더욱 침투할 것이 분명하다.

——하지만 지금은 아무래도 좋았다.

"좀 쉴게. 리노키스도 피곤하지? 지금은 좀 쉬어둬."

"네. 안녕히 주무세요, 아가씨."

큰일을 앞두고 있으니, 에너지를 비축해 두자.

이번 일 만큼은 실패해서는 안 될 테니까. 절대로.

◆

비행선에서 내리기 직전, 이번에 함께 일하게 될 동료들과 인사를 나눴다.

"미안해. 아무래도 나도 모르는 사이에 자버린 것 같아."

자고 일어났더니 이미 반돌루즈에 도착해 있었다.

히에로 왕자도 나도 숙면했다. 정말 제대로 취했다.

그 결과가 이것이다.

"아뇨, 저희한테 사과하실 필요 없습니다……!"

이번 결혼식 촬영에는 왕도의 촬영반이 동행했다.

심지어 요즘에는 현장에 거의 나오지 않는다는 왕도 촬영반 부장인 미르코 타일도 함께였다. 여전히 검은색 바지 정장에 안경을 쓴, 빈틈없어 보이는 여성이다.

하지만 아무리 그런 유능해 보이는 미르코라 해도, 왕족의 행동 하나하나에는 평정심을 유지하지 못했다.

그녀를 비롯해 현장에서 나와 여러 차례 얼굴을 마주한 적이 있는 촬영반 사람들도 당황하고 있었다.

……아니, 반대로 나처럼 너무 차분하면 안 될 것 같기도 하지만. 왜냐하면 왕족이니까. 왕족이 사과하는 상황이니까.

히에로 왕자는 어젯밤 내 손에 의해 강제로 잠든 뒤 반돌루즈에 도착하기 전까지 깨어나지 않고 푹 잔 모양이었다.

원래라면 나와 촬영반과 함께 이동 중에 회의할 예정이었다고 한다.

"그러지 마세요. 히에로 왕자님뿐만 아니라 저도 잠들었으니까요. 지금은 그런 건 신경 쓰지 말고 예정을 진행하죠."

90% 정도는 내 탓일 가능성도 있었기에 가볍게 중재에 나섰다.

하지만 10%는 히에로 왕자 본인 때문이다.

단 한 번도 깨지 않고 잔 이유는 분명 잠이 부족했기 때문이겠지. 그런 상태에서 제대로 된 일을 할 수 있을 리가 없다.

그러나 애초에 지금은 그런 말을 하는 시간조차 아까운 상황이었다. 이미 도착했으니 소모적인 사과나 사양을 주고받을 때가 아니었다.

"……그래. 일정이 좀 어긋나긴 했지만, 이 실수는 일로 만회할게."

정말이다. 정말로 낭비할 시간이 없다.

잭퍼드 하스키탄과 필레디아 코큘리스의 결혼식은 이틀 뒤에 열린다.

나도 히에로 왕자도 알투아르에서 해야 할 일이 있었기 때문에 어쩔 수 없이 여유 없는 일정이 되고 말았다.

지금부터 자유롭게 사용할 수 있는 시간은 오늘과 내일 겨우 이틀뿐. 지금이 점심시간이니까 정확히 따지면 하루 반 정도?

그리고 오늘 하루는 세부적인 회의를 진행하고 내일 해야 할 일들을 준비하다 보면 금세 지나갈 것이다. 이곳은 타국이니 여러 가지 허가 신청 등 복잡한 절차도 있을 테니까.

결혼식 당일에는 모든 흐름이 이미 정해져 있기 때문에 식의 스케줄에 맞춰야 한다. 몇몇 주요 장면만을 노려 촬영할 예정이다.

혹은 전체를 촬영한 뒤 나중에 편집할 수도 있다.

우리에게 가장 큰 난관이라면 역시나 준비…… 바로 오늘과 내일이 될 것이다. 결혼식 자체는 흐름이 정해져 있으니 차라리 더 수월했다.

"──이봐!"

막 이웃 나라 땅을 밟으려던 순간, 갑판 위에서 히에로가 자기 실수를 사과하며 이래저래 시간을 끈 탓인지 항구에서 대기하던 다른 사람들이 짜증을 내며 소리를 지르고 있었다.

"그럼 먼저 실례할게요."

무의미한 이야기를 끝내기 위해 나는 한발 앞서 계단을 내려와 기다리고 있던 검은 머리 남매와 합류했다.

"어서 와, 니아 리스톤. 이번에는 일로 만나게 됐네."

"오랜만이야. 시간이 있으면 승부하자."

비행황국 반돌루즈의 제4 황자 크리스토 볼트 반돌루즈와 그의 여동생 크로우엔이었다.

그들과는 지난번의 돈벌이 여행에서 얼굴을 본 적이 있었다.

크리스토는 히에로 왕자의 소개로, 크로우엔은 결혼식의 신랑인 잭퍼드 하스키탄의 집에서 만났다.

이번에는 정말 시간적인 여유가 없었기에 황족이 직접 항구까지 마중을 나온 것이었다.

두 사람의 신분상 호위가 붙어 있었지만, 방해가 되지 않도록 조금 떨어진 곳에 있었다. ……흠, 별로 실력이 좋아 보이지는 않네.

"인사는 나중에 하자."

히에로 왕자와 미르코, 촬영반이 줄지어 항구로 내려가자, 누가 무슨 말을 꺼내기도 전에 크리스토가 먼저 말을 꺼냈다.

"우선 너희들이 묵을 호텔로 안내할게. 거기서 회의를 진행할 거니까 얘기는 그때 가서 하자. 따라와."

현명한 판단이었다. 이런 곳에서 서서 대화를 나눠봤자 항구에서 일하는 사람들에게 방해밖에 되지 않을 테니까.

두 번째로 방문한 반돌루즈에 그리움을 느낄 새도 없이, 우리는 크리스토 일행이 준비해 준 대형 단선 세 척에 각각 나눠 타고 곧장 호텔로 향하게 되었다.

"우선 이 말 먼저 할게. 이번에는 내 친구들의 결혼식에 와줘서 정말 고마워."

겨울에 묵었던 고급 호텔로 안내받았다.

특등실의 가장 큰 방에 모인 우리를 향해 크리스토가 그런 말을 꺼냈다.

……겨울에 나와 리노키스가 묵었던 방보다 더 큰 방이었다. 더 크고 호화로웠다. 그 방보다 더 높은 등급의 방이 있었나? 1박 가격은 굳이 듣고 싶지 않았다.

"나는 반돌루즈 황국 제4 황자 크리스토 볼트 반돌루즈야. 넷째라서 특별한 권력도 없고 장래에도 대단한 사람이 될 인간은 아니야. 괜히 거드름 피울 생각은 없으니까 편하게 대해 줘."

히에로 왕자도 꽤 편하게 대하고 있지만, 크리스토까지 마음 편히 대하기는 어려울 것이다.

실제로 서민 출신이 많은 촬영반은 이미 위축되어 있었다.

조용히 테이블에 도착하더니 이젠 거의 시선조차 들지 않는다.

"나는 크리스토의 여동생인 크로우엔 볼트 반돌루즈야. 오라버니를 보좌하기 위해 왔어. 무슨 일이 있으면 나한테 말해 줘."

말은 그렇지만 크로우엔 역시 황족이다. 잡일 따위는 부탁할 수 없었다.

"그럼 차를 좀 내주시겠어요?"

뭐, 난 신경 안 쓰지만.

촬영반 사람들이 '저 녀석이 지금 뭐라는 거야'라는, 두려움이 섞인 시선을 보내왔지만, 그것도 개의치 않았다. 신분 사회의 붕괴가 느껴지는 시선이었지만 개의치 않았다.

나도 일단 4계급 귀인인 리스톤 가문의 딸인데? 라고 말하고 싶었지만, 굳이 말하지는 않았다. 신분으로 굳이 따진다면 왕족 쪽에 가까운데? 라고도 말하고 싶었지만, 굳이 하지 않았다. 이제 사소한 것은 신경 쓰지 않기로 했다.

부탁을 받은 크로우엔은 '응' 하고 고개를 끄덕이더니 전원 몫의 홍차를 내리기 시작했다.

좋아, 좋아. 그거면 충분해.

지금 이 자리에 '아무것도 하지 않는 신분만 높은 녀석' 따위는 필요 없다.

반돌루즈의 정보에 정통한 사람은 이 자리에서는 크리스토와 크로우엔 밖에 없다. 그렇다면 반드시 회의 중 어느 순간에는 서로 가까워……지는 것까지는 필요 없다고 해도, 어쨌든 편한 대화 정도는 나눌 수 있어야 효율적으로 진행할 수 있었다.

'이 녀석들은 편하게 대해도 괜찮아'라는 것을 보여주기 위해서라도 내가 솔선수범해서 괜찮다는 것을 증명해 보인다면, 앞으로의 진행도 조금은 수월해질 것이다.

잡일을 부탁받고도 조용히 일을 해내는 황녀를 곁눈질하며 크리스토가 얼굴을 찌푸렸다.

"이봐, 진짜야? 아직 그쪽 회의는 안 끝난 건가?"

"미안해. 이동 중에 하려고 했는데 깜빡 잠들어버렸어."

"내가 뭐랬어. 넌 너무 일을 과하게 한다고, 히에로. 적당히 쉬기도 해야지."

그것은 나도 동감이다.

그나저나 히에로 왕자는 크리스토에게도 쉬라는 말을 들은 적이 있는 모양이군. 일을 좋아하는 것도 좋지만 건강만큼은 상하지 않게 신경 써줬으면 좋겠다.

"어쩔 수 없지, 이쪽 회의랑 같이 진행하자. 질문이나 궁금한 점이 있으면 그때그때 바로 말해 줘."

지금 논의해야 하는 내용은 우선은 반돌루즈 측의 규제 이야기.

지금까지는 히에로 왕자가 여러 차례 매직비전을 들여와 여러 황족이나 귀족에게 보여주었으니 그 자체를 아는 사람은 많았다.

그러나 그 실태까지 알고 있느냐고 하면 꼭 그렇지는 않았다.

반돌루즈에는 없는 기술과 문화였기 때문에 갑자기 들이민다 해도 곧바로 의미를 이해할 수 있을 리 만무하다. 어떤 원리인지도 모르고, 심지어는 프로그램 내용의 의도조차 이해하지 못하는 사람이 많았다. 뭐, 모르는 것도 당연하지. 프로그램은 대체로 오락물이니까. 의미나 의도를 깊이 파악해 봤자 뭐가 있을 리 없다.

그러나 막상 그 구조를 설명하니 경계해야 할 대상이라고 판단한 사람들도 많았다고 한다.

현실에서 일어난 일을 영상으로 기록하는 기술.

확실히 잭퍼드도 말했지만, 군사적으로도 이용할 수 있다.

이 나라 전체를 촬영하기만 하면 지형이나 문화 수준, 심지어는 병사들의 장비나 체제마저도 드러날 가능성이 있다.

심지어 이곳은 비행황국이라 불릴 정도로 비행선 기술이 발달한 나라였다. 촬영이라는 기술은 이런 기술을 훔치는데 무엇보다 훌륭한 방법이 될 수 있다.

그런 경계심을 갖게 되어버린 탓에 반돌루즈에서의 판매 역시 난항을 겪는 상태였는데——.

이번에는 여러 행운이 겹치며 특례 중의 특례로서 촬영 허가를 받았……는 것이 현재 상황이었고, 동시에 내가 불려 온 이유였다.

그러나 특례로 촬영이 허가되기는 했지만, 이 나라가 경계심을 품고 있는 이상 어디서든지 자유롭게 촬영할 수 있는 것은 아니었다.

아래가 바로 규제였다.

· 촬영 장소는 실내, 부지 내로 한정한다.

· 요인을 찍을 경우 당사자의 허락을 받아야 한다.

· 촬영하는 시간을 정해 두고 감시원의 지시에 따라야 한다.

· 촬영한 영상을 국외로 반출하는 것은 불가하다.

· 감시원의 지시에 따라 촬영을 허가, 중지한다.

——위의 내용이 반돌루즈 황국이 내민 조건이라고 했다.

이상의 규제를 지킬 수 없다면 촬영은 인정되지 않는다. 또한 감시원의 재량으로도 중지를 결정할 수 있었다.

"감시원이 누구야?"

히에로 왕자의 질문에 크리스토가 웃었다.

"맹탕 수완가로 알려진 육군 총대장 가원 가드 공. 그리고 최연소로 자리에 오른 공군 총대장 카카나 레시진 공. 인선만 봐도 황왕의 경계심이 대단하지?"

호오, 총대장이라. ……헤실헤실 웃는 얼굴로 '대단하지?'라고 말할 상황은 아닌 것 같은데?

"직급명만 들으면 엄청나게 깐깐할 것 같은 느낌이네요."

내가 말하자 크리스토는 이번에도 헤실헤실 웃었다.

"깐깐하지. 특히 겉보기에 깐깐한 카카나 공보다는 가원 공이 더 음흉해. 그 사람은 방심하고 있는 것처럼 보이지만 조금도 방심하지 않거든."

뭐, 그렇겠지.

총대장이 정말로 긴장감 없는 사람이면 주위 사람들도 부하도 힘들 테니까.

"그래서, 언제? 그쪽 촬영반은 이 성가신 규제와 감시 속에서 어떤 기획을 떠올렸어?"

——아아, 히에로 왕자는 이 질문에 대한 대답을 비행선 안에서 의논하려고 했던 거구나.

하지만 어쩔 수 없다.

나는 졸렸다.

게다가 책임의 90%는 나였지만, 10%는 일어나지 않았던 히에로 왕자 본인 탓이었다.

"몇 가지 후보는 생각해 왔어. 규제가 얼마나 엄격하고 어디까지 미칠지는 알 수 없어서 그것까지 고려하진 않았지만. 규제에 걸리는 것들이 많지만, 몇은 문제없이 쓸 수 있을 것 같아."

"오, 역시 방송국 국장 대리. 들려줘."

중요한 규제 조항이 드러나면서 의논해야 할 내용들이 폭발적으로 늘어났다.

가장 중요한 논점은 규제의 틈새를 어떻게 파고들 것인가, 규제의 허점을 어떻게 이용할 것인가였다.

이런 종류의 이야기는 이전 알투아르 왕국에서도 경험했던 길이라고 한다.

지금은 대중에게도 매직비전이 보급된 상태지만, 처음 등장했을 때는 유력한 고위 귀인들의 반발이 너무 심해 활동 범위가 상당히 좁았다고.

당시의 일을 아는 미르코, 그리고 직책을 얻은 뒤부터 공부했다는 히에로 왕자의 의견이나 과거 경험담은 이번 사건과도 크게 겹치는 부분이 많았다.

언제부터인가 크리스토 황자나 황녀라는 입장도 잊고, 우리의 회의는 늦은 밤까지 계속되었다.

◆

"전원을 위한 개인 방을 따로 마련했는데, 어쩌면 필요 없을지도 모르겠네."

시체가 가득 쌓여 있는 것 같은 광경을 보고 크리스토는 그렇게 말했다. 그렇긴 하다, 오늘은 차라리 이대로 자게 놔두는 게 나을 것 같았다.

도착하자마자 호텔에 갇힌 채 식사나 휴식도 없이 저녁까지 대화를 나눴다.

그 결과 촬영반 몇 명은 잠에 들고 말았다.

테이블 위에 어질러진 기획서나 메모, 채택되지 못하고 던져진 종이 조각들.

　회의가 막히자 생각에 잠긴 채 테이블 위에 엎드리거나, '잠깐만 누울까……'라고 말하며 침대나 소파에서 잠시 눈을 붙이는 촬영반 직원들.

　녹초가 되어 쓰러져 있는 모습은 뭐랄까, 마치 전투에 지친 병사 같았다.

　그것도 어쩔 수 없다.

　나도 완전히 녹초였다. 멀쩡한 것처럼 보이지만 히에로 왕자도, 미르코도, 크리스토도 크로우엔도, 피곤함이 짙게 깔린 표정으로 간신히 눈만 뜨고 있는 직원도 다 비슷한 상태일 것이다.

　"그럼 회의는 이걸로 마칠게. 다들 수고했어."

　그리고 히에로 왕자의 회의 종료 선언을 끝으로 남아 있던 직원들까지 쓰러졌다. 정말로 고생 많았다.

　──그나마 이야기에 진전이 있었다, 라고 봐야 할까.

　오랜 시간 대화하고 논의를 거듭하고 수많은 기획을 추리고 추려서 간신히 내일부터 할 행동이 정해졌다.

　많은 시간을 들인 만큼 엄격한 규제도 적절히 피하면서, 동시에 매직비전을 최대한 잘 활용하여 결혼식을 더욱 즐겁게 띄울 계획이 완성되었다고 생각한다.

　물론 '즐겁게 띄운다'라는 부분은 의뢰에 없었던 부분이다. 우리의 참가는 어디까지나 기록 담당이라는 부분이 강하니까.

　하지만 다른 나라에 매직비전을 홍보할 수 있는 최대의 기회가 다가왔다는 것만은 확실했다.

여기서 공격하지 않으면 무슨 의미가 있단 말인가. 공격할 때를 잘못 판단하면 대세는 쉽게 바뀌지 않는다.

여기서는 공격해야 할 때였다. 거침없이, 그리고 물러서지 않고.

"크리스토, 크로우. 너희들은 어쩔 거야? 돌아갈 건가?"

테이블 위에 어질러진 기획서를 정리하며 히에로 왕자가 물었다.

이미 밤도 늦었다.

황자와 황녀라는 신분을 가진 이상 너무 잦은 외박은 허락받기 어렵지 않을까. 뭐, 감시를 겸한 호위라면 있겠지만.

"내일부터 있을 행동을 생각하면 돌아가는 시간조차 좀 아까운 느낌이야. 이왕 이렇게 된 거 개인실에는 우리들이 묵는 걸로 하자. 어때? 크로우."

"그래, 내일도 일찍 움직여야 하니까 그렇게 하자. ……그건 그렇고 정말 피곤하네. 히에로 공, 기획 회의란 건 늘 이런 느낌인가?"

뻐근해진 어깨를 돌리며 묻는 크로우엔에게 히에로 왕자는 쓴 웃음을 지었다.

"이 정도로 오래 걸리는 경우는 거의 없어. 이번에는 상황이 급박했으니까 며칠 동안 해야 할 의논이 오늘 하루로 응축된 것뿐이야."

응축이라. 확실히 진한 양념 맛이 날 것 같은 농밀한 회의였다.

"니아도 피곤하지? 방으로 돌아가서 쉬도록 해."

음.

쉬는 것에 대해서는 아무 불만도 없지만, 그 전에 한 가지 남은
게 있다.

"쉬기 전에 한 가지 부탁할 게 있어요. 크리스토 님이나 크로우
엔 님, 둘 중 한 분이 시간을 내주실 수 있을까요?"

""부탁?""

지명을 받은 크리스토와 크로우엔이 목소리를 맞춰 물어왔다.

"오늘 안에 감시원과 얼굴을 맞대고 인사를 나눈 다음 내일 일
정을 미리 얘기해 두고 싶어요. 시간이 없으니 오늘 해결하는 게
좋을 것 같아서요."

"……아아, 그런가."

"나쁘지 않네. 시간이 좀 늦긴 했지만, 나쁜 선택은 아냐."

생각에 잠긴 얼굴로 팔짱을 끼는 크리스토와 고개를 끄덕이며
긍정적으로 받아들이는 크로우엔.

──역시 의도를 알아챘구나.

반돌루즈 육군 총대장 가원과 공군 총대장 카카나.

이 두 사람이 내일 촬영에 동행하게 될 감시원이다.

우선 그들의 태도를 가볍게 확인하고 싶었다.

촬영에 협조적인지, 아니면 방해할 정도로 비협조적인지.

그들의 태도에 따라서는 출발하는 시간조차 그쪽의 사정으로
인해 늦어질 가능성이 있었다──. 출발하는 시간을 듣지 못해서
늦었다, 라는 식으로 유치하지만 일정에 확실한 압박을 가하는

방해를 받아서는 곤란했다. 발목을 잡히는 일이 생겨서는 안 된다.

또 다른 목적은 진정한 의미의 인사였다.

내일 처음 만나서 해야 할 일을 하루라도 빨리 가서 내일의 시간을 더 단축하고 싶었다. 우리들의 진심을 전하기 위해서라도 빠른 편이 좋겠지.

협조적이라면 분명 부족함 없이 이쪽의 일정에 맞춰줄 것이고, 비협조적이라면 그에 맞춘 대응을 해야 했다.

상황에 따라서는 심장이 떨릴 만한 협박을 해 줄 예정이다.

지금의 우리에게는 낭비해도 되는 시간은 없다. 그리고 타국에 진출하기 위한 시금석이 될 이 기회를 놓친다는 선택지도 없었다. 탐욕스럽게 최선만을 추구하며 공격적으로 나갈 시점이었다.

태도 확인과 인사.

일단 이 두 가지를 지금 바로 끝내두고 싶었다. 만일의 경우에는 때릴 수도 있다. 이렇게나 힘들게 노력하고 있는데. 용서 못한다.

"내가 갈게."

그렇게 제안한 히에로 왕자를 향해 나는 고개를 저었다.

"아니요. 히에로 왕자님이 아니라 제가 가야 해요. 정치적 배경을 너무 드러내고 싶지 않다고 하셨잖아요?"

누가 뭐래도 히에로는 왕자다.

비록 방송국 국장 대리라는 직함을 갖고 있더라도 왕자는 왕자다.

타국의 군인에게 직접 인사하러 가서 '내일 잘 부탁해!'라며 노골적으로 숙이고 들어가는 것은 좋지 않다는 생각이 들었다. 히에로는 왕자니까.

비록 속으로는 '왕족이라는 입장보다 일이 더 중요하다'라고 생각하더라도.

그보다는 타국의 귀인—— 귀족과 비슷한 영애로 보이는 내가 가는 편이 여러모로 덜 곤란할 것이다.

게다가 여차하면 엄포를 놓을 수도 있고.

이렇게 많은 인력과 물자와 수고와 기회와 감정이 움직이는데, 감시원이라는 잘 알지도 못하는 권력자의 기분 따위로 모든 일을 망쳐서야 하겠는가.

뭐가 감시원이냐.

건방지게 굴면 날려버리겠어.

"내가 따라갈게. 가윈 공과 카카나 공과는 나름대로 면식도 있으니까."

크리스토가 동행을 자청했다.

"그 두 사람이라면 그렇게까지 사적인 감정을 개입하지는 않을 것 같지만, 내일 있을 예정을 직접 전하는 건 나도 찬성이야. 만일 일이 계획대로 진행되지 않는다면 오늘 했던 기획 회의가 모두 헛수고가 될 테니까."

"그렇지. 그건 좀 분하네."

분하다고 말한 크로우엔의 의견에는 분명 자는 다른 촬영반 직원들도 모두 동의할 것이다. 물론 나도 그렇다.

"그럼 갈까? 니아. 미리 연락을 보낼 테니까 어디서 간단히 식사나 하고 가자. 요즘에는 블러드크로스 크랩이라는 마물이 많이 잡히고 있는데 이게 엄청 맛있거든. 게 요리 먹으러 가자."

뭔가 벌써 그리운 이름이 등장한 것 같은 느낌이다. 게 요리라. 먹어본 적은 없는데 맛있으려나?

"메뉴는 맡길게요."

"믿어도 돼. 여자애가 좋아할 만한 장소는 많이 알고 있으니까."

아, 그렇지. 탕아 같은 사람이라고 생각하긴 했는데, 실제로도 크리스토는 탕아였지, 참.

"아직 저는 열 살도 되지 않았는데, 그런 저라도 괜찮으신가요?"

"훗, 근사한 여성에게 나이 따위는 상관없어. ……아무리 그래도 아이에게 흑심은 없지만."

있으면 큰일이다.

백 보 양보해서 나는 그나마 적당히 흘려넘길 수 있지만, 우리 시녀는 확실히 생명을 노릴 것이다──. 리노키스, 나에게만 느껴질 수준이긴 하지만 약간의 살기가 느껴진다. 감춰. 아니, 아예 내지를 마.

이렇게 해서 세계 최초로 매직비전을 도입한 결혼식 기획이 시작되었다.

◆

당사자들을 '특별한 하루'로 초대하기 위한 사전 준비.

결국 매직비전으로 무엇을 할 것인지를 묻는다면, 대답은 이것이라고 할 수 있었다.

그리고 만약 성공하면 곧바로 매직비전을 크게 홍보하는 결과가 될 것이다.

……홍보인 만큼 실패했을 때의 부담도 크겠지만. 그건 생각하고 싶지도 않다.

"이렇게 이른 시간에 가는 건가?"

육군 총대장 가윈 가드는 군복을 가볍게 차려입고 싫은 내색 하나 하지 않고 지정된 시간에 약속 장소에 와 있었다.

"비상식적인 시간이야. 불쾌해."

육군 총대장과는 반대로 군복을 제대로 갖춰 입은 공군 총대장 카카나 레시진은 불쾌한 얼굴을 감추려고도 하지 않았다.

이른 아침……을 넘어서서 아직 밤이라고 하는 편이 더 적절할지도 모른다.

하지만 밤기운이 아직 강하게 남아 있는 그런 이른 아침임에도 예정대로 무사히 감시원들과 합류할 수 있었다.

아침 일찍 호텔을 출발한 우리 촬영반과 크리스토 일행은 대형 단선 세 척에 올라타 한 저택 앞에 도착했다.

감시원의 집 앞이었다.

그리고 그곳에서 무사히 오늘의 동행인과 합류했다.

──그렇군. 맹탕으로 유명한 육군 총대장과 최연소 공군 총대
장이라.

군이 말하자면 카카나가 더 알기 쉬워서 좋았다. 틀에 박힌 전
형적인 군인이라면 대하는 방법도 어느 정도는 알 수 있다.

그런 그녀와 비교하면 가원이 훨씬 더 읽기 힘들었다. 틈이 많
은 얼굴을 하고 있지만 그렇게 보이는 것뿐이다. 저런 사람은 속
을 전혀 읽을 수 없다.

육군 총대장과 공군 총대장은 어젯밤 크리스토의 소개로 만났
을 때의 인상 그대로였다.

얼핏 보기엔 온화할 것 같지만 수상한 냄새밖에 나지 않는 가
원과 얼핏 보기엔 엄격할 것 같은데 실제로도 엄격한 카카나.

양쪽 모두 귀족 출신인 것 같지만 현재는 본가에서 나와 이곳
반돌루즈 수도 유네스고에 있는 큰 단독주택, 아니 조금 작은 저
택에 살고 있었다.

함께.

그 사실에는 조금 놀랐다. 아무래도 두 사람은 연인 관계인 모
양이었다. 하지만 결혼은 하지 않았다고 한다. 복잡한 사정이 있
거나 없거나 둘 중 하나겠지.

……어쨌든 어제 잠깐 얼굴을 보고 그런 이야기를 조금 나누
었다.

그리고 다음 날.

예정대로 이른 아침에 두 사람을 데리러 집까지 가자, 녹색 군

복을 차려입은 가원과 흰색 군복을 입은 카카나가 준비를 마치고 기다리고 있었다.

양쪽 모두 각각 5명씩 부하를 준비해 둔 것으로 보아, 만일의 경우 힘으로라도 멈추겠다는 의사 표시인 거겠지.

——어제 만나서 대화해 본 바로는, 그들에게서 비협조적인 태도는 보이지 않았다.

갑작스러운 저녁 방문에 잔소리는 좀 들었지만, 무시를 당하는 일은 없었다. 솔직히 나도 분쟁을 원하지는 않았기에 딱히 그들을 위협하지는 않았다.

속으로는 어떻게 생각하는지 모르겠지만, 겉으로는 반돌루즈 황왕의 명령에 따라 감시라는 역할에 전념할 생각인 듯했다.

"가원 공, 카카나 공, 오늘은 잘 부탁하지. 당장 행동을 개시하겠다."

히에로 왕자의 명령이 떨어지자, 얼굴 확인을 위해 정렬해 있던 촬영반이 움직이기 시작했다.

그들의 집 앞에 펼쳐진 넓은 도로에는 몇 척의 대형 단선이 준비되어 있었다. 우리가 타고 온 것과 군인들이 타기 위한 것이었다. 이것을 타고 먼저 항구로 이동하게 된다.

"너희들도 올라타. 바로 이동한다."

"알겠습니다."

"네."

가원과 카카나도 부하들을 데리고 그들의 단선에 올라탔다.

불안 요소가 아예 없다고는 할 수 없지만, 여기서부터는 정말 시간과의 싸움이었다.

　——자, 긴 하루를 시작해 볼까?

항구에 도착한 우리들은 이제부터 두 개의 반으로 나뉘어 촬영을 진행할 예정이었다.

간밤에 스케줄 보고는 이미 끝내둔 덕분에 가윈과 카카나도 특별히 나서는 일 없이, 육군과 공군으로 나뉘어 동행하기로 한 모양이다.

데려온 촬영반은 열두 명으로 정확히 두 개의 반으로 나눌 수 있는 인원이었다. 현장 감독과 카메라, 메이크업 등을 두 명씩 데리고 온 것이다.

히에로 왕자는 '만일의 경우를 대비해서 각 포지션에서 예비를 한 명씩 데려온 것뿐이다'라고 말했다. 그라고 해도 두 반으로 나눠서 촬영하는 것까지는 예상하지 못했겠지…… 아니, 의외로 그것까지 예상했을지도 모른다.

뭐, 어쨌든 여기서부터 두 개의 반으로 나뉘어 행동할 예정이다.

1반에는 히에로 왕자, 미르코, 크로우엔.

2반에는 나와 크리스토. 리노키스도 오늘만큼은 시녀 일에 더해 촬영을 도와주겠다고 했다. 사실 내가 도와달라고 부탁했다.

알투아르의 왕자와 반돌루즈의 황자와 황녀가 있었지만, 군의 총대장이 동행한다는 이유로 호위는 없었다.

어쨌든 시간이 없으니 필요 없는 것은 줄여야 했다. 더 가볍게 움직일 수 있도록.

그리고——.

"카카나 님. 갈까요?"

"그래."

어제 가원과 카카나를 만난 것은 정말 신의 한 수였다.

내가 두 사람의 인상을 히에로 왕자에게 말하자, 그가 '귀찮아 보이는 육군 총대장은 내가 맡겠다'라고 말해 주었다.

솔직히 나도 그편이 낫다고 생각했기에, 결국 내 동행인은 공군 총대장이 되었다.

가원은 속내를 읽을 수 없다. 의심을 만면에 드러내고 계속해서 트집을 잡는 식으로 끈질기게 물고 늘어지면 내 손이 먼저 나가버릴지도 모른다. 그런 부분에서는 카카나가 더 안전할 것 같았다.

그렇게 돼서 1반에는 육군 총대장 가원.

우리 2반에는 공군 총대장 카카나.

그리고 각 촬영반 멤버로 반이 구성되었다.

항구에 준비된 비행선에 각각 탑승하자마자 우리는 즉시 이륙했다.

자, 우선은 크리스토 일행이 준비해 준 배의 선장에게 앞으로 비행할 경로를 알려줘야 한다.

반돌루즈는 부유섬이 많은 나라였기에 항로를 정하는 것이 무척 어려웠다. 최대한 낭비 없이 시간을 절약해 다음 섬으로 얼마나 빨리 이동하는지가 관건이었다.

"터무니없는 일정이군."

조타실에서 크리스토가 항공도를 보며 선장에게 지시를 내렸다. 그것을 옆에서 듣고 있던 카카나는 모두가 아는 사실을 중얼거린다.

그래, 터무니없는 일정이다.

지금부터 스무 곳이 넘는 섬을 돌 예정이니까.

하지만 해야 하는 일이기도 했다.

시간은 이제 오늘밖에 없다.

"이런 시간에 비행선을 띄우는 것도 그렇고, 터무니없는 항로를 강행하는 것도 그렇고…… 매직비전인지 뭔지는 예의는 고사하고 상식조차 모르는 물건인 건가?"

뭐, 매직비전에 대해 잘 모르는 자가 보면 대체 무엇 때문에 이렇게 필사적으로 애쓰는지 알 수 없겠지.

그래서 나는 말해 주었다.

"예의와 상식을 챙겨서 좋은 영상을 찍을 수 있다면 그렇게 할 거예요. 하지만 그렇지 않으니 이렇게 무리하는 거고요."

"좋은 영상?"

"석양이 보고 싶다면 시간을 정해야겠죠? 아름다운 석양을 보고 싶다면 장소도 골라야겠죠? 그런 거예요."

"……? 무슨 말인지 모르겠는데……."

그렇군. 그럼 확실하게 말해 줄까.

"지금부터 그곳에 가야지만 볼 수 있는 풍경을 찍으러 갈 거예요."

먼저 3상층섬.

목표는 잭퍼드가 나 정도의 나이였을 때 그의 가정교사를 맡았다고 하는 귀족 여성의 저택이었다.

내일 결혼식에서 방송할, '신랑 신부와 인연은 있지만 식에는 오지 못한 이들의 축복의 전언'을 받으러 갈 것이었다.

◆

"——잠깐만! 그게 뭐야…… 아, 잠깐! 기다리라고 했잖아!"

드디어 직원이 무시하기 시작했다.

그야 그럴 수밖에, 나도 슬슬 짜증이 나려 한다. 내 입으로 말하는 것도 그렇지만, 슬슬 손이 나가는 것도 시간문제였다.

마침내 하늘이 밝아오기 시작했다.

속도를 중시하며 이동과 촬영을 진행해 온 덕분에 벌써 네 번째 집에 와 있었다. 아직 다음 일정이 한참 남아 있기 때문에 빠르게 촬영 준비를 하는 중이다.

여기까지는 순탄하다고 할 수 있었다.

시작 전부터 시간에 쫓기는 촬영이 예고되었던 만큼, 그 어느 때보다 촬영반의 긴장감이 강했다. 빠른 움직임에 맞춰 분위기는 상당히 날카로웠고, 실패 따위는 절대로 용납할 수 없다는 분위기였다.

나도 실패하는 일은 없어야 한다고 생각한다.

하찮은 일로 실랑이를 벌이게 되면 결과적으로 분위기도 더 나빠지고 시간도 낭비되기 때문에 하고 싶지 않았다.

그래서 온 힘을 다해 완충재 역할을 하고 있었다. 직원의 실수를 보완해 주거나 촬영을 부탁하는 상대에게 설명하는 일도 내가 다 맡았다.

그 리노키스조차 '짐은 제가 들겠습니다'라며 무거운 기자재 등을 자진해서 운반하며 공헌하고 있을 정도였다. 내게서 떨어지는 것도 마다하지 않고.

도움은 내가 청했지만, 그럼에도 무척 협력적이었다.

무리가 있는 스케줄임에도 무리를 감수하고 해내려는 만큼, 그 어느 때보다 모두가 진지했다. 여유가 너무 없어서 걱정될 정도였다.

——가뜩이나 그런 상황인데.

신경이 곤두서 있는 나와 촬영반에게 공군 총대장 카카나는 무슨 일이 있을 때마다 '그게 뭐냐', '그건 어디에 쓰는 거냐'라면서 일일이 질문해 왔다.

물론 그 마음을 모르는 것은 아니다.

보는 것도 하는 것도, 모든 것이 낯선 이문화였다. 감시원으로서 사태를 파악하고 무엇을 하고 있는지를 자세히 알고 싶은 거겠지.

그것은 그녀의 성실함과 우수함에서 비롯된 것이라고 생각한다.

하지만 단순히 상황이 좋지 못했다.

모두가 이렇게 분주하게 움직이고 있는데, 매번 손을 멈추게 하는 타이밍에 자꾸 질문을 던져왔다.

'이야기는 비행선 이동 중에 해 달라'라고 몇 번이나 부탁했지만 잘 지켜지지 않았다.

그녀의 태도도 이해 못 할 건 아니다.

일이 벌어진 뒤에는 늦기 때문이다.

무슨 일이 발생하기 직전 상황을 중지해 피해를 줄인다. 그녀의 자위와 국방 의지에서 오는 강한 경계심에서 비롯된 언행이었다.

하지만, 그렇다 해도 상황이 너무 안 좋다. 심하게 안 좋다.

"카카나 님, 직원을 멈춰 세우지 마세요."

제작진의 손을 잡고서라도 막으려 하는 카카나를 반대로 내가 막았다.

이 대사를 하는 것도 오늘로 벌써 여섯 번째다.

이제 막 하늘이 밝아오기 시작하는 아침인데 벌써 여섯 번이나 이 소리를 하고 있었다.

"아니, 하지만 저런 건 본 적도 없어."

"저건 반사판이라고 해서, 촬영 대상에게 빛을 비춰서 카메라의 영상을 더 개선해 주는 판이에요."

첫 번째, 두 번째, 세 번째 장소까지.

촬영 장소에서 강한 조명이 확보되어 있었기 때문에 굳이 사용할 필요가 없었다.

하지만 네 번째인 이곳은 서민의 집.

반돌루즈 측에서 '촬영은 실내와 부지 내로 한정한다'라는 규제가 있었기에 집 안에서 찍어야 했다. 마당이 없으니까.

즉 실내에서는 어느 정도의 광원이 없으면 어두운 곳에서 촬영하는 상황이 벌어진다.

그래서 빛을 비춰야 했다.

그대로 촬영한다면 얼굴에 그림자가 생겨서 보기에 좋지 않았다.

"오, 오래 기다리셨죠. 저, 정말로 이렇게 입어도 되는 걸까요?"

한 여성이 좀 오래된 디자인의 드레스를 입고 나오자 메이크업 담당 여성이 '좋아요, 좋아요! 이쪽으로 오세요!'라며 의자에 앉히고는 빠르게 화장을 시작했다.

아직 상황도 다 파악하지 못했는데, 심지어 잠도 덜 깬 상태에서 우리가 강제로 집에 들이닥친 것이나 다름없었다. 아침 준비조차 하지 못한 그녀는 크게 당황했다.

하지만 상관없다.

그보다 우리 일이 끝나면 다시 자도 상관없으니까, 지금만큼은 부디 동참해 줬으면 좋겠다. 미안하지만 우리에게는 지금밖에 기회가 없으니까.

"이, 이봐! 그게 뭐야?! 마시멜로 아냐?!"

"평범한 퍼프예요. ……어? 왜 모르죠?"

이 사람도 메이크업은 하고 있을 텐데? 그런데 왜 모르지? 반돌루즈와는 화장품이나 화장 방법이 다른가? ……아, 화장 같은 건 메이드에게 모두 맡기는 건가. 그렇군요.

"그건 뭐야?! 빗 아냐?!"

"말씀하신 대로 빗이에요. 머리를 빗는 거요. 좀 진정하세요, 아는 것까지 물어보시면 곤란해요."

성실한 것은 좋지만 지나치게 성실한 것도 문제였다. 이 녀석은 틀림없이 안 좋은 유형의 성실함이었다.

이렇게까지 고지식하고 성실한 모습을 보니 솔직히 카카나 개인에게도 좀 흥미가 생기긴 했지만, 지금은 그것을 신경 써줄 여유가 없었다.

"니아, 부탁해!"

현장 감독의 부탁을 받고 "네"라고 대답했다.

촬영의 예시를 내가 보여주려는 것이다.

영상을 기록하는 마석은 여유가 있지만, 허투루 쓸 수는 없다. 그렇기에 촬영 전에 가볍게 스피치 연습을 진행한다.

"잘 들으세요, 카카나 님, 지금은 조용히 보고 계세요. 특히 촬영 중에는 절대로 발언하시면 안 돼요. 소리가 들어가니까요."

이 다짐도 벌써 네 번째다. 다행히 지금까진 말을 하지 않았다. 근데 할 것 같아 무섭다.

"아니, 하지만 모르는 것 투성이라고. 너희는 대체 뭘 하는 거지?

그리고 뭘 하고 싶은 거지? 난 하나도 모르겠어."

　……혼란스러워하는 이유를 이해하지 못하는 것은 아니지만.

　하지만 지금은 그녀의 의문보다는 촬영이 우선이었다.

　"조용히 하고 그냥 시키는 대로 해 줘."

　그러자 크리스토가 나섰다.

　"아무리 황왕의 명령이라고 해도 감시원으로서 너무 나갔어. 방해되는 수준이다."

　내가 아는 크리스토는 늘 어딘가 여유가 넘치는 능글맞은 남자였는데, 지금은 그도 날카로웠다.

　참고로 그도 짐꾼으로서 동행한 상태다. 촬영 자체에도 흥미가 있는지 조금 떨어진 곳에서 주의 깊게 견학하고 있었는데—— 기어이 이번 사태에 입을 열었다.

　"그렇지만 무슨 일이 이미 벌어진 뒤에는 늦지 않습니까."

　"무슨 일이 있다는 거야? 아무 일도 없었잖아."

　"지금까지는 그렇지만 앞으로는 아닐 수도 있잖습니까. 전 그들이 뭘 하고 있는지 전혀 모릅니다."

　"몇 번이나 설명했잖아. 잠깐 이리 좀 와."

　"아니요, 크리스토 님, 저는 감시를 해야……!"

　카카나의 손을 잡고 밖으로 나가는 크리스토는 어깨너머로 이쪽을 돌아보며 고개를 끄덕여 보였다. ——방해꾼은 자신이 잡아 둘 테니 이 사이에 촬영하라는 뜻이었다.

　직원 몇몇이 카카나의 퇴장을 보고 있었던 모양인지 작업의 속도가 빨라졌다.

지금이다, 서둘러, 하고.

"기다리게 해서 죄송합니다. 우선 이 촬영의 취지에 대해 말씀드리자면——."

그 후 나도 빠르게 예시를 보여주었다.

——참고로 자는 와중 습격을 당한 그녀는 몇 년 전까지 반돌루즈의 수학관에 재학 중이었고, 필레디아와 같은 학년이었다는 하급 귀족 친구였다.

이 나라에서도 학부는 초중고로 나뉘어 있었다. 그녀와는 중등학부를 졸업한 뒤로 소원해진 모양이었다.

지금은 본가에서 나와 혼자 지내며 평범한 서민의 생활을 이어가고 있다고 했다. 일단은 귀족의 딸이지만 드레스도 거의 입을 기회가 없어서 새로 맞추지도 않았다.

"저기, 정말로 필 님께 목소리가 전달되는 건가요?"

지금은 소원해졌지만, 재학 중에는 꽤나 사이가 좋았던 것일까.

우리가 찾아온 이유를—— 그러니까 '잭퍼드와 필레디아가 내일 결혼한다'라는 소식을 전하자, 그녀는 펄쩍 뛰며 기뻐했다. 이제 막 자다 깼는데.

'목소리는 물론이고 모습까지도 보여줄 수 있다'라고 대답하자, 역시 이해가 잘 가지 않는 모습이었지만 그래도 기뻐 보였다.

"아가씨, 제안할 게 있어요."

네 번째 축복의 전언을 받아들고 곧바로 철수했다.

기다리고 있던 대형 단선을 타고 항구로 향하던 중 리노키스가 말을 꺼냈다.

"카카나 님을 납득시키기 위해서는 우리가 뭘 하고 있는지 실제로 보여주는 게 가장 빠를 것 같아요."

이 대형 단선 안에는 나와 리노키스, 크리스토가 있었고 장비도 한 세트 실려 있었다.

어제의 열띤 회의 이후로 좀 막 다루고 있다는 느낌도 있었지만, 일단 황자가 타는 만큼, 직원들과는 구분된 대우를 받고 있었다. 이제 와서 그런 것은 아무도 신경 쓰지 않을 것 같지만. 본인도 신경 쓰지 않겠지만. 일단은.

심지어 지금은 단선 운전사를 자청하고 있었다. 황자 본인이.

"보여준다니…… 오늘, 바로 조금 전에 촬영한 걸?"

"맞아요. 뭘 하고 있었는지 증거를 보여주는 거죠. 저 유형은 증거에 약해요. 그것도 물증에."

그렇군.

정말 약할지 어떨지는 모르겠지만 효과가 있을지도 모른다. 그런 것이 가능할까?

"그럴 수만 있다면 하는 편이 나을지도 모르겠네."

크리스토가 심각한 얼굴로 끼어들었다.

"촬영반의 카카나 공에 대한 반응이 점점 소홀해지고 있잖아? 그러면서 그녀가 데려온 부하들도 점차 반감을 갖기 시작했어. 이러다간 그들과 실랑이가 벌어질지도 몰라."

……칫, 귀찮게. 가뜩이나 시간도 없는데…….

"현장 감독에게 물어보죠."

지금 찍고 있는 영상은 내일 결혼식에 쓰일 것이다.

즉 영상의 편집은 이곳 반돌루즈에서 진행한다.

그런 부분에 관한 것은 알려주지 않아서 자세히는 모르지만, 만약 지금 바로 영상화할 수 있다면 영상의 일부만이라도 상관없으니 카카나에게 보여주는 편이 좋을지도 모른다.

지금 이대로라면 마찰이 생길 것이다.

카카나와 마찰이 생긴다는 것은 다른 나라의 군과 마찰이 생긴다는 의미였다.

역시 그것만큼은 피하고 싶었다. 촬영 중지라는 말을 듣게 되면 모든 일이 수포가 되는 셈이고 매직비전의 판매에도 영향을 미친다.

게다가 무엇보다 내 손이 나갈 것 같았다.

나도 슬슬 짜증이 나기 시작했다. 이런 빡빡한 스케줄을 소화하게 만들다니. 직전까지도 빡빡한 스케줄을 소화했는데 아직도 더 하라는 거냐, 라고 외치고 싶은 심정이었다. 뭐, 내가 출연하는 것이 아니라 그나마 편하긴 하지만.

비행선을 타고 다음 부유섬으로 이동하는 사이, 현장 감독을 비롯한 직원들에게 나는 제안을 건넸다.

──지금까지 촬영한 것을 카카나에게 보여주지 않겠느냐고.

카카나의 지나친 간섭에 신경이 곤두서 있던 그들은 두말없이 동의했다.

그들 자신도 이대로 가면 위험하다고 생각한 모양이었다. 그것도 그렇다. 다른 나라 군인과 마찰을 빚다니, 자칫하면 목숨과도 직결될 수 있다.

곧바로 카카나를 불러내 방금 막 찍은 영상을 보여주었다.

내일을 위해 이런 영상을 찍는 것이라고.

이런 식으로 영상은 영원히 남아 언제라도 그 '특별한 날'의 감동을 떠올릴 수 있게 된다는 설명을 덧붙였다.

"……."

——"결혼 축하드려요."

마정판에 비춰진 '첫 번째 집에서 촬영한 조금 전의 광경'을, 카카나는 집어삼킬 기세로 쳐다보았다.

다시 한번 봐도 되겠느냐며, 몇 번이나 반복을 요구하고는 집중해 바라본다.

"……그렇군. 이런 거였나. 그래…… 음, 알겠다. 당신들이 하는 일도, 행동도, 서두르는 이유도 이제 이해했다."

그래, 그렇구나, 라고 몇 번이나 고개를 끄덕이고는…… 드디어 마정판에서 얼굴을 든 카카나의 눈동자는 조금 촉촉하게 젖어 있었다.

"신분 때문에 차마 공식적으로 부를 수 없는 친구나 인연이 있는 사람도 있어. 그런 사람들에게도 축하받을 수 있다는 건가. 잭퍼드 하스키탄 님도, 필레디아 코큘리스 님도 기뻐하시겠군. 내가 신부라면 울어버릴지도 모르겠어."

카카나는 손수건을 꺼내 살짝 눈가를 닦았다. '이미 울고 있네'라고 말하는 건 촌스러운 짓이겠지.

"몇 건 남았지?"

"밤까지 22건 남았습니다."

그것이 끝나면 밤을 새운 편집 작업까지 남았다.

직원들이 예민한 것도, 내일 결혼식이 끝날 때까지는 휴식을 거의 기대할 수 없기 때문이기도 했다.

이대로 쭉 '끝나지 않는 일'이라는 이름의 지옥으로 향하고 있다는 것을 이해하는 것이다. 시간의 여유도 마음의 여유도 없다. 그러니 짜증이 날 수밖에.

"이 속도로 시간에 맞출 수 있을까? ······아니, 항로를 고려하면 좀 불확실하군. 좋아, 내 부하를 먼저 보내지."

음? 먼저 보낸다고?

"내 부하를 먼저 보내서 축복의 전언을 받을 상대에게 준비를 시켜두는 게 어때? 유명한 귀족들에게는 미리 전달이 된 모양이지만, 그 외의 사람들에게는 집에 있으라는 말만 전해 둔 상태지? 제대로 차려입고 기다리라는 말만 전해도 현지에서 더 빠르게 움직일 수 있지 않을까?"

──훌륭하다.

"그래도 될까요?"

그런 방법도 생각하고는 있었지만, 사람이 부족했다. 게다가 시간도 없었다.

겨우 하루 만에 정해진 기획이다. 비행선도 많이 준비하지 못했고, 어쨌든 부족한 것투성이다.

하지만 군인이라면.

그것도 여기 있는 곳은 공군의 총대장이다.

비행선도 사람도 금방 준비할 수 있겠지.

"괜찮겠어, 카카나 공? 직권 남용인데?"

크리스토가 웃으며 묻자, 카카나는 다시 마정판으로 시선을 돌렸다.

"지금부터 부하들에게 휴가를 주고 개인적으로 부탁하려는 것뿐입니다. ──저는 필레디아 코큘리스와 안면은 없지만, 같은 여자로서 일생에 한 번뿐인 결혼식은 실패하지 않았으면 좋겠습니다. 그리고 한다면 성공했으면 좋겠고요."

같은 여자로서, 인가.

분명 그녀는 육군 총대장 가원과 사귀고 있다. 하지만 결혼은 하지 않았다고 했나.

……뭐, 사람에게는 각자 사정이 있을 테니 내가 굳이 참견할 일은 아니지만.

적이라고만 생각했던 카카나가 뜻하지 않게 협력 태세에 들어갔다.

덕분에 촬영 속도는 조금 더 빨라졌다.

눈앞에서 예시를 보여준 덕분에 카카나를 순식간에 이해시킬 수 있었다.

"느낌이 이상해. 다른 사람 같아."

아아, 응.

"의외로 그런 사람이 많아요."

——"결혼 축하드립니다. 기회가 생겨서 축사를 하게 되었습니다."

마정판에 비친 자기 모습을 미묘한 얼굴로 바라보는 카카나.

거울로 보는 자기 모습과 매직비전의 마정판으로 보는 자기 모습.

마치 다른 사람처럼 보인다고 느끼는 사람이 의외로 많았다. 좀 더 말하자면, 목소리조차 자신 것이 아닌 것처럼 들린다고 하는 경우도 있었다.

이상한 느낌도 들고, 조금 민망한 느낌도 있다나 뭐라나.

나 같은 경우는 사정이 사정인 만큼 딱히 그런 것은 없었다.

애초에 정말 다른 사람이었으니까.

매직비전에서 니아 리스톤의 모습을 보기 전부터 니아 리스톤이 낯설었던 덕분에 별다른 거부감은 없었다.

하지만 이런 반응을 하는 사람은 많았다.

"이것도 쓸 수 있지 않을까?"

그런 현장 감독의 의견은 즉시 채택되었다.

원래는 현장에 가서 촬영할 상대에게 취지를 설명하고서 촬영에 들어가는데, 그 '설명하는 시간'을 단축하기 위해서 견본을 만들고, 매직비전을 통해 실제로 어떤 것인지를 보여주면 더 빨리 진행되지 않을까.

즉, 카카나에게 보여줬던 것처럼 지금부터 촬영할 사람에게도 보여줄 영상을 미리 준비하자, 라는 아이디어였다.

"그럼 좋은 기회이니 카카나 님께 부탁할까요?"

있잖아.

견본으로 쓰기 제격인 사람이, 바로 여기에.

지금까지 찍은 사람들의 영상은 견본으로 적합하지 않다. 어디까지나 잭퍼드와 필레디아의 결혼식용으로 촬영한 것이니까.

이번에는 너무 여유가 없어서 부득이하게 감시원에게만 보여주었다. 하지만 너무 공개적으로 보여주는 것은 좋지 않다고 생각했다. 개인을 향한 메시지이니 말하자면 편지와 같은 것이었다.

그러니 견본이 필요하다면 새로 찍는 수밖에 없다.

거기서 나온 사람이 카카나 레시진이다.

무슨 일을 하는지 알고 있고 공군 총대장이라는 직함까지 가졌으니, 반돌루즈 백성이라면 믿을 만한 사람이라고 판단해 줄 것이다.

일단 반돌루즈의 황자도 동행했지만, 그는 비장의 카드 같은 존재였다. 여차할 때 이름을 밝힐 수는 있어도 기본적으로는 신분을 숨기고 있었다. 운전기사도 하고 있으니까.

"음? 아니 못 해. 나는 못 한다. ……못 해, 안 된다고. 못……
이봐, 오지 마. 구석으로 몰지 마…… 잠깐, 이봐! 그게 뭐지? 립
스틱 같은 그건 뭐야?!"

말 그대로 립스틱이다.

이런 일에 있어서는 역시 프로다.

직원들은 '재미있겠다'라고 판단한 것인지 순식간에 카카나를
에워싸고는 빠르게 촬영 준비를 마쳤다.

옅게 화장한 얼굴을 조금 더 밝아 보이도록 한 번 더 메이크업
하고, 차분하던 입술 색도 건강하고 자연스러워 보이는 분홍색으
로 다시 발랐다.

그리고 카카나를 '시간이 없다', '여유도 없다', '꾸물거리지 말
아라' 등등의 이유로 재촉하며 설득해 마침내 '축하의 전언 영상'
견본이 완성되었다.

"역시 군인답네요. 등줄기가 곧아서 자세가 아름다워요. 눈동
자에 힘도 있고. 게다가 발성이 예뻐요."

"응, 영상이 잘 받는 사람이야. 이 사람이 분위기 좋은 바에서
술이라도 마시고 있으면 엄청나게 팔리겠는데."

"그렇죠? 감각 있는 여성이라는 느낌이 제대로 풍겨요."

"이렇게 똑부러지는 완벽한 여자일수록, 가끔 보여주는 작은
실수의 순간이 특히 더 매력적이지."

""알 것 같아요.""

이런 일에 있어서는 역시 프로다.

영상을 보는 방식이 완전히 제작자의 관점이었다. 카카나를 좀 더 아름답게 찍고 싶다, 그녀를 주인공으로 두고 더 돋보일 만한 구도나 영상을 만들고 싶다, 그런 몇 가지의 기획들이 순식간에 머릿속에 떠오른 모습이었다.

나도 조금 떠올랐을 정도니까. 벤델리오 대신 '리스톤령 산책담'을 하면 먹힐 것 같다, 같은 거.

직원과 크리스토가 흥분하고 있는 옆에서 부끄러워 어쩔 줄 모르는 카카나가 '……부탁이니 그런 소리 좀 그만해 줄 수 없겠나?'라고 중얼거리고 있었다.

카카나 부하들의 선행과 견본 영상.

이 두 가지가 만들어짐에 따라 촬영은 더욱 순조롭게 진행되었다.

"긴 여정에는 약간의 즐거움도 필요한 법이죠. 그래서 사 왔어요."

촬영을 마치고 비행선에 올라타자, 리노키스가 준비해 온 과자를 펼쳤다.

딱딱하고 얇고 바삭한 빵 사이에 계절 잼과 크림을 채운 간편 음식이었다. 사이즈도 아담해서 덩치 큰 남자라면 한입에 먹을 수도 있었다.

반돌루즈에서는 '히녹샌드'라고 불리는 유명한 과자라고 했다.

내 곁에 있으면서 거의 반드시 동행하는 사람이라 얼굴은 알고

있다. 하지만 촬영 중에는 전혀 앞으로 나서는 일이 없고 발언도 하지 않는다.

그런 리노키스의 갑작스러운 행동에 모두가 놀랐지만, 간식은 고마운 마음으로 받았다.

"크리스토 님, 제가 독이 있는지 먹어보겠습니다."

"오, 반반씩 나눠서 먹을까? 카카나 공

"······말투가 좀 걸리지만, 그렇게 하겠습니다."

크리스토가 황자인 만큼, 역시 음식에는 신경을 쓰는 모양이었다. 물론 음모도 이면도 없는, 완전히 가게에서 파는 음식이었기에 카카나의 경계심도 낮아 보였지만.

"아가씨, 반반씩 나눠 먹을까요?"

뭐, 그건 그렇다 치고. 경박한 황자가 뱉은 '반반씩 나눠 먹는다'라는 문구가, 우리 시녀의 마음에 제대로 꽂힌 모양이었다.

"지금까지 독 체크 같은 건 안 했잖아?"

"중요한 일이라는 사실을 다시 한번 깨달았어요. 자, 반으로 나누죠. 반반씩 나눠 먹어요. 사이좋게 반반씩 나눠 먹는 게 좋아요."

사이좋게 먹으면 독을 확인한다는 본래의 취지와는 사정이 달라지는 느낌이지만······ 어쩔 수 없지.

반으로 나누는 것에 재미가 들린 리노키스가 부유섬을 이동할 때마다 소소한 간식들을 사 오기 시작했다.

히녹샌드가 가장 많았지만, 그래도 각 섬의 독특한 명산물이나 맛이 있는지, 처음 말했던 '오랜 여정에 필요한 약간의 즐거움'이라는 목적은 달성할 수 있었다.

다음 섬의 과자는 무엇일까—— 마음의 여유가 없는 현 상황에서는 그런 작은 즐거움이 구원처럼 느껴질 정도로 마음에 위안이 되었다.

참고로 내가 좋아하는 건 홍차 잎이 들어간 크림을 넣은 히녹 샌드다. 향이 좋았다.

예상치 못한 협력이나 작은 아이디어 덕분에, 과도하게 빡빡한 스케줄은 순조롭게 진행되었다.

그리고 심야까지 이어진 촬영은 마침내 끝을 맞이했다.

◆

반돌루즈 수도 유네스고로 돌아와 호텔에 도착한 것은 심야였다.

반나절 넘게 지속된 이동과 촬영의 반복으로 인해 나도 리노키스도, 직원들도, 견학자로 동행한 크리스토도, 감시원으로서 지켜보던 카카나도 모두 완전히 녹초가 되어 너덜너덜했다.

무거운 몸을 이끌고 어제의 호화로운 방으로 돌아오자, 차례차례 쓰러지듯이…… 아니, 정말로 다들 쓰러졌다.

"어서 와. 고생 많았네."

히에로 왕자가 직접 반겨주었지만, 그럴 상황이 아니다.

다들 정말 지쳐 있었다. 아침부터 밤까지 이어지는 대장정은 나도 처음이었다.

그야말로 지옥이라고 부를 수 있는 스케줄이었다.

크리스토마저 바닥에 쓰러져 있었는데, 메이크업 담당 여자아이와 함께 잠든 것 같은 자세로 누워 있었다. 이제는 누군가를 신경 쓸 여유마저 완전히 닳아서 사라져 버린 모습이었다.

나도 쓰러질 것 같았지만 어떻게든 걸어가 테이블에 도착했다. 긴장을 살짝만 풀면 잠이 들 것 같았다. 뒤에 서 있는 리노키스도 피곤해 보였다.

"그쪽은 빨리 왔군요."

가혹한 환경을 상정한 훈련도 받아왔을 카카나는 겉보기에는 멀쩡해 보였다. 하지만 가끔 눈이 감기려 하는 것을 보니 그녀도 피곤한 듯했다.

"아직 작업이 다 끝난 건 아니니까. 조금 일정을 조정했어."

그랬다. 히에로 왕자 일행은 조금 일찍 호텔로 돌아와서 먼저 편집 작업을 진행할 예정이었다. 즉 분업 스케줄을 짜둔 것이다.

그렇다고 해도 그들 역시 돌아온 것은 밤이었지만.

2반은 지금부터 잠시 눈을 붙이고, 1반과 교대로 기상할 예정이다.

그리고 교대로 편집 작업을 마치고, 내일 결혼식 준비까지 끝내고, 당일 촬영도 진행해야 한다.

──확실히 말하겠다. 지옥은 아직 끝나지 않았다. 특히 제작

진 쪽은.

"……아직 끝이 아니라고?"

겉으로는 멀쩡한 얼굴을 하고 있던 카카나의 표정에 피로와 혐오의 기색이 확연하게 드러났다. 혹독한 스케줄에 감정을 미처 숨기지 못한 모습이었다.

"감시는 촬영으로만 한정되어 있지? 이제 오늘 촬영은 끝났으니까, 카카나 공은 쉬도록 해. 가윈 공은 먼저 따로 마련된 개인실에 들어가 있어."

참고로 크로우엔도 마찬가지로 개인실에서 이미 쉬고 있다고 한다. 그녀도 피곤하겠지.

"그, 그렇습니까? 그 말대로 감시는 촬영뿐이라고 듣긴 했지만……."

"뭐 신경 쓰이는 거라도 있나?"

"이제부터 편집이라는 작업을 하는 겁니까? 어떤 방식인지 좀 궁금했는데……."

"아아…… 미안하지만, 그 부분은 공개할 수 없어. 매직비전의 구조나 기술을 알려주게 되는 꼴이니까."

"역시 그렇습니까. 국가기밀이란 거군요."

반돌루즈가 세계에 자랑할 만한 높은 수준의 비행선을 만드는 방법을 은닉하고 있는 것과 똑같다. ……나도 졸리다.

"카카나 공. 혹시 매직비전에 흥미가 생겼나?"

"……그런 것 같습니다……. 이야기는 들었지만, 실제로 본 건 오늘이 처음이라서요. 모두에게서도 여러 가지 이야기를 들을 수 있었습니다."

모두, 라는 말은 나와 크리스토, 그리고 직원들이다.

카카나는 매직비전을 이해하게 된 후로 촬영 시작 무렵의 경계심은 사라지고, 그 대신 흥미가 자리 잡은 모습이었다. 그 후에도 이런저런 질문을 해 왔다.

"그럼 내가 홍보용으로 가져온 영상이 있으니까 가져가서 가원 공이랑 같이 보도록 해. 니아 리스톤이 나오는 영상도 있어. 그녀는 알투아르에서 유명인이거든."

카카나가 나를 바라보았다. 심각할 정도로 졸려서 머리가 잘 돌아가지 않았다. "네, 나와요"라고만 말해 두었다.

"꼭 보고 싶습니다."

조작법을 배운 카카나는 마정판과 마석, 플레이트 일체형 마법진 한 세트를 들고 방을 나갔다. 그 플레이트에 영상을 기록한 마석을 올리면 마정판에 영상이 전개된다나 어쩐다나. 안 돼, 진짜로 졸리다.

"너희들도 쉬어. 목욕도 준비되어 있고 배가 고프면 식사도 준비하지. 크리스토는 일어나, 여기서 자지 말고. 니아, 너도 방으로 돌아가서 쉬어줘. 내일 얼굴을 비춰야 하는데 피곤한 얼굴을 보일 수는 없으니까."

……후우, 드디어 오늘 일이 끝났나.

이런 대장정에서는 쉴 수 있을 때 쉬는 것이 기본이었다.

앞으로 할 작업이 남아 있는 직원들에게는 미안하지만, 먼저 쉬자. 내가 여기에 남아 있어 봐야 더 할 수 있는 일도 없고, 내일을 위해 몸 컨디션을 조절하는 것도 내가 할 일이었다.

그들은 최선을 다해 영상을 편집하고 내일을 대비한다.

나도 최선을 다해 잘 쉬고 내일을 대비한다.

그들은 그들의 일을 하고 나는 내 일을 한다.

그뿐인 일이다.

"그러면 먼저 쉬겠습니다."

나머지는 그들에게 맡기고 나는 쉬자.

빌린 방으로 돌아와 재빨리 목욕을 마치고 빠르게 나왔다. 머리는 내일 아침에 일어나서 감을 생각이었다.

거의 끊기기 직전이었던 의식은 침대로 뛰어드는 순간 순식간에 수마에 삼켜졌다.

다음 날.

오늘도 아침 일찍부터 일어나서 씻고 머리를 감았다.

조금 여유로운 시간을 보내며 홍차를 즐긴 후, 이제는 직원들의 작업 공간이 되어버린 넓고 호화로운 방으로 향했다.

"29번 영상 올라갔어요! 체크 부탁합니다!"

"여긴 잘라! 이거랑 이건 놔두고!"

"영상 7개 남았습니다!"

아무래도 작업도 막바지인 모양이다.

히에로 왕자가 영상을 점검하며 세세한 지시를 내리고 있었다.

왕도 방송국 국장 대리라는 직함은 허울뿐이 아니라는 듯, 그의 지시에 직원들은 민첩하게 움직이고 있었다. 완전히 지친 얼굴로.

"좋은 아침이에요."

이미 도구 점검을 마치고 비교적 여유가 있어 보이는 메이크업 담당 여자가 방으로 들여보내 주었다.

"좋은 아침, 니아. 당장 미안한데 장비 좀 옮겨줄래?"

이런, 오자마자 바쁘네. ……짐 운반인가. 나에게 부탁하고 싶다기보단 어제처럼 리노키스에게 부탁하고 싶은 거겠지.

"알겠습니다. 저랑 시녀가 같이 옮겨둘게요."

"부탁할게. 작업이 끝나면 다 같이 최종 확인을 하면서 아침 식사를 할 거야. ——거기, 지금부터 크리스토랑 가원 일행들에게 식당으로 모이라고 말해 줘."

히에로 왕자에게 지시받은 메이크업 여자아이가 '알겠습니다!'라고 대답하고 방을 나섰다.

나와 리노키스가 장비들을 옮겨 이미 호텔 앞에 대기하고 있던 대형 단선에 실었다.

촬영용과 결혼식용으로 준비해 온 기자재의 양은 상당했다. 이 모든 걸 싣고 나자, 직원 중 한 명이 동승하여 단선을 출발시켰다. 장비들만 먼저 현지로 옮겨둘 예정이라고 한다.

그건 그렇고 참 좋은 날씨였다.

순조로운 출발이다. 그야말로 결혼식에 어울리는 쾌청한 날씨였다.

그리고 얼마 지나지 않아 편집 작업이 모두 끝났다.

식당 개인실에 관계자 전원이 모였다.

어제에 이어 녹초가 된 사람, 어제부터 자란 수염으로 덥수룩한 사람, 어제 스케줄 영향을 생각보다 받지 않은 사람, 어제오늘 사이에 제대로 회복한 사람.

황자나 황녀, 군부의 높은 감시원들까지 섞여 회의 겸 아침 식사를 했다.

결혼식은 낮부터다.

하지만 우리는 준비를 위해 아침부터 출발해야 한다.

아침까지 작업한 사람들은 지금부터 목욕하거나 잠시 쉬면서 깔끔하게 정돈한 후 참여할 예정이었다.

그렇지 않은 사람들은 이제 곧 이동이다.

──자, 결혼식의 시작이다.

기합을 넣어볼까!

◆

신을 향한 선서가 끝난 모양이다.

웅장한 신전에서 내빈들이 줄줄이 나왔다.

이곳 반돌루즈 황국의 명가 하스키탄 가문의 장남과 마벨리아 왕국의 고위 귀족 코큘리스 가문 장녀의 결혼식이다.

　초대받은 자들 역시 쟁쟁한 인물들이다.

　반돌루즈의 왕족도 몇 명 있었고, 마벨리아 왕국의 왕족도 보였다. 모두가 상류층 세계에서조차 보기 힘든 권력자들뿐이었다. 한편 알투아르 왕국의 히에로 왕자도 나서지 않는 자리에서 조용히 참석했다.

　이 정도인데도 결혼식치고는 소박한 편이라고 하니, 신랑 신부 양쪽 가문이 가진 힘은 헤아릴 수 없었다.

　무엇보다 코큘리스가의 조부모가 건강상의 문제로 거동이 불편해 식에 참석할 수 없는 상황이었다. 그런 사정도 있어서 초대 손님을 전체적으로 줄이는 방향으로 이야기가 정리된 모양이었다.

　번거로운 과정이었지만, 귀족의 체면 문제다.

　내빈의 인원수를 통해 양가의 권력관계를 사추당할 위험도 있었기에, 그런 말이 나오지 않도록 하려는 것이었다. 어느 쪽 집의 손님이 적다는 이야기가 나오지 않도록.

　나는 상관없지만 귀족 사회에서는 중요한 일이라는 모양이다.

　결혼한 이후라면 몰라도, 결혼식 전까지는 가문의 명예에 누가 되지 않도록 체면치레할 필요가 있다고.

　노인이나 젊은이, 어른과 아이, 나이대도 제법 다양했다.

　멀끔하게 차려입은 화려한 얼굴들을, 밖에서 기다리고 있던 촬영반 카메라가 촬영했다——. 미리 설명을 끝내둔 덕분인지, 가끔 신경 쓰이는 얼굴로 이쪽을 힐끔거리는 사람은 있지만, 말을 걸어 오는 사람은 없었다.

신전 안에서 진행된 맹세 선언 현장에도 아마 1반 촬영반 카메라가 들어갔을 테니 이제 와서 특별히 신기할 일도 없을 것이다.

──내빈들의 박수를 받으며 신랑과 신부가 나왔다.

흰색 양복을 입은 건강하고 강인한 육체를 가진 청년과.

청년의 팔을 잡고, 레이스 장식이 아름다운 화려한 흰색 드레스를 입은 짙은 갈색 머리의 여성.

지금 세상에서 가장 행복한 두 사람이 신 앞에서 앞으로도 행복하겠다는 맹세를 나누며── 혹은 행복하게 살고 싶다는 소망을 담아, 많은 사람의 축복을 받으며 걸어갔다.

좀 주제넘을지도 모르지만, 나도 저 두 사람의 행복을 빌어주도록 하자.

──자, 본론으로 와서.

"그럼 가볼게."

이곳을 지휘하고 있는 현장 감독과 공군 총대장 카카나에게 양해를 구하고, 나는 달려가기 시작했다.

그리고 신랑 신부나 내빈들이 오가는 훌륭한 신전 정면 출입문이 아닌, 그 옆에 있는 작은 출입문을 통해 나온 1반의 촬영반과 육군 총대장 가원 반과 합류하여 다음 현장으로 향했다.

내부 모습은 1반이.

그리고 나온 뒤에는 2반이 촬영을 마쳤다.

이것으로 일단 1부의 촬영은 종료다.

지금부터 바로 2부의 시작이다.

다음 현장은 하스키탄 가문의 저택이었다.

대형 단선 두 척에 올라탄 나와 히에로 왕자를 포함한 촬영반은 신랑 신부와 내빈보다 먼저 도착했다. 감시원인 가윈도 함께였다.

먼저 도착한 우리는 곧 이곳에 올 신랑 신부와 그 후 조금 늦게 도착하는 내빈들을 촬영할 예정이었다.

2부—— 입식 파티 준비는 이미 완료했다. 음식은 아직 놓이지 않았지만, 넓은 정원 안에는 이미 많은 테이블이 설치되어 있었다. 새하얀 식탁보가 햇빛을 반사해 눈부셨다. 분명 지금쯤 주방은 전쟁터가 되어 있겠지.

정말로 날씨가 좋아서 다행이었다.

뭐, 설령 날씨가 안 좋았더라도 걱정할 필요는 없지만. 저택 안에도 충분한 공간이 있으니까.

"——이 각도에서 이 정도까지면 되겠지."

가윈과 최종적인 협의를 마쳤다.

바깥 촬영—— 정확히는 반돌루즈의 정보가 유출될 위험이 있는 영상을 찍는 것은 금지되어 있지만, 오늘만큼은 조금 규제가 완화된 상태였다.

카메라의 방향과 각도에 따라서는 이곳 하스키탄가의 저택이

비치는 일은 피할 수 없었다. 그래서 그 근방의 촬영은 허락이 떨어졌다.

맞이하는 촬영은 별개로 치고, 기본적으로는 '저택을 배경으로 찍는다'라는 형태라면 괜찮을 것이다.

그런 식으로 최종 확인을 하던 중, 머지않아 신랑 잭퍼드와 신부 필레디아가 결혼식용으로 장식된 흰색 단선을 타고 돌아왔다.

"결혼 축하드려요."

부지 안까지 들어온 배에서 두 사람이 내려섰다. 나는 그들에게 다가가 품에 안고 있던 꽃다발을 건네며 축복의 전언을 건넸다.

"고마워, 니아."

다부진 얼굴 위에 어색한 미소를 짓고 있는 잭퍼드와 더없이 부드러운 미소로 꽃다발을 받아 드는 필레디아.

그런 두 사람의 모습은 나를 포함해서 빈틈없이 촬영되었다.

필레디아는 여기서 다시 한번 의상을 갈아입는다.

지금까지는 상대 가문인 하스키탄 가문의 체면을 위해 이 나라에서 디자인된 드레스를 입고 있었다.

지금부터는 그녀의 조국인 마벨리아 왕국의 신부 드레스를 입게 된다. 색깔은 똑같지만, 기본적인 디자인이 다르다고 한다.

"나랑 교대해."

"네? ……아, 네."

나는 필레디아의 팔랑거리는 화려한 드레스 자락이 바닥에 끌리지 않도록 들고 있던 하스키탄 가문의 하인에게서 일을 빼앗아 그대로 두 사람과 함께 대기실로 향했다.

　"후우. 좀 피곤하네…… 필. 물 마실래?"
　저택 2층에 마련된 방에 들어서자, 잭퍼드는 테이블에 마련된 물병을 들어 컵에 물을 따랐다.
　우리에게는 지난 이틀이 피크였지만, 오늘이 본무대인 신랑 신부는 조금 전까지 있었던 1부를 끝내자 단숨에 피로가 몰려온 모양이었다.
　양가 관계자는 물론이고 다른 나라 왕족까지 참석한 결혼식이다. 실패할 수 없는 것은 오늘의 주인공들도 마찬가지일 것이다. 힘을 내야 할 때였다, 서로.
　이후에는 내빈들과 이야기를 나누거나 술을 마시는 등, 상류층의 파티와 비슷한 행사가 시작될 테니 주인공들이 한숨 돌릴 수 있는 곳은 이곳뿐이었다.
　뭐, 그렇기 때문에 나도 여기에 있는 것이지만.
　"……그래서 니아? 무슨 할 이야기가 있다는 거야?"
　잭퍼드에게 물을 받은 필레디아가 내가 여기 있는 이유를 물어보았다.
　사실 오늘 아침에 만났을 때 약속을 잡아두었다.
　이 타이밍에 할 이야기가 있으니까 만나고 싶다고.
　바로 옆에는 의상 변경을 도와주기 위해 하인이 대기하는 상태라 시간이 많지 않았다. 내빈들도 이곳으로 오고 있었다.

지체하지 말고 진행하자.

"이쪽으로."

먼저 방에 놔두었던 마정판을 들어 올려 화장대 앞에 앉은 필레디아와 그 바로 옆에 서 있는 잭퍼드 앞에 띄웠다.

"두 분께 축복의 전언을 전하고 싶다는 분들이 많아서, 받아왔어요. 지금이라면 마음 놓고 울 수 있을 테니까요."

"……?"

"운다고?"

신랑과 신부는 내가 무슨 말을 하는지 이해하지 못한 모양이지만 괜찮다.

보면 금세 이해할 수 있을 것이다. 당사자가 아닌 카카나조차 그랬으니 말이다.

두 사람이 보는 앞에서 스위치를 켜고 매직비전을 틀었다.

──자, 마음껏 울도록 해라.

알투아르 촬영반이 피를 토하는 스케줄로 촬영하고 편집까지 마친 영상이었다. 부디 즐겁게 봐줬으면 좋겠다.

이 영상은 본래 내빈과 함께 보는 형태가 바람직하다는 의견이 많았다.

그들에게는 중요한 결혼식이지만, 우리에게는 중요한 홍보의 기회니까.

나라의 중진이라 할 수 있는 쟁쟁한 인물들이 모이는 자리다.

매직비전을 판매하고 홍보한다는 목적을 달성하기 위해서는 갑자기 보여주는 편이 더욱 큰 충격을 줄 수 있었다.

하지만 그 다수결에 제동을 건 것은 황녀 크로우엔이었다.

『신부를 울릴 생각이야? 결혼 예정이 없는 나조차도 눈물이 나올 정도였어. 화장은 무너지고 콧물은 흐르고, 기쁘고 고맙다는 이야기만으로는 끝나지 않을 게 눈에 선해. 가능하면 자제해 줘. 신부를 부끄럽게 만들지 말고.』

『안 그래도 내빈도 있고 여러모로 긴장하고 있는 상황인데, 나중에 불평하기 어려운 방식으로 몰아붙이지 마.』

그런 말을 들었다.

그래서 이 타이밍을 골랐다.

옷을 갈아입기 전인 지금이라면.

신전에서 나올 때 내빈들에게 받는 축복의 전언이라는 형태로 전할 수 있었다.

식에 참석하지 못한, 식에 참석하고 싶어한, 두 사람과 인연을 가진 자들의 전언을.

과연 울까? 하는 근본적인 의문도 들었지만.

"아, 안 돼. 이거 안 돼……."

첫 번째 사람의 모습과 흘러나온 말을 듣고, 이것이 무슨 영상인지 이해한 것 같았다.

두 번째 축복의 전언이 흘러나오자, 필레디아는 작게 중얼거리더니 곧바로 흐느끼기 시작했다.

"으으으으으윽…… 흐으윽……!"

그리고 최종적으로는 필레디아보다 잭퍼드가 더 펑펑 우는 결과가 되었다.

"너무 울잖아……."

신랑의 대성통곡을 신부가 어이없다는 얼굴로 바라본다.

필레디아는 처음의 파도를 넘어선 이후부터는 비교적 괜찮아 보였다. 어쩌면 잭퍼드가 너무 요란하게 우는 모습에 놀라서 눈물이 멈춘 것일지도 모른다.

"──이상입니다."

영상이 끝나고, 마정판을 회수했다. 신랑 신부 외에도 대기하고 있던 시녀들까지 잠시 와 있었다.

한동안 부드러운 침묵이 흘렀다.

"고마워, 니아. 아주 멋진 영상이었어."

영상이 끝난 뒤에도 손수건을 흠뻑 적시고 있는 잭퍼드를 두고 필레디아가 미소를 지어 보였다.

"감사 인사라면 히에로 왕자님께 부탁드려요. 이것은 그분께서 친구의 결혼식에 보내신 선물입니다."

이 마정판과 '축하의 전언 마석'은, 두 사람에게 주는 선물이었다. 물론 결혼식에서 찍은 영상도 전부.

이것도 규제의 범위 안에 들어 있었다. 이 나라에서 촬영한 영상은 알투아르로 가져갈 수 없다는 것.

그런 약속까지 받아낸 뒤에야 촬영 허가를 받을 수 있었다.

크리스토도 말했지만, 반돌루즈 황왕의 경계심은 상당히 높았다. 뭐, 처음 카카나가 보였던 경계심 어린 모습을 떠올리면, 그녀의 태도야말로 황왕의 심경 그 자체였을지도 모른다.

이해가 더 깊어지면 대응도 달라질 거라고 생각하지만, 그건 제쳐두고.

이 결혼식에서 찍은 영상은 보기 좋게 편집해서 남겨둘 예정이었다.

그리고 예상하기로는 결혼식에 참석하지 못한 사람—— 필레디아의 조부모에게 보여주기 위해 그녀의 조국인 마벨리아에 갈 가능성도 있다고 생각했다.

"뭐, 잭은 좀 심하게 동요한 것 같지만…… 좋네."

필레디아가 감정이 담긴 목소리로 말했다.

"오늘은 가문의 인맥과 가문의 격에 맞는 내빈들밖에 부르지 못했어. 하지만 정말 축복받고 싶었던 사람들은 지금 영상 속에 다 있었어.

가문도 신분도 상관없이 친해져서, 수학관에서 함께 웃고 싸우고 울었던 사람들. 한동안 만나지 못했던 친구의 모습도 있었지.

똑같은 '결혼 축하해'라는 말이라도 그 무게가 다르게 느껴져. 정말 마음을 깊게 울리는 느낌이었어."

동감이었다. 영상에도 남아 있지만, 전언을 받으러 갔을 때 축복의 전언을 찍으면서 우는 사람도 있었기 때문이다.

서로가 모두 울었다.

그 사이에 깊은 유대감이 있다는 증거였겠지.

"미, 미안해……. 나도 한동안 만나지 못했던 친구나 은사의 모습을 보니까 갑자기 울컥해서……."

잭퍼드도 안정을 찾은 모습이었다.

"이렇게 울었던 건 어렸을 때 이후로 처음이야. 부끄러운 모습을 보여버렸네."

"말 잘했네. 내 말이. 정말 그래."

응…… 신부 쪽은 약간 신랄하다.

"정말 그리웠어. 벌써 10년 넘게 만나지 못했던 친구를 보니까, ……마침 니아 나이대의 기억이 떠올랐거든. 옷을 진흙투성이로 만든 채 정원을 열심히 뛰어다니며 놀던 그때와 지금을 비교하니까, 자, 잘 컸구나, 싶어서……."

그건 신부 아버지에게서 나올 만한 말이 아닐까? 딸아이의 성장을 떠올리면서 결국 참지 못하고 우는 그런 감정 아닌가?

"아직도 우네. 지금 눈물이 마를 때까지 충분히 울어둬."

으음. 예상과는 좀 다르지만, 크로우엔의 말이 맞았다. 미리 보여주는 것이 정답이었다.

신부보다 신랑 쪽이 더 우는 건 예상외지만.

아니, 지금은 그보다.

"실은 또 하나 전해 드리고 싶은 것이 있는데——."

말하지 않는다는 선택지도 있겠지만.

지금 상황을 보니 특히나 신랑 쪽에게는 말해 두는 편이 좋겠다고 판단했다. 그래서 제대로 전하기로 했다.

이런 기회는 두 번 다시 없을지도 모른다.

그렇기에 우리는 최선만을 추구한다.

신부는 드레스를 갈아입고.

겸사겸사 얼굴도 다시 한번 씻고, 소매가 다 젖은 신랑도 옷을 갈아입었다.

신전에서 배웅하던 내빈들이 서서히 도착해 현관홀에 모였을 무렵, 두 사람은 다시 모습을 드러냈다.

방금 펑펑 울었던 것이 믿기지 않을 만큼 위엄 있는 얼굴을 한 신랑 잭퍼드, 그리고 그런 신랑에게 '눈물이 마를 때까지 울어줘'라고 쏘아붙였다는 것이 믿기지 않을 만큼 다소곳한 분위기의 신부 필레디아.

나란히 서 있는 그 모습은 무척 그림 같았다.

아마 성격상으로도 잘 어울리겠지. 약간 까다로운 신부에 포용력을 가진 신랑.

이렇게 기회가 닿아 결혼식에 참석한 입장으로서, 역시 앞으로도 행복하게 잘 살았으면 좋겠다.

지금부터가 2부의 시작이다.

내빈들의 박수와 함께 들어선 신랑 신부는 2층에서 천천히 내려⋯⋯오진 않을 것이다.

내가 미리 언질을 주었기 때문이다.

지금부터 여기서 이러이러한 일이 일어날 거니까 마음의 준비를 해 두라고. 더는 울면 안 되니까.

──그 순간, 현관홀의 불이 꺼졌다.

그에 맞춰 벽가에 대기하고 있던 하인들이 각 창문의 커튼까지 닫아 바깥의 빛이 최대한 들어오지 못하게 막았다.

좋아, 아침 일찍부터 연습한 보람이 있었는지 완벽한 호흡이다.

순식간에 어두워진 현관홀에 무슨 일인가 하는 웅성거림이 퍼져나가는 와중── 누군가가 '앗' 하고 소리를 냈다.

──"잭! 필! 결혼 축하해!"

왼쪽…… 신랑 신부의 기준에서는 오른쪽 위치에, 평범한 사람이라고 하기에는 너무나도 큰 사람이 떠올랐다.

모두가 크게 놀랐다.

숙녀나 아이는 비명을 지를 정도로 놀랐다.

나도 놀랐다.

준비 단계부터 알고는 있었지만, 이렇게 큰── 사람의 키를 넘어설 정도의 거대한 마정판은 본 적이 없었으니까.

이것이 새로 개발되었다는 대형 마정판인가. 엄청난 박력이다.

──영상은 어제 1반과 2반에서 각각 찍어온 '축하의 전언'을 편집한 것이다.

신랑 신부가 지루함을 느끼기 전에 끝날 수 있도록 그들을 향한 개인적인 메시지는 생략하고, 사람들의 '축하해'라는 부분만 연결해서 만든 내용이었다.

그건 그렇고 1반 영상에서 느껴지는 기시감이 엄청났다.

수학관…… 알투아르에서 말하는 학교라는 곳에도 촬영하러 갔다고 듣긴 했는데, 많은 학생이 한데 모여 '축하해'라고 말하는 이 어수선한 영상은, 마치 작년에 힐데트라와 함께 찍은 학교 안 내 영상을 떠올리게 했다.

어쨌든, 상당한 충격이었다.

매직비전에 익숙한 나조차도 놀랐으니, 아직 이 문화가 낯선 반돌루즈, 마벨리아 사람들이 받은 충격은 상당할 것이다.

영상은 순식간에 끝났다.

놀라고, 얼이 나간 모습으로, 눈앞의 충격에서 쉽사리 눈을 떼지 못하던 내빈들은 조명이 켜진 뒤에도 한동안 그 자리에서 움직이지 못했다.

가장 먼저 움직인 것은 신랑이었다.

또 울어버린 모양인지 허둥지둥 신부를 데리고 대기실로 돌아가고 있었다.

대형 마정판이 불러들인 충격은 엄청났다.

신랑 신부에게는 미리 말해 두었지만, 높으신 내빈분들께는 불시에 가해진 선제공격이었다. 효과가 없으면 반대로 곤란하다.

뭐, 이후에는 입식 파티처럼 진행될 예정이니까 진행에 큰 영향은 없을 것이다.

"——수고했어."

연달아 음식들이 운반되고 있는 마당 한 켠.

히에로 왕자에게 소집된 미르코를 필두로 한 촬영반과 크리스토, 크로우엔, 그리고 나와 리노키스는 왕자에게 직접 치하의 말을 들었다.

일단 감시 역할을 계속하고 있는 가원과 카카나도 함께 있었지만, 물론 그들은 대상이 아니었다. ……뭐, 이미 동료 의식이 좀 싹튼 것 같기도 하지만.

"이번 촬영은 상당히 빡빡한 일정이었는데, 드디어 한숨 돌릴 수 있는 곳까지 왔다. 이제는 예정대로 행사나 여흥을 촬영하기만 하면 돼."

이쯤 되면 이미 촬영은 끝난 것이나 다름없었다.

이곳에 있는 내빈들의 신분이 신분이었던 만큼 영상으로 증거를 남겨두는 행동은 과하게 하지 않는 것이 좋겠다는 판단 아래, 촬영은 조심스럽게 진행될 예정이었다.

……드디어 끝이 보이는구나.

이번에는 정말 지쳤다.

리스톤령의 촬영에 이어 멈추지 않고 일정이 계속된 탓에 특히 더 고역이었다.

"그럼 일시 해산이다."

그 말에 모두의 긴장이 탁 풀렸다.

밤낮 없이 일에 쫓기던 상황에서, 일시적으로나마 겨우 해방된 것이다.

……뭐, 일부 사람들은 거기서 제외였지만.

"이러면 되는 건가?"

"맞아. 사용 방법은 알고 있지? ——그래, 거기를 조작하면 돼. 꽤 무섭지?"

"그렇구나. 카메라 기술자도 고생이네."

촬영반 사람들은 내빈이 아니었기 때문에 해산 후에는 하스키탄 가문이 준비해 준 대기실로 돌아갔다.

짐을 보관해 두었던 방이기도 했다. 지금쯤 그곳에서 간단히 파티용 요리를 먹거나 눈을 붙이고 있을 것이다.

참고로 리노키스도 촬영반과 함께 물러났다. 그녀는 정장 대신 시녀복을 입고 있었기에 이곳의 하인들과 섞여 있으면 혼동을 줄 수 있었다.

그리고 해산 명령에서 제외된 '일부 사람'들은 아직 정원 한구석에 있었다.

히에로 왕자의 목소리에 따라 카메라를 들고 있는 것은, 크리스토였다.

조금도 황자답지 않은 모습이었지만, 이 내빈 사이에서 당당히 카메라를 들고 다닐 만한 사람이라고 하면 신분이 제한될 수밖에 없다.

그래서 당사자의 희망을 받아들이는 형태로 크리스토에게 촬영을 경험해 보게 하자는 이야기가 나왔다.

"무슨 문제가 생기면 미르코에게 바로 물어보도록 해."

"알았어. 부탁할게, 미르코. ——가자, 크로우. 애들 찍으러 가자."

"부산스럽게 굴다가 넘어지지 마."

카메라를 짊어진 크리스토가 달려가기 시작하자 미르코와 크로우엔, 그리고 감시를 맡은 가원과 카카나도 따라서 가버렸다.

——매직비전의 충격은 강렬하고도 선명했다.

특히 어린이는 더 큰 영향을 받았다.

어른들뿐인 지루한 파티에서 근사한 장난감을 발견한 것이나 다름없는 것이다.

현관홀에 마련된 대형 마정판은 곧바로 치울 예정이었지만, 일부 어른과 아이들의 적극적인 요청으로 그대로 남겨지게 되었다. 지금은 히에로 왕자가 가져온 홍보용 영상이 나오고 있었다.

그리고 이번에는 '반돌루즈 측 사람이 실제로 찍고 찍힌다'라는 단계, 이른바 시행 활동에 들어갔다.

제대로 좋은 인상을 남길 수만 있다면 판매 효과는 더욱 높아진다——. 애초에 화술에 능통한 크리스토에게 맡겼으니 분명 훌륭하게 완수해 줄 것이다.

"니아, 이번에는 정말 고마웠어."

각자가 떠나고, 남은 것은 히에로 왕자와 나뿐이었다.

앞으로 조금 더 할 일이 남은 나 역시 어느 정도 파티에 참여할 예정이었기에 대기실로 돌아갈 수 없는 '일부 사람'이기도 했다.

"일이니까요."

그것도 2천만 크람짜리.

확실히 힘들었다. 신경 쓸 일도 많았고 스케줄도 정신 나간 수준이었다.

하지만—— 돈에 관해서는 차치하더라도, 꼭 필요한 일이었다고 생각했다.

"성공인가요?"

"의심할 여지 없이."

히에로 왕자는 입식 파티에서 담소를 나누고 있는 내빈 남녀노소를 바라보았다.

"그들에게 직접 매직비전을 보여줬다. 그 시점에서 이미 성공이야."

흠, 그런 건가.

……아니, 그렇지. 그럴 수도 있다.

첫 번째는 결혼식 촬영이었다.

그 약속을 받아내기까지의 과정이 힘들었고, 오랜 시간이 걸려서야 힘겹게 허가를 받아냈다고 들었다.

그것을 바탕으로 적극적으로 기획을 확장해 나가, 매직비전의 촬영과 영상이 포함된 결혼식이라는 결과를 만들어 낼 수 있었다.

"잭퍼드 님과 필레디아 님께 감사해야겠네요."

그들이 우리를 결혼식에 초대해 주었고, 촬영을 뒤에서 지원해

주었다. 그들의 협조가 없었다면 이룰 수 없었던 일이었다.

"그렇지. 예상 외의 협력을 헛되이 하지 않기 위해서라도 꼭 판매에 성공하고 싶어."

"잘됐으면 좋겠네요."

매직비전을 판매하는 활동이라면 나도 하고 있었다. 노력하고 노력해도, 아무리 열심히 해도, 아주 조금씩 진전이 있을 뿐이었다. 그것이 답답했다.

알투아르 국내에서도 그렇다.

그것이 타국이 되면 얼마나 더 힘들어질까. 상상도 할 수 없다.

"그러길 바라야지……. 뭐, 그걸 보고도 아무런 생각도 없고 갖고 싶다는 마음도 느끼지 못한다면, 난 이제 이 나라에 판매하는 건 포기하려고. 선견지명이 없어도 너무 없어."

그것도 하나의 선택이 될 수 있었다.

시간은 한정적이니까, 물러서는 타이밍도 중요하다고 생각한다.

"실례합니다, 알투아르 왕국의 히에로 전하이십니까?"

마당 구석에서 조용히 대화를 나누고 있는데, 흰 수염을 멋스럽게 기른 노신사가 말을 걸어왔다.

"네, 히에로 알투아르라고 합니다."

그런 그에게 히에로 왕자는 왕자님다운 훌륭한 영업 스마일로 응대했다.

"잭 군에게 움직이는 그림에 대해 들었습니다. 그에 관해서 꼭 자세히 듣고 싶습니다만."

"──네, 무엇이든 물어보세요."

아무래도 보여준 효과가 바로 나타난 모양이다. 움직이는 그림이라. 잘 모르는 사람이 보기에는 그렇게 보일 수도 있는 건가.

"그럼 전 이만."

"오, 이런. 환담을 방해해서 미안하구나, 꼬마 아가씨."

"아니요. 어른들의 대화를 방해할 수는 없으니까요."

노신사에게 작별 인사를 하고 나는 그 자리를 떠났다.

판매가 순조롭기를 바랄 뿐이다.

뭔가 먹을까 싶어 요리들을 살펴보고 있는데── 왔다. 예상대로 왔다.

"진짜다! 니아 리스톤이야!"

"그렇지?! 내 말이 맞지?! 내가 그랬지?!"

"실물이다, 실물!"

"에엥? 저게 실물이라고? 뭔가 영상이 더 귀여운 것 같은데?"

현관홀에서 흘러나오고 있는 홍보용 프로그램을 봤는지, 아이들이 우르르 몰려와 나를 에워쌌다.

연령대는 내 나이보다 조금 위인가. 6명 정도 있고 전원이 초등학부 느낌이었다.

"이봐, 이봐, 잠깐 기다려. 먼저 인사부터 제대로 해야 하지 않을까?"

우르르 다가온 아이들의 바로 뒤편에서 카메라를 들고 있던 크리스토와 크로우엔이 쫓아왔다.

"초면에는 크리스토 님도 비슷한 반응이었는걸요?"

"쉿! 그건 말하지 않기로 약속했잖아."

약속한 기억은 없는데.

선망, 호기심, 신기함, 혹은 약간의 질투심도 있나.

아이들의 반짝이는 시선을 한 몸에 받으며 나는 한마디를 꺼냈다.

"처음 뵙겠습니다, 신사 숙녀 여러분. 니아 리스톤입니다."

히에로 왕자가 매직비전에 대해 여러 사람에게 질문을 받는 상황은 예견된 일이었다.

내빈은 모두 권력을 가진 자들뿐이다. 그런 사람들에게 직접 매직비전에 관해 이야기할 수 있는…… 그런 기회가 지금 막 찾아온 것이다.

그러나 여기서 문제가 되는 것이 바로 어른의 사정으로 행사에 참여하게 된 아이들이었다.

관심을 갖기 시작하면 표면상의 거리감이 사라지는 것은 오히려 어른보다 아이들이다. 어른들은 체면치레해야 하니까. 귀찮은 심리전도 있을 것이고.

그리고 아이들이 다가가면 어른들의 대화에 방해가 된다.

──그때가 바로 내가 나설 차례였다.

나의 역할은 아이들을 대응하는 것.

매직비전으로 본 것을 실제로 보여줄 수도 있었고, 매직비전 촬영의 뒷이야기도 할 수 있다. 물론 그 자체를 설명하는 것도 가능하다. 여차할 땐 목을 톡 쳐서 재우는 것도 가능하다.

그리고 나와 아이들은 촬영해도 상관없었다.

크리스토가 지금 찍고 있을 이 광경도, 반돌루즈에서는 분명 홍보에 도움이 되어줄 것이다.

이런 식으로 찍고 있어요, 그리고 이렇게 찍힌답니다.

촬영 현장을 지금 실시간으로 눈앞에서 선보이는 것이나 다름없었다. 이를 지켜보는 내빈들에게 효과가 없을 리 없다.

히에로 왕자는 히에로 왕자가 할 수 있는 일을 한다.

나는 내가 할 수 있는 일을 한다.

매출을 올리기 위해 할 수 있는 모든 노력을 하는 것이다.

끝까지 긴장을 늦출 수 없었던 반돌루즈의 결혼식에서도 모두 각자가 할 수 있는 일들을 해냈다.

그렇게 서서히 해가 저물었고, 큰 문제 없이 마침내 끝을 맞이하게 되었다.

"그럼 왕자님, 다음에 또 뵙겠습니다."

잭퍼드와 필레디아의 결혼식 다음 날.

나와 리노키스는 돌아갈 채비를 마치고 아침 일찍부터 호텔 로비에 와 있었다.

"그래. 다음엔 일 얘기 빼고 식사라도 하러 가자."

배웅은 같은 호텔에 묵고 있는 히에로 왕자뿐이다.

미르코 타일과 촬영반은 어제부터 하스키탄 가에 머물고 있었다. 결혼식에서 찍은 영상의 편집 작업을 위해서였다. 그것이 끝나는 대로 귀국할 예정이었다.

그리고 히에로 왕자는 행사에서 공개한 매직비전에 대해 듣고 싶다면서 여러 사람에게 불려 다니는 모양이다. 한동안 알투아르에는 돌아오지 않을지도 모른다.

"일을 빼고 하는 건 무리겠죠. 어차피 또 기획 이야기로 빠질 게 뻔하니까요."

"하하하, 그럴 수도 있겠네. 하지만 그것도 좋지 않아?"

뭐, 우리 사이의 공통 화제라면 매직비전밖에 없으니까, 어쩔 수 없는 일이다.

'잭퍼드 님과 필레디아 님께 안부 전해 주세요'라는 말만 전한 뒤 우리는 호텔 밖으로 나섰다.

이번에도 정신없는 체류였다.

반돌루즈에 온 것은 두 번째인데, 관광은 고사하고 거리를 걸을 시간조차 없었다. 가능하면 좀 더 여유롭게 지내고 싶었는데.

하지만 곧 봄 방학이 끝난다.

신학기가 시작되니 돌아가지 않을 수 없었다.

"아가씨."

저편에서 점점 밝아오는 하늘을 바라보며 항구를 향해 천천히 걸어가는 도중, 리노키스가 이런 제안을 꺼냈다.

"한동안 이 나라에 올 일은 없을 텐데, 마지막으로 게 요리를 드시고 가는 건 어떠세요?"

"뭐? ……어쩔 수 없지."

아침 식사는 호텔에서 이미 했다.

애초에 아직 가게 문도 열지 않았을 것이다. ……아니, 항구 근처 식당이라면, 아침 일찍 배를 타는 선원들을 위해 문을 연 가게도 있을까.

게 요리, 맛있었지.

리노키스도 마음에 든 것 같고, 나도 좋아졌다.

어제 파티에서도 게살을 크림으로 버무린 소스를 넣은 샌드위치가 있었는데, 아주 맛있었다.

좋아, 이렇게 된 거 마지막으로 먹고 가자. 아침은 먹었지만, 조금이라면 먹을 수 있겠지. 아니면 점심용으로 게가 들어간 도시락을 사 가는 것도 좋을 것 같다.

"간돌프랑 다른 애들한테 줄 기념품으로 사는 건 어떨까? 아, 그런데 게는 오래 보존할 수 없지?"

"맞아요. 기념품으로는 적합하지 않을 것 같아요."

그렇군. 생물은 피하는 것이 좋으려나.

"간돌프한테는 작은 크기의 건어물, 리넷에게는 중간 크기 건어물, 안젤과 프레사에는 제일 작은 크기의 건어물 정도면 될 것 같아요."

역시 내 시녀, 다른 제자에게는 가차 없다.

뭐, 건어물로 할지 말지도 아직 정해지지 않았지만. 반돌루즈는 특별히 해산물이 유명한 곳도 아니다. 게 요리가 맛있긴 해도 아직 유통이 시작된 지 얼마 되지 않은 느낌이고, 유명해지는 건 더 나중의 일이겠지.

그럼, 뭐가 있는지 항구를 좀 둘러볼까?

◆

겨울 방학과 마찬가지로 알투아르 왕국에 돌아오자마자 신학기가 시작되었다.

봄 방학 직전에 맞춘 새 교복을 입고 오늘부터 나는 학교 초등학부 2학년이 된다.

그렇다고 특별한 변화가 있는 것은 아니었다.

명확한 변화라고 하면 기숙사 방의 장소와 다니는 교실이 바뀐다는 정도일까.

6학년이 졸업하거나 중등학부로 진급하면서 귀인용 여자 기숙사에서 사라졌다는 것도 큰 변화라고 할 수 있었다. 하지만 나는 상급생 중에 친한 사람이 없었던 탓에 별로 신경 쓰일 만한 일은 아니었다.

"——니아…… 이제 헤어져야겠네……."

"——니아와 함께 있고 싶었는데……."

봄 방학 전에 그렇게 말하며 울먹인 상대가 아예 없던 것은 아니지만…….

그러나 그녀들에게는 매직비전에서 자주 보는 얼굴이라 친숙했을지도 모르지만, 내 기준으로는 같은 기숙사에 있어서 얼굴만 아는 사람들일 뿐이었다.

그래서 온도차가 상당히 심했다.

"——저도요."

뭐, 일단 그렇게 말해 두긴 했지만.

여기서 '울 정도로 친하지는 않잖아요?'라고 말해 봤자 아무런 이득도 되지 않고 의미도 없었다.

때로는 진실이 사람에게 상처를 줄 수도 있다. 항상 진실이 옳다고는 할 수 없었기에 상냥한 거짓말을 돌려주었다.

"안녕, 니아."

아, 그러고 보니 명확한 변화라고 하면 이것도 있었다.

"안녕, 레리아."

방을 나간 타이밍에, 똑같이 방을 나온 레리아렛과 딱 마주쳤다.

——그랬다, 기숙사 방이 바뀌면서 레리아렛과 바로 옆방이 되었다. 이 배정은 우연일까, 고의일까. 학교의 의도일까.

"저기, 그 얘기 들었어? 학교에 방송국이 생길지도 모른다는 이야기."

음?

"그 얘기라면 레리아랑 같이 들었잖아."

——3학기 말쯤, 나와 레리아렛이 함께 있을 때 학교 내에 있는 촬영반 감독인 중등학부 학생과 우연히 만났다.

그때 그런 이야기를 들었다.

학교 촬영반은 지난해 열린 학교 격투 대회에서 발족하였고, 지금도 무언가 활동을 하고 있었다.

처음에는 지원자들만 모여 활동하는 작은 모임이었다.

실제로 나는 그들이 아마추어나 다름없던 시절을 알고 있었다. 솔직히 말하자면 내가 키웠다고 해도 과언이 아니다. ……아니, 역시 그건 좀 과장인가.

그러나 지금은 왕도 방송국에 가서 직접 배우거나 촬영에 동행하는 등 여러 경험을 쌓아나가며 꽤 익숙해진 모양이었다. 전문가라고 할 수준은 아니지만 아마추어 학생이라고 부르기에는 충분할 정도로 성장했다고 생각한다.

아직 미숙한 면도 많다고 생각하지만, 최소한의 촬영은 할 수 있게 되었다. 그리고 이대로 경험을 쌓아간다면 더욱 성장할 수 있겠지.

"그 뒷이야기. 정식으로 결정된 모양이야."

오오, 그렇구나.

"학교 측이 정식으로 인정했구나."

"응, 정확히 말하면 '준 방송국'이라는 느낌이지만. 국가에서 급료 같은 건 받지 않는, 어디까지나 교내에 한정한 촬영반 같은 느낌이야."

아니, 아니.

"그걸로도 충분하잖아. 지금까지는 그저 자칭에 불과했으니까."

"그러게. 놀랍긴 했지, 자칭."

응, 놀랐다.

사실 관심이 있는 사람들만 모인 자칭 촬영반이라는 말을 들은 것도 3학기 때였으니까. 당연히 아마추어일 수밖에 없다.

"하지만 직함뿐만 아니야. 그보다는 의미가 더 큰가 봐. 학교에서 활동비가 나온다는 것 같아."

그건 다행이다. 촬영용 마석이나 장비들은 비싸니까.

"그래서 말인데, 나랑 니아도 가입해 줬으면 좋겠대."

"무리 아닐까?"

나도 모르게 즉답하고 말았다.

하지만 어쩔 수 없다. 생각할 여지조차 없는 제안이니까.

"그렇지. 하지만 힐데 님은 들어가실 생각인가 봐."

"음? 그것도 무리 아닐까?"

감사하게도 나도 레리아렛도 힐데트라도 촬영과 관계된 일로 늘 바쁘다. 이런 몸으로 학교 방송국 활동까지 하는 것은 어려웠다.

특히 내 경우는 제자들 육성과 10억 크람 건도 있었다.

이 이상 할 일이 늘어나면 반드시 손이 부족해질 것이다. 어느 한 가지는 분명 소홀해질 수밖에 없겠지. 안 그래도 여유가 있을 때와 없을 때의 차이가 심한데. 짜증 나는 숙제도 있고. 훈련을 게을리하는 것 같은 리노키스도 좀 봐주고 싶고. 혹독한 수행도 하고 싶고.

"뭐, 이것도 다음 소식을 계속 기다리고 있는 느낌이야."

그렇겠지, 지금 당장 결론 낼 일은 아니었다.

그런 이야기를 하면서 우리는 학교 건물로 향했다.

──새로 들어온 1학년들의 호기심 어린 시선을 받으면서.

그리고 방과 후.

오늘은 학교장의 인사말과 신학기에 대한 설명뿐 수업은 없었다.

왔을 때와 마찬가지로 레리아렛과 함께 기숙사에 돌아가니……
기숙사 앞에 많은 인파가 모여 있었다.

장소 특성상 당연히 아이들뿐이지만, 여자 기숙사 앞인데도 남학생들의 모습도 많았다.

"뭐지?"

레리아렛이 물었지만, 짐작 가는 것이 없기 때문에 "글쎄?"라는 대답밖에 할 수 없었다.

하지만 그것이 무엇인지는 금방 알 수 있었다.

"──어서 오세요. 그럼 갈까요?"

사람들의 무리 한가운데에 있던 사람은, 오늘 아침 막 정식 인가 소식을 들은 학교 방송국 직원들과 힐데트라였다.

순간 기시감을 느낌과 동시에 용건도 알아버렸다.

"학교 안내 촬영은 올해도 하는 건가요?"

레리아렛도 금세 알아차린 모양이다.

"네, 반대로 안 할 이유가 없으니까요?"

하긴 힐데트라 말이 맞긴 하다.

작년의 정신 없었던 그 영상의 반응이 생각보다 좋았다고 한다. 반응이 안 좋았으면 더 할 이유가 없다.

……음. 신입생들 입장에서는 이것도 어떤 의미에서는 입학 축하를 대신하는 이벤트가 될지도 모르겠네.

그렇다면 하는 편이 좋겠지.

이번에는 재학생으로서 환영의 뜻을 담아.

이렇게 해서 올해도 질서라고는 일절 없는, 수많은 아이가 뒤섞여 그 무엇도 계획대로 진행되지 않은 끔찍한 학교 안내 영상을 찍게 되었다.

──2학년의 시작이었다.

◆

신학기가 시작되고 시간이 조금 흘렀다.

갑작스럽게 부모와 떨어진 기숙사 생활에 불안정해하던 신입생도 진정을 찾고 안정되기 시작할 무렵이었다.

촬영도 순조롭고, 제자 육성도 순조롭다.

10억 크람 건도 일단은 순조롭다고 할 수 있을 것 같았다. 내가 참여하지 않고 있어서 큰돈을 벌고 있지는 않지만, 그래도 조금씩 꾸준히 늘어나고 있다고 들었다. 제자들이 협조해 준 덕분이었다.

왕에게도 연락이 왔다.

'이번 여름이 끝나기 전까지 4억 이상이 있으면 대회 개최는 충분히 가능하다고 판단된다. 돈은 많으면 많을수록 좋지만, 4억이 모인 시점에서 준비를 시작한다'라고.

개최 예정일은 내년 겨울.

지금부터 계산하면 약 1년하고도 반년 후가 된다.

지난해 왕이 말했던 것처럼 1년에 걸쳐 차분하게 홍보 활동을 진행하고, 다른 나라에서도 내빈과 참가자를 모집하여 큰 대회를 열 생각이라고 했다.

지금 현재는 2억 이상의 자금이 있다.

그리고 겨울이 끝날 무렵부터 이미 여름 사냥 계획을 세우기 시작했다. 돈을 벌기 위한 여정을 고민하는 단계였다.

미완성 상태인 현 단계의 계획으로도 이번 여름 방학 동안 4억 크람은 넘길 수 있을 것 같았다.

어쨌든 지금은 많을수록 더 대규모 대회를 열 수 있을 테니 계속해서 10억 이상을 목표로 하는 것도 나쁘지 않은 선택이었다.

매직비전에 관해서는 그 유명한 종이 연극 공개 이후 실버령 채널의 인기가 높아졌다.

왕도나 리스톤령에서도 후발주자로 종이 연극을 진행하고 있지만…… 실버령의 작품과 비교하면 다소 부족하다고 말할 수밖에 없었다.

역시 그림 실력 때문인 걸까.

실버 가문의 둘째 딸 리클비타를 주축으로 종이 연극팀이 결성된 것인지 다들 우수했다. 게다가 시청자들이 지루하지 않도록 고심한 덕분에 이야기의 구성도 훌륭했다.

같은 역사적 사실이나 전기로는 이길 수 없으니 다른 노선으로 공격하는 편이 더 효과적일지도 모른다——는 것이 마찬가지로 후발주자로서 열심히 노력하고 있는 왕도 방송국 힐데트라의 의견이었다.

나 역시 그 말을 듣고 납득했고, 양친 앞으로 '이런 의견이 있었습니다'라는 내용을 적어 보내두었다.

다음으로, 왕도 방송국의 채널이 성장하고 있었다.

기획 출범 이후 정신없이 계속해서 촬영해 온 '요리하는 공주님'이 차츰차츰 시청자들 사이에서 자리를 잡은 것이다.

고정이 된 프로그램은 강하다.

특히 힐데트라가 가진 '의외로 자주 볼 수 있는 공주님'이라는 캐치프레이즈와 잘 맞아떨어지기도 했고, 해당 프로그램을 통해 일반인과 접촉할 기회가 많은 것도 반응이 좋았다고 한다.

특히 주부층.

지금까지 큰 움직임을 보이지 않았던 시청자층이 이 프로그램으로 흡수되고 있었다.

분하지만 리스톤령의 성장은 별로 크지 않았다.

당첨 기획이라고 생각했던 '개와 달리기'도 이제는 개에게 이기는 것이 당연해진 느낌이 들면서 점점 지루해지고 있었다.

어떤 방식으로든 반전을 주거나 발상을 전환해야 할 타이밍이 왔다는 생각은 들지만…… 알면서도 중요한 기획을 떠올리지 못하는 것이 현 상황이었다.

'다음에는 위험한 육식동물에게서 도망치는 걸 찍으면 어떨까?'라고 제안했지만, 그 즉시 기각당했다. 생명을 위협하는 짓은 시킬 수 없다는 것이 이유였다. 나는 전혀 상관없는데.

직업 방문도 주요한 곳들은 웬만큼 돌아봤으니…… 이제부터는 어떻게 해야 할지 고민이었다.

그런 상황에서.

"호오, 드디어 전용 건물이 생겼구나."

신학기 초에 들었던 학교 방송국의 속보가 들어왔다. 마침내 그들을 위한 전용 건물── 전용 방송국이 학교 부지에 생겼다고 한다.

지금까지는 빈 교실을 빌려 장비를 두거나 모였다고 하는데, 이것으로 장비 보관이나 모이는 것에도 큰 어려움이 없겠지.

"게다가 곧바로 새로운 멤버가 늘어났대."

방과 후 기숙사 방에서 리노키스와 오라비의 전속 시녀 리넷의 훈련을 지켜보고 있는 와중, 레리아렛이 이야기를 듣고 와서 함께 차를 마셨다.

여러 가지로 타이밍이 안 좋았지만, 내칠 수도 없었다.

리노키스와 리넷은 옆에 있는 하인용 방에서 훈련을 이어가고 있다. 좁고 답답하겠지만 지금은 좀 참을 수밖에 없다.

"왜 가끔 물어보던 애들 있었잖아? 매직비전에 나오려면 어떻게 해야 하냐고. 그런 애들이 들어왔다는 것 같아."

아, 그렇구나. 확실히 가끔 그런 걸 묻는 애들이 있었지.

"다시 말해 우리 같은 연기자가 더 늘어날 수도 있다는 거네."

인기가 생기면 학교가 아닌 왕도 방송국에 기용될 가능성도 있을까? 나를 대신해 리스톤령에서 일해 줄 인재가 늘어난다면 나도 조금은 편해질지도 모른다.

"──위기야."

……응?

낙관적으로 생각하던 나와는 정반대로, 레리아렛의 눈은 단호

하게 빛나고 있었다. 어린아이치고는 제법 각오가 엿보이는 눈빛이었다.

"우리의 인기를 빼앗아 추월할지도 모르는 어린싹들이 나오고 있는 거야. 누가 봐도 위기잖아."

어린싹이라. 아직 10대도 되지 않은 레리아렛 역사 충분히 어린 싹으로 보이는데. 물론 매직비전에 관련된 기간도 짧긴 하지만.

"하지만 멈출 수 있는 게 아니잖아, 그런 건."

무의 세계 또한 그렇다.

뒤처진다고 생각한 신입이 금세 강해지는 건 흔히 있는 이야기였다. 어느 분야에서든 이해가 빠른 사람들은 있기 마련이니까.

사람들과 경쟁하는 것도 물론 중요하지만, 결국 최대의 적은 자기 자신이었다.

남의 일에 신경 쓰느라 자기 자신과 마주하는 것을 잊어버리면, 그 순간이야말로 무의 길도 인간의 길도 벗어나게 되는 것이다.

조급함이 느껴질 때야말로 자기 자신을 바라볼 때였다.

차분하게, 자신이 무엇을 해야 하는지 정확히 파악하고, 그리고 사물을──.

"여기는 제대로 한마디 해 줘야지. 매직비전의 세계는 그렇게 호락호락하지 않다는 걸. 따끔하게 알려줘야 해."

…….

이런 녀석도 있지. 우수한 후배를 방해하려고 하는 밉살맞은 선배 같은 녀석.

"그러니까 상황을 보러 가자."

어? 아아, 그렇게 이어지는구나.

"나도? 난 한가하지 않은데."

오늘은 우연히 촬영이 없지만, 그렇기 때문에 해야 할 일이 또 있다.

바로 지금도 제자 육성이라는 볼일을 보고 있었다. 이게 끝나면 간돌프의 모습도 보러 갈 생각이었다.

"나도 한가하지 않아. 하지만 한 번쯤은 인사하러 가는 게 좋다고 생각해."

인사라.

"인사라면 가도 상관은 없겠지만, 근데 레리아의 인사는 진짜 인사가 아니잖아?"

실제로는 인사를 가장하고 한 방 먹여주러 간다는 의미겠지. 신입을 견제하러 가겠다는 의미겠지.

뭐, 발상 자체는 싫지 않지만.

무술과 관련한, 혹은 폭력과 관련한 인사라면 기꺼이 함께하고 싶을 정도였다. 처음에 기선제압을 해 두는 건 꽤 중요한 일이니까.

얕보지 말라고. 이 업계를 얕보면 큰코다칠 거라고.

선배로서 알려주는 것도 중요하다.

······하지만 레리아렛의 인사라는 건 조금 의미가 다르지 않나?

"우리는 결국 가입하진 않았지만, 힐데 님께서 요청하시면 학교 방송국에도 협력해야 하잖아? 지금 미리 얼굴을 봐두지 않으면 나중에 더 귀찮아질 거야."

"아니, 그러니까. 인사하러 가는 건 반대하지 않아. 레리아가 가진 인사의 취지가 문제라고 말한──."

"그럼 인사하러 가는 건 결정이네! 내일 간다고 얘기해 둘게!"

자기가 하고 싶은 말만 끝마친 레리아렛은 그대로 방을 나가버렸다.

……뭐, 레리아렛의 말도 일리는 있다. 애초에 인사하러 가는 것 자체는 반대하지 않기 때문에 상관없었다. 얼굴도 봐두는 편이 좋을 것이고.

그녀가 과하게 선을 넘지 않게 옆에서 지켜보도록 할까.

학교 방송국에 인사하러 가기로 약속한 다음 날.

오늘도 촬영은 없지만 예정은 잡혀 있었다.

극단 아이스 로즈의 '얼음 쌍왕자'인 의장 율리안과 루시다, 그리고 간판 여배우로 잘 나가고 있는 샬로의 부름을 받아 만날 약속을 잡았기 때문이었다.

특별히 볼일이 있는 것은 아니었지만, 오랜만에 얼굴을 보고 차를 마시자는 이야기가 나와서 초대에 응했다.

그리고 시간이 된다면 안젤 쪽의 모습도 보러 가고 싶었는데.

갑자기 레리아렛과 약속이 잡혀버렸으니 안젤의 술집에 가는 건 다음 기회로 미뤄야 할 것 같았다.

학교 방송국에 인사하러 갔다가 그 후 극단 아이스 로즈의 사람들을 만난다. 오늘의 예정은 이것이었다. 통금 시간이 있어서 술집까지는 갈 수 없었다.

"그럼 아가씨, 저는 정문 앞에서 기다리고 있을게요."

"그래, 이따 보자."

방과 후 짐을 놔두기 위해 한번 기숙사로 돌아온 나는 나중에 리노키스와 합류하기로 약속하고 곧장 방을 나갔다.

인사를 마친 뒤 극단 아이스 로즈와 약속한 찻집으로 향할 것이다.

"——가자, 니아."

복도로 나오자 이미 레리아렛이 기다리고 있었다.

2학년이 된 뒤부터는 바로 옆방이라 그런지 그녀와 만나는 시간이 더 늘어난 기분이었다.

레리아렛이 미리 약속을 잡아뒀다고 하니 오늘은 학교 방송국의 멤버 전원이 모여 있을 것이다.

일단 표면상의 용무는 '신설된 학교 방송국에 대한 인사'였지만, 실제 목적은 새롭게 소속된 신입 멤버와의 만남이었다.

기존 멤버들과는 이미 얼굴을 아는 사이니 새삼스럽게 인사할 필요는 없을 테니까.

참고로 힐데트라도 참가할 예정이었다. 방송국에서 모이기로 약속했으니 아마 저쪽에 가면 만날 수 있을 것이다.

"방송국은 어디에 생겼어?"

"음, 사토미 속검술 도장 근처라고 했어."

호오, 사토미 속검술이라.

"오라버니가 빠져 있는 곳이구나."

그리고 틈날 때마다 대련을 요청해 오는 사노월 바도르도 사토미 도장에서 수행하고 있는 것으로 알고 있다.

이 학교에는 간돌프가 사범 대리를 맡고 있는 텐파류를 비롯해 여러 검술 및 무술 도장이 있었다.

어차피 그 어느 도장도 껍질을 열심히 벗겨서 먹어야 하는 게보다도 더 쉽게 부서질 것이기 때문에 안중에도 없었지만, 오라비와 사노월이 수행하고 있는 검술은 알고 있었다. 자세히 알지는 못하지만.

"닐 님…… 최근에는 못 만났네."

그러고 보니 나도 2학년이 된 뒤부터는 오라비와 만나지 못했다.

그의 시녀인 리넷을 통해 이야기를 자주 듣고 있었기에 만나지 못했다는 느낌은 거의 들지 않았지만.

분명 오라비도 리넷을 통해 내 이야기는 전해 듣고 있지 않을까.

"저기, 잠깐만 보고 갈까?"

"힐데를 기다리게 할 셈이야?"

방송국 아이들이야 그렇다 치더라도 힐데트라를 기다리게 하는 것은 좋지 않았다.

적어도 상대는 공주였다. 이제 와서 그런 걸 의식하라는 것도 어려울지 모르겠지만, 그래도 공주였다.

그리고 나는 이후의 일정도 있었다.

"조금만! 아주 조금만! 진짜 살짝만!"

……뭐, 상관없겠지. 어쩐지 손자가 조르는 것처럼 느껴져서 조금 거절하기 어려웠다.

이렇게 된 거 나도 오랜만에 오라비 얼굴이나 한번 볼까.

"그럼 좀 서두르자."

새로 생긴 방송국 근처에 도장이 있는 거라면, 잠시 들여다보는 데 그리 오랜 시간이 걸리지는 않을 것이다.

들여다봤지만 오라비도 사노월도 아직 오지 않았다.

이렇게 되면 어쩔 수 없었기에 이번에야말로 학교 방송국으로 향했다.

"아, 어?! 벌써 가는 거야?! 곧 올 것 같은데?!"

대답해 준 상급생이 당황하며 그렇게 외친다. 다른 도장에 있는 사람들도 흥분한 표정으로 이쪽을 보고 있었다.

내 입으로 말하는 것도 좀 그렇지만, 아마 매직비전에 자주 나오는 얼굴이 두 개나 나타나서 동요하고 있는 것 같았다.

일단 나도 레리아렛도 인기 유명인이니까. 그런 사람들이 갑자기 찾아오면 당황하는 것도 당연하다. 응, 그렇다고 해 두자. 아닐 수도 있지만 그렇게 생각해도 되겠지.

"죄송합니다. 매니저를 통해서만 사인이 가능해서요."

그리고 레리아렛은 조금 기쁘면서도 곤란하다는 얼굴로 요구받지도 않은 사인을 거절하고 도장을 뒤로했다. 나도 그 뒤를 따랐다.

"매니저?"

생소한 단어를 되묻자 "내 시녀 말이야. 시녀 겸 매니저니까"라는 대답이 돌아왔다.

매니저라. 그러면 우리 리노키스도 매니저라고 할 수 있지 않을까. 내 스케줄 관리도 하고 있으니까.

뭐, 아무래도 상관없지만.

——레리아렛의 말대로 학교 방송국 사무실은 바로 근처였다.

새로 지어진 작은 건물의 문은 열려 있었고, 안을 들여다보니 자칭 방송국원, 아니 학원 방송국 무리가 있었다.

중앙에는 열 명 이상이 앉을 수 있을 정도의 큰 테이블이 놓여 있고, 그중 절반 이상의 의자가 채워져 있었다. 힐데트라도 이미 와 있었다.

"아, 레리아! 니아! 어서 들어와!"

들여다보고 있다가 중등학부 현장 감독이 우리를 발견했다.

뭐, 꾸물거릴 이유도 없겠지. 빠르게 인사를 마치고 돌아가자.

——아무래도 우리를 기다리고 있던 모양인지 우리가 자리에 앉자 여기저기서 작업을 하던 이들도 의자에 앉았다.

"알투아르 학교 준 방송국에 온 걸 환영해."

아아, 보아하니 정식 명칭에는 '준'이 붙는 모양이었다. 준 방송국이라. 정규 방송국과 혼동되지 않게 하려고 그런 건가?

감독님의 환영을 받으며 이미 안면이 있는 멤버를 둘러보았다.

그러자 기억에 없는 세 사람이 나란히 서 있는 것이 눈에 띄었다. 나는 고개를 끄덕이며 납득했다.

테이블에 앉아 있는 것은 안면이 있는 기존 멤버였고, 서 있는 세 명이 새로운 멤버라는 것인가.

기가 세 보이는 금발의 여자, 그리고 반짝반짝…… 아니, 번쩍번쩍할 정도의 에너지가 느껴지는 환한 미소의 여자, 마지막으로 똑같이 기가 세 보이는 피어싱을 하고 헐렁한 교복을 걸치고 있는 남자.

"모두 중등학부 학생이네요."

레리아렛의 지적에 뒤늦게 그 사실을 깨달았다.

학교 준 방송국 멤버는 중등학부 학생과 고등학부 학생으로 구성되어 있었다.

초등학부 학생은 들이지 않을 방침인 듯했다. 뭐, 그것도 어쩔 수 없겠지. 꽤 힘든 일도 많고 체력 싸움인 부분도 있으니까.

"새로 온 아이들을 소개해 줄게. 왼쪽부터 조세콧 코이즈. 키키리라 아몬. 그리고 샬 르르야."

금발이 조세콧, 환한 미소가 키키리라, 남자가 샬이라고.

……또 개성이 강해 보이는 신입이 들어왔네.

"저요! 저요, 저요, 저요! 할 말 있어요!"

아직 최소한의 정보밖에 듣지 못했는데 키키리라가 손을 든다.

발언을 요구한다. 여러 번 요구한다. ……미소도 강해 보이고, 추진력도 강해 보이네.

감독이 쓴웃음을 지으며 '말해 봐'라고 하자마자 그녀는 나를 보면서 이렇게 말했다.

"――나 니아보다 빨라! 빨리 그거 찍자!"

…….

…….

응, 나랑 확실히 안 맞는다.

◆

"그래서? 그 후에 어떻게 됐어?"

응.

"아무 일도 없었어. 그러니까 지금 내가 여기 있는 거지."

"뭐야, 재미없게."

집중해서 이야기를 듣고 있던 샬로는 밀려들었던 파도처럼 다시 빠져나갔다.

나로서는 재미없는 정도가 딱 좋았다.

내가 생각하는 나름의 '재미'는 매직비전을 통해 다 보여줬으니까, 그쪽을 보고 즐기면 된다. 촬영하지 않을 때는 조금 더 편하게 있고 싶었다. 재미있는 이야기도, 재치 있는 이야기도 마음이 내키지 않을 땐 하고 싶지 않았다.

애초에 내가 재미있는 이야기나 재치 있는 이야기를 할 수 있을지 여부는 별개의 문제지만.

——이곳은 왕도에 자리한 찻집이다.

조금 세련된 분위기의 고급 가게로, 좁지만 개인실이 마련되어 있어 귀인이나 유명인이 몰래 사용하기에 딱이다.

나도 어느 정도는 유명해졌다고 생각하지만, 나보다 더 눈길을 끄는 것은 극단 아이스 로즈의 배우 세 명이었다.

'얼음 쌍왕자'라는 별명을 가진 아름다운 쌍둥이 율리안, 루시다 로드하트 남매, 그리고 지금 한창 인기가 상승 중인 간판 여배우 샬로 화이트가 함께 있었다.

이 세 사람에게는 열광적인 팬들이 많았기 때문에 오픈된 장소에 있으면 무조건 소동이 벌어진다. 겸사겸사 나도 있고. 나에게도 열광적인 팬이…… 뭐, 이 이야기는 이제 됐다.

아무튼 개인실이 있는 찻집이다. 홍차가 아주 맛있었다.

"하지만 이어지는 이야기가 있을 것 같네."

율리안은 날카로웠다.

"이어질 만한 이야기는 딱히 없어요. 오늘은 가볍게 인사만 나눈 정도니까요. ……그나저나 괜찮아요? 이런 이야기를 하고 싶은 건 아니잖아요?"

"아닌데? 오히려 일과는 상관없는 이야기만 하고 싶을 정도야."

호오? ……아아, 그렇구나.

"세 분도 오랜만에 휴식인 건가요?"

"그런 셈이지. 또 바로 다음 연극 연습이 있으니까, 마음껏 쉴 수 있는 건 지금뿐이야."

그 마음도 이해한다.

연습 기간에는 늘 긴장을 풀 수가 없을 테니까. 휴식 중에도 마찬가지다. 자기 위해 침대에 들어가도 극이나 대사 생각만 하게 된다.

꽤 전에 들은 이야기지만, 그들과 함께 출연한 '연모하는 여인' 이후로 나에게도 다른 연극 의뢰가 가끔 들어온다고 한다.

하지만 연습과 본 공연까지 포함하면 구속되는 시간이 너무 길었기 때문에 쉽게 받기 어렵다는 말을 벤델리오가 했었다. 그보다는 차라리 다른 영상을 몇 편 더 촬영하는 게 낫다고 판단한 거겠지.

일단 나에게 하고 싶으냐고 물어보긴 했는데, 열정적으로 연극에 참여하고 싶은 마음은 없었기에 업무에 대한 배정은 그에게 맡겼다. 그리고 맡긴 것을 지금은 후회하고 있다.

"샬로만큼은 아니지만, 나도 이어지는 이야기가 궁금하네."

율리안과 상당히 닮은 쌍둥이 여동생 루시다가 말했다.

"니아의 이야기만 들어봐도 세 사람 다 엄청나게 개성 강한 신입이라는 거잖아? 그중 한 명만 특이한 경우라면 모르겠지만, 세 명모두 그렇다면 우연이라고 보긴 힘들지. 채용한 의도가 궁금해."

뭐, 당연히 그 부분이 궁금하겠지.

나도 '개성 강해 보이는 신인들이구나'라고 생각했다. 너무 개성이 강하면 오히려 하기 힘들지 않을까 하는 생각도 들었다.

하지만, 그랬다── 거기에는 중등학부 감독만의, 젊은이 특유의 의도와 계획이 있었다.

◆

"──나 니아보다 빨라! 빨리 그거 찍자!"

반짝이는 미소로 날아온 그 말에 나는 아무 말도 하지 못한 채 그저 침묵했다.

너무 갑작스러웠고, 촬영할 생각으로 온 것도 아니었고, 애초에 지금은 '네가 누군데?'라고 물을 수밖에 없는 관계였다. 이야기가 너무 성급했다.

그와 동시에 만약 앞으로 그녀를 매직비전에 기용할 생각이라고 한다면, 학교 준 방송국의 장래에 불안함밖에 느껴지지 않았다.

괜찮은 건가? 저 애는 보조인 거겠지? ⋯⋯아니다. 이렇게 적극적으로 앞에 나서는 타입이라면 본인은 분명 출연하고 싶겠지.

"왜 그래, 니아?! 기운이 없어!"

기운은 있다.

어이가 없는 것뿐이다.

"진정해. 키키리라. 니아가 어이없다는 얼굴을 하고 있잖아."

그래, 맞아.

기가 세 보이는 금발의 조세콧이 못마땅한 얼굴로 옆에 있는 키키리라에게 시선을 돌렸다.

"어? 왜 어이가 없어?"

키키리라의 어리둥절한 얼굴이 신경을 자극했다. 살짝 울컥했다.

"네가 갑자기 대결을 신청하니까 그렇지. 무슨 말을 하려면 인사나 먼저 하고 해."

나와 마찬가지로 좀 화가 난 것인지, 똑같이 기가 세 보이는 샬이 혀를 차며 말했다. 마치 나를 대신해서 말해 주는 것처럼. 겉모습은 불량배나 날라리 같은 느낌인데, 의외로 상식인인 모양이다.

"그렇구나, 인사! ——키키리라 아몬, 올해 중등학부 1학년, 12살입니다! 잘 부탁해!"

아, 그렇습니까. 이 녀석과는 절대 안 맞을 것 같다.

"조세콧 코이즈, 중등학부 2학년입니다. 잘 부탁드려요."

기가 세 보이는 금발의 조세콧이 이어서 소개했다. 키키리라가 시작하니 자연스럽게 인사하는 흐름이 만들어졌다.

"샬 고르. 중등학부 2학년이다. 말해 두겠는데 난 지금으로서는 보조만 할 거야."

보조? 그렇군, 나오는 쪽이 아닌가.

'지금으로서는'이라는 말이 좀 신경 쓰이긴 하지만. 언젠가 사정이 달라질 수도 있다는 뜻일까.

"조세콧 씨가 이쪽으로 오실 줄은 몰랐어요."

내가 키키리라에게 질색하는 사이, 반대로 흥미진진한 얼굴로 세 사람을 보고 있던 힐데트라는 기가 세 보이는 금발 아이에게 시선을 보냈다. 아는 사람인 모양이다.

"명실상부 공주님께서 참여하신 업계니까요. 저 같은 사람이 참가해도 문제는 없는 거잖아요?"

"그렇긴 하죠. 의외라고는 생각했지만요."

"……힐데트라 님은 알고 계시죠? 저희 집 사정에 대해."

조세콧은 작게 한숨을 내쉬었다.

"숨겨봤자 소용없을 테니 지금 모두에게 말해 둘게요. 뒤에서 괜한 소문이 도는 건 사양이라서요. ……저희 코이즈 가문은 현재 몰락 직전인 6계급 귀인에 해당합니다. 할아버지 대에서 장사에 실패해 크게 기울었어요. 지금은 왕가나 친척, 아버지 친구들의 온정으로 가까스로 버티고는 있습니다만, 이대로는 몇 년이나 버틸 수 있을지 모르는 상황입니다."

……왠지 남 이야기 같지 않네. 리스튼 가문도 재정 상황이 불안하니까.

"어린 나이긴 하지만 무슨 수라도 써야 하는 상황이라고 생각했습니다. 그래서 용기를 내서 매직비전 세계에 뛰어들어 보고자 마음을 먹었습니다. 특히──."

조세콧의 눈이 레리아렛을 응시했다.

"권리를 구입해 매직비전 업계에 참가한 후 겨우 몇 년 만에 종이 연극이라는 새로운 산업을 만들어 낸, 저희 가문에서는 감당할 수도 없는 막대한 사용료를 냈음에도 곧 흑자가 날 것 같은 실버령에 개인적인 흥미가 아주 많습니다."

왠지 남 이야기 같지도 않고, 공감가는 부분도 많을 것 같다. 나도 실버 가문에는 비슷한 감정을 품고 있으니까. 개인적으로 그녀는 응원하고 싶었다.

"——한 번 더 말할 생각이긴 했는데, 이참에 그냥 말할게."

여기서 감독이 말을 꺼냈다.

"우리는 이 세 사람을, 힐데 님과 다른 두 사람이 갖고 있지 않은 부분을 갖고 있어서 선택한 거야."

호오, 우리가 갖고 있지 않은 부분?

"조세콧은 이 나라 연극과 극단에 대한 지식이 많아. 그런 쪽을 좋아한다는 것 같아. 그리고 의상도 제작할 수 있고 메이크업에도 관심이 있대."

그렇군, 그녀는 여배우를 꿈꾸고 있는 건가. ……확실히 우리 중에는 없다.

"아까 본인도 말했지만, 키키리라는 발이 정말 빨라. 아마 학년에서도 운동 능력이 가장 높을 거야. 그래서 몸을 최대한 사용할 수 있는 무언가를 시도해 보고 싶어. 왜 지금의 매직비전에는 그런 기획이 많지 않잖아. 물론 니아와의 대결도 재미있을 것 같다면 찍어보고 싶어."

아아, 그래.

그 설명을 먼저 들었다면 키키리라에 대한 반응도 좀 달라졌을 텐데. ······운동 능력이 뛰어난가. 무술을 배우면 좋을 텐데. 피투성이 패도 같은 것엔 관심 없으려나?

"샬은 앞으로 필요할 것 같다는 생각이 들었어. 그때까지는 보조가 되겠지만."

"애초에 일용직 일이 있어서 자주 비출 수도 없어."

호오, 일까지 하고 있나. 행실은 안 좋아 보이지만 의외로 정직한 고생길을 걷고 있는 모양이다.

"샬 씨의 사정은 뭐죠?"

힐데트라가 묻자 그가 중얼거렸다.

"──'윙 로드'."

음? 그게 뭔데?

"아, 그쪽 방면이군요?"

"역시 힐데 님은 아시는군요."

"네. 자세히는 모르지만 이름 정도는요."

"저는 조만간 올 거라고 생각해요. 샬은 그때 활동하게 될 수도 있어요."

온다?

잘은 모르겠지만, 나와는 관계없는 것 같으니까 아무래도 좋았다.

──사실은 전혀 좋지 않았지만.

키키리라 아몬.

조세콧 코이즈.

샬 고르.

이들의 가입으로 학교 준 방송국은 전에 없던 방향의 영상을 모색하게 된다.

그중에는 시시한 것이나, 윤리적이거나 도덕적, 신앙적, 사회 이념적, 스폰서적인 의미에서 안 되는 것들, 좀 더 말하자면 지배자 계급의 사정상 방송할 수 없는 것들도 많았다. 그리고 눈부시게 빛나는 원석도 분명히 존재하는 보석과 돌이 혼재한 미로에서, 때로는 방황하고, 때로는 질주하고, 때로는 넘어지고, 때로는 모서리에 새끼발가락을 부딪치기도 하며, 예상 이상으로 혼란스러운 시행착오로 가득한 험난한 길을 걷게 된다.

그리고.

──이후 내가 큰 영향을 받게 되는 사건도, 바로 이 만남에서 비롯된다.

◆

학교 준 방송국이 발족하며 활동이 시작되었다.

……그렇지만 나와 힐데트라, 레리아렛은 각자의 촬영이 있었기 때문에, 관계가 있는 듯하면서도 별로 관계가 없었다.

힐데트라는 그곳에 소속되어 있어 가끔 얼굴을 비추고 있다고 들었지만, 아직 함께 촬영한 적은 없다고 한다.

"중등학부 학생이잖아."

인사 겸 한 방 먹여주려고 벼르고 있던 레리아렛은 새로운 멤버가 모두 연상인 중등학부 학생이라는 이유로 결국 아무 말도 하지 못하고 끝났다.

특히 조세콧 코이즈는 귀인의 딸이기도 했기에 굳이 그 자리에서 싸움을 걸 필요는 없다고 생각했다고 한다. 현명한 판단이다. 쓸데없이 적을 늘릴 필요는 없다. 적을 늘릴 때는 정말 늘리고 싶을 때만 하면 된다.

기숙사 방이 바로 옆이라 그런지, 레리아렛은 잠들기 전에 자주 내 방에 찾아오게 되었다.

나에게는 제자들을 돌봐준 뒤 목욕을 마치고 악귀의 화신인 숙제를 처리하는 시간이기도 했다.

참고로 레리아렛은 숙제를 모두 끝내고 찾아왔다. 참으로 부지런한 아이다.

"이건 특이한 홍차네."

"일찍 수확한 과일 잎이 섞여 있대. 자기 전에 마시면 진정되는 향이라나."

게다가 가끔 홍차 잎을 가져오기도 해서 거절하기도 쉽지 않았다.

뭐, 시간상 이제 자는 일만 남은 타이밍이었기에 일정에 별다른 지장이 없다는 것이 가장 큰 이유였지만.

"힐데 님은 정말 열심히 하시는구나."

그리고 숙제를 하는 내 눈앞에서 그녀는 매직비전을 감상했다.

지금 보고 있는 것은 '요리하는 공주님'인데, 마침 힐데트라가 '사슴 고기 볶음 ～계절 과일을 사용한 특제 소스 & 달콤한 초여름의 장난과 함께～'라는, 뭐가 달콤한 초여름이고 뭐가 장난인지 알 수 없는 요리를 막 완성한 상태였다.

겉보기에는…… 평범한 사슴 고기 스테이크네. 노릇노릇 잘 구워져 맛있어 보인다.

"아가씨."

하지만 리노키스의 감시는 엄격하다. 잠깐 본 것뿐이잖아. 젠장, 정말이지 괘씸한 숫자들 같으니라고.

"그러고 보니 아직인가 보네."

어?

"아직이라니?"

"그 학교 준 방송국의 방송."

아, 그렇구나.

"나는 매번 확인하고 있지는 않아서 잘 모르겠네."

아직 금지된 프로그램이 많기도 하고 할 일도 많아서 분명 레리아렛보다는 덜 보고 있을 것이다.

매직비전을 아주 좋아하는 리노키스라면 체크하고 있을 텐데…… 아, 확실히 그녀에게서 들은 기억도 없다.

"뭔가 좀 상황이 어려운 모양이야. 힐데 님도 어디서부터 말을 꺼내야 할지 모르겠다고 말씀하시더라고."

그렇구나, 고전하고 있는 건가.

"인사한 지 한 달 정도 지났나."

"한 달인가. 빠르네."

빠르긴 하다. 매일 하는 일이 있어서 그런지 더 빠르게 느껴졌다.

이렇게 가다 보면 분명 여름 방학도 금세 찾아올 것이다.

——학교 준 방송국이 찍은 영상은 재미있으면 왕도 방송국 채널에서 방송된다고 했다.

준 방송국에서 찍은 영상을 현직 방송국 직원이 체크해서 합격을 받으면 방송하게 된다나.

당연하지만 촬영한 것은 뭐든 다 방송해 줄 정도로 관대하지는 않았다.

하지만 준 방송국이 생긴 이후 지난 한 달이 지났는데 아직 한 번도 이들이 찍은 영상이 방송되는 일은 없었다고 한다.

이 한 달 동안 얼마나 촬영했는지, 몇 편을 찍었는지, 어떤 기획을 하고 있는지도 몰랐기 때문에 나는 아무 말도 할 수 없었다.

어쩌면 아직 촬영조차 하지 않았을지도 모르고, 키키리라와 조세콧에게 영상화할 때의 주의사항 등을 교육하는 중일지도 모른다. 서두르지 않고 차분하게 진행하는 것도 나쁘지 않은 방법이었다.

……하지만 힐데트라가 '어디서부터 말을 꺼내야 할지 모르겠다'라는 말을 했다면, 이미 몇 편은 찍었다는 뜻일까.

"뭘 찍고 있는지 혹시 들은 거 있어?"

"처음에는 키키리라를 중심으로 한다는 이야기는 들었는데, 그것 말고는 모르겠어. 대체 뭘 하는 거지?"

아아, 그 애를 중심으로. 그 애는 나랑 안 맞는데.

……중심이라, 중심 말이지.

"아가씨."

정말 감시가 엄격하네. 잠깐 손을 멈추고 생각에 잠긴 것뿐이잖아.

◆

그로부터 몇 달이 흘렀다.

그런 이야기를 했다는 사실조차 잊어가는, 여름 방학을 코앞에 둔 어느 날.

"니아, 내일 시간 있어?"

초등학부 2학년이 된 이후로, 밤에는 거의 매일 찾아오게 된 레리아렛이 좀처럼 하지 않는 질문을 해 왔다.

"비어 있지는 않지."

내일은 간돌프를 데리고 안젤과 프레사를 단련해 주러 갈 예정이었다.

최근에 그 두 사람이 몸을 아끼지 않는 사냥을 하고 있다는 소식을 리노키스에게 들었기 때문이다. 무리한 상대에게 도전했다가 다치기 전에 제대로 봐줄 생각이었다.

간돌프는 그가 먼저 봐달라고 요청했으니 겸사겸사 데려가기로 했다. 이 녀석도 단련을 시켜줄 생각이다. 겸사겸사.

"아, 예정이 있구나. 힐데 님이 긴급 소집을 하셨는데……."

"그걸 먼저 말했어야지."

성가신 숙제의 숫자들을 방치하고, 나는 손을 멈춘 채 고개를 들었다.

"힐데가 부른 거잖아? 그럼 가야지."

안젤 일행을 훈련시켜주고 싶었지만, 이쪽이 우선이다. 어차피 녀석들은 사냥에서 이제 막 돌아왔으니 며칠 동안은 움직이지 않겠지.

"잠깐만. 힐데 님의 용무라면 즉답하는 거야?"

"당연하지."

그런 건 비교가 안 된다.

"어? 어? 잠깐만? 이 차이는 뭐야? 내가 부르는 건 안 되고? 힐데 님이라면 되는 거야? 왜? ……저기, 우리 친구 맞지……?"

뭔가 레리아렛이 심각하게 동요하고 있었다.

"친구는 친구라고 생각하는데."

"아, 그래?! 그렇지?! 그건 그래, 매일 오고 있으니까! 난 니아가 숙제하는 모습을 매일 밤 지켜보고 있으니까! 여기서 아니라는 말을 들으면 오히려 내가 곤란해!"

지켜보기만 한다면 그나마 괜찮지만.

숙제하는 녀석 앞에서 리노키스랑 같이 매직비전을 보는 녀석은 솔직히 방해밖에 되지 않았다.

　그리고 실제로 내가 곤란하다!

　……그래도 뭐, 일단 친구라고는 생각한다. 응, 생각해. ……생각하나? ……생각해, 생각해. 당연히 그렇게 상각하고말고. ……응. 그거면 됐다.

　"레리아와 힐데는 의미가 다르니까.

　네 용무는 개인적인 것이지만 힐데의 초대는 매직비전과 관련된 거잖아. 넓은 의미에서 보면 나와 무관하지 않아. 물론 레리아와도 무관하지 않을 거고."

　"아, 이유가 있었구나."

　당연하다.

　반대로 말해 힐데트라가 곤란한 상황에 처해 있다면 매직비전 홍보 활동에 무언가 차질이 빚어지고 있다는 뜻이었다.

　우리도 힐데트라도 향하는 곳이나 이해관계가 똑같았다. 협력할 수 있는 부분이 있다면 협력하는 것이 당연했다.

　결국 그것이 자신의 이익이 되어 돌아올 테니까.

　다음 날.

　딱 한 번 방문했던 학교 준 방송국 사무실에서 오랜만에 학교 준 방송국원들을 만났다.

　전원이 테이블에 도착하자 감독은 나와 레리아렛에게 고개를 숙였다.

"도와줘! 아무리 해도 기획이 통과가 안 돼."

흐음. 기획이.

좀 더 자세히 듣고 싶다고 생각했는데, 힐데트라가 설명을 보충해 주었다.

"실은 지금까지 몇 번이나 왕도 방송국에 영상을 갖고 갔는데, 전부 다 방송까지는 이르지 못했어요."

아아, 영상이 재미있으면 왕도의 채널에서 내보내 주겠다는 이야기였었나?

……그렇군, 기획이 통과되지 않는다고.

신입 멤버 세 명은 지난번과 다르게 앉아 있었다. 반짝이는 미소가 인상적이었던 키키리라는 고개를 푹 숙이고 있었고, 조세콧은 무척 불만스러운 표정이었고, 샬은 지루하다는 듯한 얼굴을 하고 있었다.

……흠.

아무래도 내가 나설 차례가 된 모양이네.

""으음…….""

나, 힐데트라, 레리아렛은 아마 비슷한 얼굴을 하고 있을 것이다.

뭐라고 해야 하나…… 씁쓸한 표정, 이라고 해야 할까.

——이건 당연히 방송이 안 되지, 거절당해도 어쩔 수 없어, 격

려해 줄 말도 안 떠오르네, 등등.

우리는 표정과 마찬가지로 똑같은 생각을 하고 있었다.

우선, 뭘 하더라도 현재 상황을 확인하는 것이 우선이었다.

의견을 내건 도와주건, 상황이 어떻게 돌아가고 있는지 파악하지 않으면 아무 말도 할 수 없었다.

그래서 학교 준 방송국이 찍었다는 영상을 보게 되었다.

벽 쪽에 마정판을 띄우고 지금까지 촬영한 영상을 모두 함께 체크했──. 오랜 시간 찍을 수 있는 마석은 고가였기 때문에 기본적으로 짧은 촬영용 마석을 사용하고 있는 듯했다. 뭐, 예산 문제도 있을 테니까.

그리고 그 감상이, 3명 모두 '음……'이었다.

"어, 어땠어? 감상을 들려줘."

감독이 물어왔다.

당사자도, 기존 멤버들도, 신입 멤버들도…… 오직 살만 별로 관심이 없어 보였지만, 그 이외는 모두 이쪽을 주목하고 있었다. 모두가 의견을 원하는 모습이었다.

"으음…… 일단은 먼저, 상냥한 쪽이 좋은지 엄한 쪽이 좋은지, 어느 쪽으로 듣고 싶은지 물어봐도 될까?"

아무 말도 하지 못하는 나와 힐데트라보다 먼저, 레리아렛이 조심스럽게 입을 열었다.

"당연히 엄하게 부탁해! 우리는 이런 곳에서 멈춰있을 수──."

"잡음 좀 신경 써!"

엄하게 해 달라는 말을 듣자마자 그 즉시 레리아렛이 소리쳤다. 정말 조금의 사양도 없이 소리쳤다. 말로 형용하기 어려운 답답한 마음을 날려버릴 정도의 기세로. 좀 후련했다.

"우선 목소리가 잘 들리지도 않아! 목소리를 더 높여! 발음도 신경 써야지! 야외잖아?! 목소리는 하늘로 퍼져나가고 바람에 실려 가!"

아, 거기부터 가는 건가.

"특히 키키리라 선배! 선배가 자꾸 이리저리 움직이니까 소리를 잡기 더 힘들잖아요! 말하려면 멈춰요! 말하면서 격렬하게 움직이지 말고! 조금이라도 좋으니까, 카메라맨과 상의도 좀 하고요! 카메라가 움직임을 따라가지 못하잖아요! 그리고 왜 혼자 끝없이 운동하는 걸 찍은 건데요?! 대체 뭐예요?! 뭘 전하고 싶은 건데요?! 저딴 걸 방송한다고 누가 보고 싶겠어요!"

키키리라는 운동 능력이 뛰어나니까 몸을 최대한 활용할 수 있는 기획을 하고 싶다고 했었지.

거기서 안 좋은 부분만 모아놓은 결과물 같았다.

"조세콧 씨의 지식이 풍부하다는 건 잘 알겠어요. 하지만 너무 전문적인 화제만 말하면 평범한 시청자들은 따라가기 힘들어요."

힐데트라도 실수를 지적하기 시작했다. 그것도 맞다. 나는 조세콧이 말한 내용은 조금도 알아듣지 못했다.

"말하는 대상이 누구인지 생각해야 해요. 이렇게 말하면 전문가나 열렬한 연극팬밖에 이해할 수 없을 거예요. 그런 사람이 시청자 중에 얼마나 있을까요? 분명 상당히 적을 거예요.”

키키리라는 운동 능력이 뛰어나지만 잘 활용하지 못하고 있었고, 조세콧은 말은 잘하지만, 말하는 내용이 너무 편향되어 있다.

물론 아마추어가 당장 실력을 발휘하기란 힘들 테니 이 정도가 최대일 것이다.

아니, 아마추어라고 생각하면 그나마 나은 편일지도 모른다.

적어도 촬영하는 것에 긴장하고 있지는 않았으니까.

“아니야! 감독님이 이렇게 하라고 시켰어!”

“맞아요. 키키리라 씨는 즉흥적으로 움직이는 경우도 많았지만, 저는 정말 시키는 대로 했어요. ‘네가 생각하는 연극의 매력에 대해 말해 달라’고 하길래, 그대로 이야기한 것뿐이에요.”

메인으로 찍힌 새로운 멤버도 할 말은 있는 모양이었다.

뭐, 그렇긴 하지. 멋대로 움직이라고 하고 찍은 것은 아닐 테니까. 감독의 지시나 지휘에 따라 움직여서 나온 결과가 이거라는 거겠지.

갑자기 쏠린 시선에 감독이 동요하며 입을 열었다.

“그, 그야 왕도나 리스톤이나 실버랑은 다른 걸 해야 하잖아! 자금으로 보나 경험으로 보나 직원들 실력으로 보나 모든 면에서 다 뒤처지고 있으니까! 같은 걸 하면 방송조차 안 될 거라고! 똑같이 따라만 해서는 절대 이길 수 없으니까!”

응, 그렇군. 무슨 말을 하고 싶은지는 알겠다.

결국 기획으로 승부를 보고 싶다는 뜻이었다.

안다. 이해하지만, 이것은 그 이전의 문제다.

레리아렛도 힐데트라도 의견을 말했으니, 이번에는 내 차례인가.

"저는 다른 건 모르겠고, 이해하기 쉽게 전달하라고 배웠어요. 직업 방문으로 갔던 곳에서는 전문적인 것을 말하거나 시키기도 하니까요. 그것이 어떤 것인지, 시청자들에게 무엇을 전하고 싶은지. 그걸 생각해서 발언하라고."

내 기술은 벤델리오에게서 배운 것이었다.

매직비전에 나오기 시작했을 무렵에는 늘 그가 따라다니며 많은 것들을 알려주었다. 그는 말하자면 이 업계에서의 내 스승이다. 미운 존재이기도 하지만.

"아까 키키리라의 경우, 인지도가 낮을 때는 혼자 시키지 않는 편이 좋아요. 뛰어난 운동 능력을 보여주고 싶다면 누군가와 비교하면 알기 쉽겠죠. 대비되는 걸 보여주면 한눈에 알 수 있잖아요?"

이것은 개 관련 기획에도 해당하는 이야기였다.

단순한 비교를 통해 6살이나 7살 정도의 신입생 아이라도 내용을 이해할 수 있다.

"조세콧은 혼자서 말하는 것보다는 대담하는 형식이 좋지 않을까요? 이를테면 연극 애호가나 전문가, 배우 같은 사람들과 대화하면서, 그 지식을 시청자에게 얼마나 알기 쉽게 전달할 수 있는지를 고민한다면 금방 통과할 수 있을 거라 생각해요."

그 지식은 진짜인 것 같으니까, 결국 보여주기 나름이라고 생각한다.

키키리라는 그렇다 쳐도 그녀는 확실히 수요가 있을 것이다. 방법과 보여주는 방식만 좀 바꿔준다면 곧바로 전력으로 활용될 수 있겠지.

……다만, 전문적인 연극 이야기만으로는 언젠가 지루해질지도 모르니 빠르게 다음 계획을 생각하는 편이 좋을 것 같지만.

뭐, 언젠가 여배우가 되어 활약하고 싶은 거라면 다음 계획은 필요 없을지도 모른다. 그때는 연극에 집중하면 될 테니까.

"그래서?"

"응?"

레리아렛에게 '그래서?'라는 말을 들었다…… 뭐지? 내 의견은 다 말했는데.

"그러니까, 이걸 어떻게 보완해서 영상을 찍을지에 대한 이야기의 결론 말이야. 니아는 어떻게 하는 게 좋다고 생각해?"

……흠.

"그러고 보니, 그 이야기를 하기 위해서 부른 거였죠."

지금까지는 현 상황의 확인과 영상을 본 소감을 말한 것뿐.

그렇다면 다음은 어떻게 할 것인지에 대한 이야기가 된다.

즉, 드디어 오늘 모인 본론으로 들어가는 셈이다.

——"이 방송국의 강점은?"

——"왕도, 리스톤, 실버에 없는 특징은?"

──"여기서 찍을 수 있는 영상은 뭐지?"

──"아직 지명도도 없는데 내부적인 이야기만 진행하고 있으니 관심을 끌지 못하는 것이 아닐까?"

──"개국 기념을 알리는 영상을 만드는 것도 좋겠다."

──"누가 봐도 알기 쉬운 기획, 알기 쉬운 내용으로."

점차 열기가 더해지고 다양한 의견이 오가는 가운데, 기획 회의는 밤늦게까지 끝나지 않았다.

그 기획 회의 이후 3일이 지난 오늘.

"솔직히 전혀 관심 없었는데. 지난번 기획 회의는 재밌더라."

방과 후, 레리아렛과 함께 학교 준 방송국 사무실로 향하던 도중 샬과 마주쳤다. 가는 방향이 같았으니 이런 일도 있을 수 있겠지.

"처음에는 흥미 없어 보이더니."

레리아렛이 거침없이 말했다. 나도 샬에게는 그런 인상을 갖고 있었다.

"매직비전이니 프로그램이니 하는 게 어떤 건지 아직 잘 몰라. 기본적으로 와그너스가 이래라저래라 시키는 걸 하는 것뿐이니까."

와그너스는 현장 감독의 이름이다. 지금은 학교 준 방송국 국장이기도 하다. 아마 올해 3학년으로 올라간 중등학부 학생일 것이다.

"하지만 그런 식으로 조금씩 만들어 가는 경우도 있다는 거잖아? 내 목소리가 반영된다는 걸 알면 흥미가 생길 수밖에."

그런 거였나……. 아니, 무슨 말인지 알겠다. 나도 좋아하는 기획이 있으니까. 무의식중에 내가 좋아하는 쪽으로 프로그램을 유도하는 경우가 있을지도 모른다.

"학교의 방송국으로서 어떤 방향을 목표로 할 것인지. 여기서만 찍을 수 있는 영상이란 무엇인지. 누구를 대상으로 삼아 찍을 것인지. 그런 생각을 하면서 장인의 영상을 보고 있으면 더 재밌잖아."

호오.

"이 일이 제법 맞는 거 아닌가요?"

재미있고 즐길 수 있다면, 샬은 성격면에서 이 일과 잘 맞는 것일지도 모른다. 행실은 좀 불량해 보이는데, 알고 보면 의외로 성실한 학생일지도 모른다.

"그럴지도."

이것이 천재 기획자 샬이 탄생하는 순간이었다──라는 일이 벌어진다면 참 기쁠 텐데.

하지만 분명 그는 매직비전이니 방송국이니 하는 일과는 상관없이 윙 뭐라고 하는 것 때문에 가입한 거였지?

뭐, 그 부분은 샬 본인과 방송국 사이의 문제였으니 간섭할 마음은 없었다.

──그나저나.

"생각보다 열심히 하는 것 같네."

"그러게. 뭐, 노력해야 할 때 노력하지 않으면 미래가 없을 테니까."

레리아렛은 엄격하네.

하지만 뭐, 동감이다.

무슨 일이든 승부처를 놓친다면 이야기조차 되지 않겠지.

──방송국 앞에 학생들이 모여 있었다.

남녀 상관없이 초등학부, 중등학부, 고등학부를 막론하고, 단하나의 공통점을 가진 학생들이었다.

"뭐야, 벌써 모인 건가? 난 먼저 간다."

그렇게 말한 샬이 방송국으로 달려갔다.

응, 여름이 다가오며 해가 완전히 길어졌지만, 참가 인원이 많아지면 많아질수록 촬영에는 시간이 더 소요된다.

날씨도 좋으니 해가 지기 전에 서둘러 촬영하는 편이 좋겠지.

"니아는 참가할 거야?"

"내가 참가하면 압승해 버릴 테니까. 처음부터 결과가 뻔한 승부는 재미없을 거 아니야."

"오~ 대단한 자신감이네. 역시 무적의 달리기 여왕."

달리기 여왕. ……응, 뭐 상관없다.

나를 알아차린 학생들이 기대에 가득 찬 도전적이고 도발적인 느낌의 뜨거운 시선을 보내고 있었다.

개 관련 기획으로 내 발이 빠르다는 사실이 이미 알려져 있기 때문이었다.

하지만 참가할 생각은 없었다.

──오늘의 주인공은 키키리라로, 준 방송국의 공개회를 겸한 영상 촬영이었다.

그리고 이것으로 왕도 채널에서의 첫 방송을 노리고 있었다.

분주하게 뛰어다니는 학교 방송국 직원들과 가볍게 인사를 나누며 사무실에 들어서자 "둘 다 기다렸어!"라는 목소리와 함께 곧

바로 현장 감독 와그너스의 환영을 받았다.

"꽤 많이 모였네요."

밖에는 대충 봐도 스무 명은 있었고, 그중에는 낯익은 얼굴도 있었다.

사노윌 바도르와 그의 라이벌인 가젤 브록, 그리고 올해 고등학부로 올라간 레리아렛의 언니 리리미도 있었다.

"니아가 알려준 대로 너와 레리아가 보러온다고 말했더니 많은 학생들이 참여해 줬어."

호오, 그런가. 그럼 온 보람이 있었네. ──참고로 힐데트라는 오늘은 일정이 있어서 못 온다며 아쉬워했었다.

"도와줄게요. 뭐 시킬 일 있나요?"

"부탁 좀 할게. 준비는 했는데 할 일이 많아서."

그렇겠지.

이제 곧 여름 방학이 다가오는 탓에 준비 기간은 겨우 3일밖에 없었다.

여름 방학이 시작하면 고향으로 돌아가는 학생들도 많았기에 촬영한다면 지금이 해야 했다. 지금을 놓치면 여름 방학 이후가 되어버린다.

"레리아, 가자."

"에엥? 그냥 구경하러 온 건데."

불평하고 싶은 기분은 이해한다. 나도 그럴 생각으로 온 거니까.

하지만 준비하느라 시간을 잡아먹어서 낮에 촬영하지 못한다면 우리가 온 의미도 없어져 버린다.

불평하는 레리아렛을 이끌고 우리도 바쁘게 오가는 방송국원 사이로 섞여 들었다.

"그럼 간단히 설명하겠습니다! 우선은——."

감독이 큰 목소리를 내며 1부터 순서대로 번호가 적힌 명찰을 단 학생들, 즉 참가자들의 시선을 유도했다.

우선은 좁은 길.

"이 평균대를 건너주세요! 떨어지면 실격입니다! 다음은——."

계단 한 단 정도를 파낸 뒤 물을 뿌려 만든 진흙 웅덩이를 가리킨다.

"여기를 한 번에 뛰어넘으시면 됩니다! 떨어지면 온몸이 진흙 투성이가 되는 데다가 실격입니다! 그리고 다음으로는——."

세로로 말뚝을 박은 징검다리 길이었다. 위아래로 고저차가 있어 다음다음에 밟을 위치를 생각하고 움직여야 했다.

"여기를 잘 뛰어서 넘어가주세요! 부상 방지를 위해 높지는 않지만, 바닥에 신체 일부가 닿으면 실격입니다! 다음은 여기로 가서——."

적당한 크기의 나무 상자가 일정한 간격으로 늘어서 있었다.

"이것들을 뛰어넘으면서 달려나가 저기 있는 골을 목표로 하시면 됩니다!"

——다시 말해, 이른바 장애물 경주다.

학교 준 방송국의 강점은 무엇인가.

여기서 찍을 수 있는 영상은 어떤 것인가.

그것들을 깊이 고민한 결과, 역시 학생이 많다는 것이 제일 큰 특징이자 강점이었다.

작년에도 보급 활동의 일환으로 학교에서 격투 대회를 개최해서 학생의 부모나 친척이라는 새로운 마정판 구매층을 개척한 기억이 아직도 생생했다.

그때의 영상은 무척 반응이 좋았다. 대성공이다.

즉, 학생은 써먹을 수 있었다. 아이는 써먹을 수 있는 것이다.

이곳에는 많은 아이가 있고, 그들의 뒤에는 학생의 부모와 친척이라는 수요가 있다.

게다가 그때 생겨난 발상인 '시청자 참여형'이라는 부분을 활용하여 본인도 출연할 수 있다는 가능성을 보여주면서, 보다 많은 학생이 매직비전에 관심을 갖게 하는 방향으로 유도했다.

지금은 아이라도 상관없다.

언젠가는 클 테니까.

어른이 되고 난 뒤라도 상관없다. 분명 매직비전을 생활에 도입하고 싶어 하는 사람은 나타날 것이다.

이 기획을 위해 운동 능력이 뛰어난 학생들이 불러 모았다.

분명 지난 3일 동안 방송국 직원들이 학교를 돌아다니며 한 명한 명에게 말을 걸어 참가자를 모았을 것이다.

코스 만들기와 참가자 협상.

준비에 소요된 시간이 겨우 3일이라면 이 정도만으로도 충분히 잘 갖췄다고 할 수 있었다.

그리고 무엇보다──.

"열심히 하겠습니다!"

이는 키키리라의 운동 능력을 가감 없이 발휘하고 보여주기 위한 기획이기도 했다.

◆

──"우오오오오오오오오! 내가 제일 빠르다아아!"

응, 몇 번을 들어도 감정이 담긴 훌륭한 포효였다.

앞으로 며칠만 있으면 여름 방학인 이 시점, 학교 준 방송국이 찍은 영상은 훌륭하게 방송권을 획득하여 간신히 개국 첫 승리를 장식할 수 있었다.

그래, 승리다.

왕도 방송국이 쓸만하다고 판단하지 않으면 방송되지 않는 이상, 이것은 승패로 구분할 수 있는 역사적인 승부였다.

뭐, 승부는 앞으로도 계속될 테니 언제까지나 한 번의 승리에 도취되어 있을 수만은 없겠지만.

하지만 이것으로 공개회라는 목적은 제대로 달성했다.

그리고 감격의 눈물을 흘리며 크게 소리치는 키키리라의 씩씩한 모습은, 매직비전 첫 등장치고는 꽤 강렬한 인상을 남길 것이다.

출발은 나쁘지 않았다고 생각한다.

역시나 승부 형식이 주목받았는지, 시작부터 끝까지 알기 쉽게 정리해 둔 덕분에 이미 두 번은 재방송된 것을 확인했다.

평균대에서 발을 헛디뎌 넘어지거나, 화려하게 진흙 웅덩이에 떨어지거나 하는 '재미있는 장면'이나, 멋지게 장애물을 돌파해 나가는 상위 순위자의 훌륭한 모습은 적어도 초등학부 여자 기숙사에서는 반응이 좋았다. 구체적으로는 사노월이나. 가젤 같은 애들이.

그리고 운동 능력이 뛰어나다는 평판을 증명하듯 멋지게 승리를 거머쥔 키키리라의 우렁찬 외침도 몇 번이나 보았다.

어쨌든 이것으로 겨우 한 번의 승리였다.

학교 준 방송국의 싸움은 지금부터가 시작이다.

"홋. 아가씨를 제쳐두고 가장 빠르다니. 흥. 아아, 우스워라. 우스워서 못 봐주겠네."

리노키스가 코웃음 치며 낮은 목소리로 중얼거렸다. 아이 같은 소릴 하는 어른스럽지 못한 시녀였다.

――본론으로 돌아와서.

불시에 비친 바람에 보고 말았지만, 나는 오늘도 숙제라는 녀석을 해치워야 했기에 잠시 매직비전의 영상을 꺼두었다.

"앗."

리노키스가 보고 있었나? 알 바 아니다.

"안젤네한테는 전해 줬어?"

"네? 네. 답변은 일정이 정해진 후에 한다고 했는데, 긍정적으로 검토해서 최대한 가는 방향으로 노력하겠다고 합니다."

오, 긍정적이라. 그럼 갈 가능성은 높겠네.

"아가씨 쪽은요?"

"간돌프는 무조건 참가하겠대. 두고 가면 울어버리겠대."

"그 녀석은 아가씨에게 너무 어리광이 심한 것 같아요. 본보기로 뼈 두세 개 정도는 부러뜨려 놓는 게 좋겠어요."

아니, 리노키스만큼 어리광을 부리지는 않겠지. 게다가 그 녀석은 나를 존경하고 있다! 스승의 등을 보며 존경하고 있다! 스승이 숙제하는 옆에서 매직비전을 보며 즐거워하지도 않는다!

"리넷의 대답은 너도 아는 대로야."

오늘 수행 중에 말을 걸었을 때 리노키스도 함께 있었다. 그래서 그녀의 대답은 함께 들은 상태였다.

뭐, 권유하기 전부터 알고는 있었지만.

오라비인 닐을 떠날 수도 없고, 떠나고 싶지도 않기 때문에 사양하겠다는 말을 듣고 말았다.

"아가씨의 권유를 거절하다니 무례하기 이를 데 없네요. 뼈 두세 개 정도는 부러뜨려 놓죠."

권유를 받아도 '어리광이 지나치다', 권유를 거절해도 '무례한 놈'인가. 정말이지 리노키스는 평소와 똑같다.

"어쨌든 멤버 대부분은 정해졌네. 남은 거라면 일정인가?"

어떻게든 일주일 정도 뺄 수 있으면 좋겠는데…….

또 끔찍한 스케줄이 기다리고 있을 것 같긴 하지만, 최대한 잘 맞춰보도록 하자. 벤델리오는 내 촬영 스케줄을 짜는 데 능숙하니까. 언젠가 꼭 한 대 날려줘야지.

"아, 그리고 세드니 상회 일 말인데, 그 고속선을 준비해 둘 테니 일정이 정해지면 알려달라고 합니다."

"잘했어."

고속선을 확보한 것은 큰 성과였다.

이번에는 제자들을 데리고 갈 예정이다.

여름의 돈벌이 원정이 얼마 남지 않았다.

"──봤어?"

응.

"일단 노크는 좀 하자."

잠들기 전인 이 시간, 매일 밤 찾아오는 레리아렛은 요즘 노크도 하지 않고 불쑥불쑥 들어오게 됐다.

이건 바람직하지 않았다.

아무리 아이라고는 해도, 귀인의 딸로서 가져야 하는 매너나 신중함이 부족하다고 볼 수밖에 없었다.

"하지만 열어주잖아."

확실히, 그녀가 오는 기척을 알아차리고 노크하기도 전에 문을 열어버리는 리노키스의 지나치게 빠른 대응도 문제였다.

"그것보다 봤어? 아까도 재방송했었어."

그 장애물 경주를 말하는 거겠지.

"조금은."

이제는 마치 자신의 물건인 양 테이블에 앉은 레리아렛은 아까 내가 꺼뒀던 매직비전을 다시 켰다.

매일 밤 벌어지는 일이라 이젠 익숙해졌다.

그녀 쪽은 신경 끄고, 나는 불길하기 그지없는 숙제라는 놈을 무찔러주겠다.

"좋은 영상이 나왔어. 역시 기획부터 관여하니 느낌이 좀 다르네."

동감이다. 요즘은 기획에 나설 일이 거의 없으니까.

준 방송국 건으로 골머리를 앓기도 했지만, 어떻게든 해결책을 찾을 수 있었다.

이들의 싸움은 방송권을 쟁취한 여기서 일단 마무리되었다.

또 다른 어려움이나 문제가 생겼을 때 불릴 수도 있겠지만, 정식으로 소속되지 않은 내가 나설 차례는 적은 편이 좋았다.

그보다 나는 10억 크람 건이 우선이다.

눈앞에 다가온 여름 방학이 승부처였다.

왕은 '4억이 있으면 된다'라고 전해 왔으니, 일단은 4억…… 지금까지 모은 돈이 2억 정도 되니까 앞으로 2억 정도만 더 벌면 거국적인 대규모의 격투 대회를 열 수 있게 된다.

자금은 많으면 많을수록 좋다고 하니 최대한 많이 벌어두고 싶었다. 역시 10억은 있어야 한다고 생각하기 때문에 최선을 다해 볼 생각이었다.

축제와 다름없는 것이니 어차피 하는 것이라면 크고 화려하게 열고 싶었다. 그게 더 즐거울 테니까.

──이번 돈벌이 원정에는 제자들도 데리고 가기로 했다.

인원은 많으면 많을수록 좋으니 둘 보다는…… 아니, 모험가 리노와 그 제자라고 하는 부자연스러운 2인조보다는, 나름대로 강해 보이는 집단이 돌아다니는 편이 더 설득력도 있겠지.

이번 여름이 승부처다.

좀 화려한 사냥 계획을 세우고 있다. 성공하면 5억 이상은 벌 수 있을 것 같았다.

지금 왕도를 대표한다고 하는 모험가 리노에게만 부담을 지우기에는 한 번에 벌어야 할 액수가 너무 많았다. 그래서 어디까지나 이번에는 '파티로 움직이고 있다'라는 내용을 강조해 두고 싶었다.

그리고 그동안 리노키스를 제외한 다른 제자들을 봐줄 시간이 거의 없었으니, 제자들의 무사 수행도 겸할 생각이었다.

실제로 그들이 얼마나 성장했는지도 실전에서 꼭 확인해 보고 싶었다.

◆

그렇게 여름 방학을 맞이했다.

올해도 산더미처럼 쌓인 숙제라는 필요 없는 선물을 이끌고 많은 아이가 학교에서 밖으로 빠져나갔다.

학교 준 방송국이 주최하는 첫 방송 축하회에 참가하기도 하고.

니아 리스톤으로서 꽤 오랜만에 세드니 상회에 인사하러 가기도 하고.

여름 방학에 진행할 예정이라는 '요리하는 공주님'의 대형 기획, 어촌에서 하는 촬영에 참여해 달라는 힐데트라의 요청이나 상담이 오기도 하고.

올해도 실버가에 와달라는 레리아렛의 초대를 받기도 하고. 리클비타도 보고 싶어 한다는 이유로 오라비를 데려오라고 설득당하기도 하고.

남은 며칠간 그것들을 마무리하고, 무사히 여름 방학 돌입했다.

그렇다고 해도 이번 장기 휴가 역시 작년 여름과 마찬가지로 후반부까지는 함께한다.

서둘러 리스톤령으로 돌아가 지옥같이 빡빡한 스케줄로 촬영을 진행하고 후반에 있을 휴가까지 버텨야 한다.

즐거운 돈벌이 원정은 그때부터 시작이었다.

"니아, 갈까?"

정문 앞에서 오라비 닐과 전속 시녀 리넷 두 사람과 합류했다.

이제 오라비의 비행선을 타고 함께 고향으로 돌아갈 것이다.

자주 있는 일은 아니지만, 오라비와 함께 비행선을 탈 때마다 오라비의 검술 성장을 매번 확인했다.

이번에도 이동 중에 진행된 오라비와 리넷의 훈련을 보고 있는데.

……어라?

대련을 시작한 오라비를 본 순간, 이상한 기분을 느꼈고── 바로 납득했다.

아아, 리넷인가. 흐음, 호오.

"……저기, 뭔가 문제라도 있나요?"

"딱히. 아무것도. 없는데. 반대로 나한테 뭐 할 말이라도 있어?"

"할, 말이요?"

"있어? 없어? 있어? 네가 나한테 하고 싶은 말, 있지?"

"──아, 닐 님이 재개하고 싶다고 하시네요. 이야기는 나중에 하도록 하겠습니다."

흐음, 그래, 호오.

내가 보는 앞에서 리넷에게 몰려 숨을 몰아쉬고 있던 오라비가 복귀하며 훈련이 재개되었다.

"아가씨, 닐 님이……."

리노키스의 속삭임에 고개를 끄덕였다.

"응, 쓰고 있네."

오랜만에 오라비의 검술 훈련을 봤는데, 현저하게 실력이 올라가 있어서 깜짝 놀랐다. 그러나 그보다 더 놀란 것이 있었다.

오라비의 움직임.

확실히 '기'를 사용하고 있었다.

가르친 것은 리넷이겠지.

그녀는 내게서 배운 것을 그대로 오라비에게 알려주고 있는 것이었다.

'기'는 강력하다.

이 기술을 사용하면 위력과 파괴력이 상상을 초월하며, 결과적으로 높은 살상력을 얻게 된다.

솔직히 말하자면 정신적으로 미숙한 사람이나 악한 성향을 가진 자에게는 알려줄 수 없는 기술이었다.

정신적으로 미숙한 자에는 아이도 포함된다.

리넷이 벌인 일은 절대 간과할 수 없는 일이지만, 그보다 더 신경 쓰이는 것이 두 가지 있었다.

우선 이치나 개념을 파악하고 있었다고 해도, 아직 완전히 '기'를 체득하고 있다고 할 수 없는 리넷이 다른 사람을 가르쳤다는 사실.

그녀는 의외로 가르치는 것에 재능이 있을지도 모른다.

그리고 또 하나는 오라비의 검술 재능이다.

아이가 보이기엔 과하게 빠른 움직임과 강한 타격, 날카로움.

실로 '기'를 잘 활용한 움직임이었다.

나이에 걸맞게 불안정하고 미숙하기 짝이 없는 '기'였지만, 그 나이에 조금이라도 '기'의 개념을 이해하고 습득한 그 재능에는 두려움마저 들었다.

애초에 '기'는 아이가 간단하게 습득할 수 있는 게 아니다.

그런데 그런 재능의 소유자가 하필 리스톤 가문의 후계자라니.

아쉽다.

이대로 무의 길을 걷는다면 머지않아 정말 나를 넘어설지도 모르는 인재인데.

──하지만 뭐, 지금은 오라비의 일보다는.

"리노키스. 훈련이 끝나면 리넷한테 내 방으로 오라고 전해 줘. 난 먼저 돌아갈 테니까."

"네? 아, 네. 알겠습니다."

리넷한테는 따끔하게 설교할 생각이다.

미숙한 몸으로, 미숙한 실력과 기술로 미숙한 자를 가르친다는, 무인으로서 금기를 어긴 그 행위는 용납할 수 없었다.

하지만 제자의 잘못은 스승의 책임이기도 하다.

이렇게 된 이상 리넷에게는 책임을 물 생각이었다.

어중간한 상태로는 오히려 위험하다. 그녀가 철저하게 '기'를 습득하게 해서 오라비에게 제대로 가르침을 줄 수 있도록 만들자.

"……아가씨, 경솔한 짓을 해서, 정말로, 죄송합니다."

리넷을 따끔하게 혼내주었다.

설교하면서 정성을 담아, 아주 세심하게 예뻐해 주었다. 지금은 땀과 눈물, 그리고 말로 다 표현할 수 없는 액체를 흘리며 바

닥에 쓰러져 있다.

"……왜, 저까지…….."

내친김에 리노키스도 혼내주었다.

그녀도 땀과 눈물과 알 수 없는 액체를 흘리고 있었다. 뭐, 말하자면 제자의 연대 책임이라는 느낌이다.

"이 정도 수행도 따라오지 못하는 미숙한 녀석이 누군가에게 무언가를 가르친다는 건 10년은 일러. 알았으면 가봐."

한심한 제자들이 몸을 이끌고 방을 나서는 모습을 지켜본 후에 똑같은 메뉴를 소화했지만, 아직도 소화가 되지 않은 나는 수행을 계속 이어갔다.

——정말로 화가 치밀었다. 실수는 웃고 넘길 수 있을 정도로만 해 줬으면 한다.

온순하고 현명한 오라비라면 힘에 휘둘리지 않고 잘 성장할 것이라고 생각하지만…… 정신적으로 미숙한 자에게 힘을 갖게 하는 것은 사물을 제대로 분별할 수 없는 아이에게 칼을 쥐여주는 것이나 다름없다. 어른들도 충동적으로 행동할 때가 있을 정도인데.

성격이 비뚤어지지 않기만을 바랄 뿐이다.

"니아?"

한계 직전까지 온몸에 '기'를 가다듬고 유지하는 수행을 하고 있는데, 노크 소리와 함께 오라비의 목소리가 들려왔다.

비행선 한 척을 주먹 한 방에 날려버릴 수 있을 정도의 '기'를 순식간에 흩어놓은 뒤, '들어와'라고 대답했다. 참고로 실제로 사용하면 부서지는 것은 내 몸이 될 것이다.

"리넷은 아직 있어?"

젖은 머리카락 그대로 불쑥 얼굴을 내민 오라비는 평소 이상으로 더 귀엽고 사랑스러웠다.

"아니, 이미 나갔어."

"그렇구나…… 근데 왜 땀을 흘리고 있는 거야?"

"나도 오라버니와 마찬가지로 훈련 중이었거든."

조금 더 하고 싶었지만, 뭐 됐다. 이쯤에서 끝내자.

오라비는 목욕을 마친 직후라 상쾌해 보였지만, 나는 이제부터였다.

"니아와 잠깐 대화하고 싶은데, 뒤로 미루는 게 나을까?"

"급하지 않다면, 이대로 조금만 기다려줘. 땀을 씻고 올 테니까."

"응, 알았어. 그럼 여기서 기다릴게."

오라비의 할 이야기인가. 뭐지?

──제자들의 뒤를 따라가는 형태로 여자 목욕탕에 들어갔더니, 조금 전까지 혹독하게 혼나고 있던 제자들에게서 진심을 담은 비명이 터져 나왔다. 뭐, 어쨌든 조금 빠르게 땀을 씻고 목욕탕을 나왔다.

제자들은 체력이 바닥난 것인지 온몸에 힘이 쭉 빠진 모습이었다. 탕 안에서 열이 오르지 않을까 걱정이다.

"기다리게 해서 미안해."

머리를 닦으며 방으로 돌아오자, 오라비는 홍차를 마시며 기다리고 있었다.

"미안해. 급하게 찾아와서."

"어쩔 수 없지. 평소와 같은 장기 휴가라면 대화를 나눌 수 있는 시간은 분명히 없을 테니까."

어차피 올해 내 여름 방학도 촬영의 연속이라 저택에는 거의 잠만 자러 돌아오는 일정이 될 것이다.

같은 장소에서 숙식을 함께하고 있는데, 진지하게 여유를 갖고 이야기할 시간조차 없었다.

"고마워. 그래서 할 이야기라는 게 뭐야?"

오라비가 내려준 홍차를 받아 들고 이야기를 시작했다.

"힐데트라 님께서 자세한 내용은 너에게 물어보라길래."

······응?

"뭘?"

"나도 잘은 모르겠는데······ 뭔가, 어촌인지 어딘지 하는 곳에서? 뭔가를 한다나 뭐라나 하는 말을 들었거든. 나한테도 거기에 참가해 달라는 부탁이 들어왔어."

아, 여름에 한다던 '요리하는 공주님'의 대형 기획 말인가.

"그건 말이지──."

학교에서는 얼굴을 마주치는 것조차 힘든 오라비 닐과 천천히 이야기를 나누며, 비행선은 빡빡한 스케줄이 기다리고 있는 리스톤령으로 나아갔다.

◆

어쩐지 위가 아프다.

"……이거 정말 놀랍군요. 그렇게 담대한 생각을 갖고 계셨다니."

충격적인 이야기를 듣고 아직 머리가 정리되지 않은 세드니 상회 회장 마르주 세드니의 안색은 좋지 못했다.

그리고 그런 마르주의 이야기를 듣고, 늘 냉정한 부하였던 다론조차 이마에 진땀을 흘렸다.

약 1년이 지나고, 드디어 '그날의 후회'를 간신히 과거의 교훈으로 삼을 수 있게 된 요즘.

또다시 그 아이가 세드니 상회 본점에 찾아왔다.

그래, 조금 전까지 상회의 이곳 집무실에 그 아이가 있었다.

니아 리스톤.

전에 만났던 것은 학교 기준으로 보면 여름 방학이 끝나갈 무렵이었다. 그 후로 간접적인 관계는 이어졌지만, 직접적으로 만난 적은 없었다.

거의 1년 만에 다시 만난 그녀는, 전에 봤을 때보다 조금 더 큰 것 같기도 했다. 물론 가끔 매직비전을 통해 보고는 있었기 때문에 엄청 오랜만에 만났다는 느낌은 들지 않았지만.

2년 안에 10억 크람을 벌 생각이니까 도와달라.

세상 물정을 모르는 어린아이의 장난 같은 말을 들은 지 약 1년.

그때 마르주는 '농담하지 마라'라고 대답하고 문전박대하며 거절할 생각이었다.

그런 생각을 해 버렸다.

후회밖에 남지 않을 선택을 해 버릴 뻔했다.

그 선택 미스를 떠올릴 때마다 후회로 몸서리가 쳐진다. 실제로 1년 동안 그녀가 모은 돈이 2억 크람을 넘어섰기 때문이었다.

정말 다행이다.

세드니 상회는 왕도에서 1, 2위를 다투는 큰 상회였다.

하지만 니아 리스톤을 다른 상회에 빼앗겼다면, 그 손실은 감히 헤아릴 수 없었을 것이다. 관련된 곳은 물론 겉보기에는 아무 상관 없어 보이는 곳까지, 모든 방면으로 그 여파가 퍼졌겠지.

그런 1년 전의 후회도 조금씩 가라앉아 가는 오늘, 조금 전 그 후회의 원인이라 할 수 있는 니아 리스톤이 찾아왔다.

──하지만, 이번에 마르주에게 빈틈은 없었다.

1년 전의 후회를 떠올리며, 이번 방문에서는 한 치의 방심도 하지 않고 최선을 다해 환대했다. 물론 접대비도 화려하게 쏟아부었다. 사비로.

'이날 인사하러 찾아오겠다'라는 예고가 이미 있었던 덕분에 사전에 더 확실히 준비할 수 있었다.

모험가 리노를 비롯해 니아 리스톤을 위해 일하는 사람들에게서 조금씩 정보를 모은 결과, 그녀가 홍차를 좋아한다는 사실을 알게 되었다.

당연히 준비할 수 있는 최고의 찻잎을 준비했다.

과자도 지금 왕도에서 크게 인기를 끌고 있는, 제3 왕녀 힐데트라가 발안하고 디자인한 케이크를 준비했다. 연한 핑크빛 크림으로 장식된 장미꽃이 아름다운 케이크였다. 둘 다 상당한 값이 나가는 물건이다.

당일에는 마치 아내와 첫 데이트를 했을 때처럼 안절부절못하며 기다렸고, 마침내 니아 리스톤을 맞이하게 되었다.

──그리고 지금.

"저기, 우리 쪽에서도 출전자를 보내는 편이 좋을까?"

"그것보다는 투자하는 편이 이익이 더 클 겁니다."

"……그래. 확실히 리노가 출전할 테니 정공법으로 이길 생각을 하는 건 현실적이지 않겠군."

그래, 실수는 없었다.

환대 자체에는 아무런 문제가 없었다.

좋아한다는 말 그대로, 니아 리스톤은 비싼 홍차라는 것을 금세 알아차리고 기뻐했다. 찻잎을 선물로 준다고 하니 더욱 기뻐했다. 힐데트라가 만들었다는 케이크도 '요즘 굉장히 유행하는 것 같던데'라며 기쁘게 먹어주었다. 좋은 분위기밖에 없었다. 접대는 감히 성공이라고 할 수 있었다.

하지만, 그래.

굳이 따지자면 '환대가 지나치게 효과적이었다'라고 해야 할까.

『늘 너무 잘해줘서, 오늘은 입이 살짝 가벼워질 것 같네.』

그런 의도적인 서론을 꺼내더니, 그 아이는…… 아니, 이미 평범한 아이로 보이지 않게 된 그녀는 이렇게 말했다.

『내년 말쯤에 대규모의 격투 대회가 열릴지도 몰라. 만약 열린다면 나는 비용으로 10억 크람 정도는 내놓을 수 있을 것 같아.』

어디까지나 가정의 이야기로서, 그녀는 그런 혼잣말을 누설했다.

왜 10억 크람이 필요한지에 대해서는 계속 궁금했었다. 그것을 지금에 와서야 밝힌 것이다.

한정된 기한 내에 10억을 모은다.

그 목적은 내년 말에 격투 대회를 열기 위함이었다.

여전히 어린 아이의 허무맹랑한 소리로만 들렸지만, 실제로도 그녀는 이미 2억 크람을 번 상태였다.

그리고 이번 여름에도 겨울에 갔던 비행황국 반돌루즈에서 했던 돈벌이 원정처럼 큰돈을 벌 생각이라고 했다.

즉, 진심이라는 것이다.

이대로 가면 격투 대회 개최도 결코 꿈이 아니다. 더 이상 아이의 생각이라고 치부할 수 없었다.

그렇다면 상인이 할 일은?

──니아 리스톤이 돌아간 뒤, 상인들의 밀담이 시작되었다.

"일단 왕족들은 알겠지?"

"그렇겠죠. 애초에 그 아이가 세드니 상회에 온 것도 왕족 소개로 온 것이니까요."

"그렇다면 니아 리스톤이 들떠서 말을 흘린 것에 대해서는 어떻게 생각하지?"

"그렇게까지 들떠 보이지도 않았고 말실수를 한 것 같지도 않았습니다. 왜냐하면, 이 정도의 타이밍에 알게 되는 것은 예상 내의 일이니까요. 오히려 일부러 말을 흘렸을 가능성도 있습니다. 어쩌면 이번 면회에서 그것을 이야기하기 위해 일부러 오신 것일지도 모르지요."

"……좋아, 이렇게까지 생각이 일치한다면 가능성은 꽤 높아 보이는군."

마르주와 다론은 서로의 추측을 주고받으며 가장 가능성이 높은 결론에 도달했다.

"곧 왕족들이 움직여서 대대적으로 격투 대회 공지를 하겠지. 아니면 이쪽으로 접촉해 오던가."

"네, 그럴 것 같습니다. 왕족이 움직이는 이상 국왕 폐하도 알고 계시겠죠. 폐하라면 이 정도의 돈벌이 원정 이야기를 절대 그냥 지나치시지는 않을 겁니다. 반드시 관여하러 올 텐데. 그렇다면 권력을 휘둘러 계획을 가로채 버리실지도 모릅니다."

"하지만 힐데트라 님의 소개로 오셨다는 점을 감안하면 니아 리스톤은 왕족을 자기편으로 삼고 있을지도 몰라. 오히려 폐하의 조언이 있었기에 그런 대담한 계획이 나왔다고 생각해 볼 수도 있겠지."

"그 부분의 진상이 어떻든, 폐하가 움직이실 거라는 사실은 틀

179

림이 없겠군요. 그리고 그 사실을 세드니 상회가 아주 조금 빨리 파악했다는 것이 지금 상황이고요."

"……훗."

상인으로 살아온 지 40년.

최근 10년 정도는 안정세를 유지하며, 다소의 부침을 겪으면서도 세드니 상회는 지금까지 살아남았다.

상업을 하며 감정이 흔들리는 일도 줄어들고, 어렴풋이 은퇴나 후계자라는 말도 머릿속에 떠오르기 시작했지만.

──마르주가 오래도록 잊고 있던 상인의 혼이 위통과 함께 타오르기 시작했다.

"어디서부터 손을 대야 할까? 다론."

"10억이나 투자하는 격투 대회라면 아마 국제적인 규모일 겁니다. 그렇다면 우선은 국외 손님을 맞이할 숙박 시설을──."

"식재료도 필요하겠지. 어서 새로운 매입 루트를──."

막대한 돈벌이 원정 이야기에 상인들의 눈빛이 달라졌다.

──알투아르 왕국 제14대 국왕 휴렌츠 알투아르가 마르주 세드니를 호출한 것은 이날부터 일주일 후의 일이었다.

1년 후의 격투 대회를 향해 상황이 움직이기 시작했다.

상인들이 움직이고.

국왕이 움직이고.

나라가 움직이기 시작했다.

은밀하게, 하지만 확실하게 움직이고 있는 양측의 동향을, 수상하게 여긴 눈치 빠른 자들이 알아차렸다.

여름이 끝날 때쯤, 격투 대회 개최에 대한 소문이 알투아르 안에 퍼지기 시작했다.

그리고 왕도에서 그런 움직임이 일어나고 있다는 것을 꿈에도 모르는 니아 리스톤에게는 역시나 빡빡한 일정이 준비되어 있었고, 그녀는 매일의 촬영을 묵묵히 해냈다.

돈벌이 원정을 기대하면서.

　역시나 지옥뿐이었던 리스톤령에서의 촬영 일정을 모두 소화하고, 드디어 어젯밤 무사히 해방되었다.

　솔직히 더 이상 기억하고 싶지도 않아서 잊기로 했다. 하지만 벤델리오는 용서하지 않겠다. 녀석을 향한 원한은 잊지 않는다.

　겨울의 반돌루즈행과 똑같이 이번에도 '모험가 리노와 그의 제자 릴리'로서 세드니 상회가 준비해 준 고속선을 탈 예정이었다.

　감사하게도 이번 돈벌이 여행은 계속 고속선으로 이동할 예정이다.

　다시 말해 행동 범위가 더 넓어지고 시간 효율도 극한까지 높일 수 있다는 뜻이었다.

　빼곡했던 지옥의 촬영 스케줄을 소화해 온 만큼, 얻어낸 돈벌이 원정 기간은 무려 약 일주일이나 됐다.

　일주일. 훌륭하다. 일주일이나 되다니.

　어쨌든 앞으로의 일주일은 폭력에 둘러싸일 거다! 신나게 날뛰면서 온갖 마수들을 때려죽일 거다! 벤델리오를 향한 원망을 마음껏 터뜨려버릴 테다!

　그런 각오를 마치고, 하늘도 어두운 이른 아침, 리스톤령 본섬 항구에서 세드니 상회의 사람들과 합류했다.

　"이거 참, 리노 씨도 짓궂으시네요. 좀 더 빨리 알려주셨으면 좋았을 텐데요."

음, 정말 욕심으로 가득 찬 얼굴이로군.

몸을 넘어 배 밑바닥까지 욕심으로 가득 차 있는 것 같은…… 깊은 업보를 체현한 것 같은 얼굴이었다.

이렇게까지 노골적으로 드러내니 이제는 감탄스러울 정도다.

그렇다, 어설프게 감추려고 하면 더 천박해서 품위가 없어 보인다. 하지만 이렇게까지 나오면…… 뭐, 품위는 없다 해도 알기 쉬워서 아주 좋았다. 욕심 많은 것 자체는 나쁜 일이 아니니까.

투르크 세드니.

세드니 상회 회장 마르주 세드니의 아들로, 그 자신도 상인이다. 모험가 리노, 즉 리노키스와는 몇 번인가 만난 적이 있다고 하는데, 나는 반돌루즈에 갔던 겨울에 본 이후로 처음이었다. 양쪽 모두 니아가 아닌 릴리로서 만난 거지만.

그 투르크는 여름 방학 직전 내가 마르주에게 흘린 정보를 알고 있었기에 이런 욕심 가득한 얼굴을 하는 것이었다.

장기 휴가에 들어가며 귀성하기 전, 여러모로 신세를 지고 있던 세드니 상회에 인사하러 간 나는, 그곳에서 10억 크람의 용도에 대해 은근슬쩍 언급했다.

——내년 말에 개최되는 격투 대회에 투자한다고.

10억이라는 키워드도 함께 흘렸으니, 대회의 규모를 짐작할 수 있었을 것이다.

그렇기에 투르크가 이런 얼굴을 하는 거겠지.

그 정보의 가치를 모른다면 더 이상 상인이라 할 수 없었다. 어느 정도의 이익을 예상하는지는 알 수 없지만, 이 얼굴을 보면 상당할 것이라는 예측은 할 수 있었다.

그렇다 해도 조금은 감춰야지. 아이에게 보여서는 안 되는 음산한 욕망으로 가득 찬 얼굴을 하고 있잖아. 탐욕스럽기 짝이 없다. 나라서 그나마 괜찮았지만, 다른 애들이 본다면 울지도 모른다.

"자자, 어서 타십쇼. 일행분들이 기다리고 계십니다. 아아, 아가씨, 발밑 조심하시고요."

기분 나쁠 정도로 활짝 웃으며 들떠 있는 투르크의 환영을 받으며, 우리는 벌써 세 번째인 물고기 모양 고속선에 탑승하게 되었다.

"아, 스승님!"

"릴리인가."

"오랜만이야~."

투르크와 함께 항해 일정에 관해 이야기한다는 리노키스와 헤어지고, 나는 한발 먼저 식당 안으로 들어갔다.

거기에는 투르크가 말했던 일행…… 이곳에서 만나기로 약속했던 멤버들이 모두 모여 있었다.

간돌프, 안젤, 프레사.

엄밀하게 말하면 좀 다르지만, 넓은 의미에서는 내 제자들이었다.

"다들 잘 왔네. 먼저 말해 두겠지만 여기서 나는 리노의 제자이

자 동행인인 릴리야. 입장상 너희들도 포함해서 가장 낮은 위치인 사람처럼 대우해 줘. 시키면 잡일 같은 것도 할 수 있어."

"말도 안 됩니다! 스승님께 잡일이라뇨!"

"그걸 하지 말라고 말한 건데, 지금."

간돌프의 우직한 성격은 싫지 않지만, 융통성이 과하게 없는 건 좀 곤란하다.

"그 부분은 내가 잘 챙길게."

음, 프레사랑 안젤이 붙어 있으면 괜찮겠지.

"두 사람은 왜 정장이야? 그게 평상복이야?"

간돌프는 평상복이었지만 안젤과 프레사는 검은색 정장 차림이었다. 솔직히 모험가 집단으로 보기에는 두 사람은 이질적으로 보였다. 참고로 나는 연습복이다.

아니, 지금 다시 보니까 간돌프도 좀 이상한 것 같다. 서민 느낌이 물씬 나는 평상복을 입고 있었다. 무구를 갖추라는 말은 안 하겠지만, 조금 정도는 모험가다운 옷을 준비했어야지.

"자라온 환경이 안 좋으니까. 사람은 일단 겉모습으로 먼저 판단을 받잖아. 그래서 난 되도록 복장만큼은 신경 쓰고 있어."

"나는 일단 암기를 숨기고 있으니까, 이게 무장 상태나 다름 없어."

음…… 뭐, 상관없나. 사실상 메인으로 사냥하는 건 나니까.

카운트다운 이후 가속한다는 익숙한 절차를 지나 고속선은 단번에 하늘을 가르며 날아가기 시작했다.

"정말 굉장한 속도네."

리스톤령에 오기 전에 이미 경험을 마친 세 사람은 좀 차분해 보였다. 처음 경험했을 때는 놀랐다는 것 같지만. 나도 처음에는 놀랐다.

"──안 와도 됐을 텐데."

오랜만의 재회에도 불량한 태도를 보이는 리노키스까지 모두 모이자 우리는 테이블을 둘러싸고 앉았다.

자, 시작해 볼까.

"본격적으로 시작하기 전에, 몇 가지 이야기해 둘 게 있어. 우선."

우선 이들에게도 10억 크람의 용도를 미리 말해 두었다.

10억은 격투 대회를 열기 위한 자금이 된다는 점.

이번 돈벌이 원정에서 개최 가능한 최소한의 금액이 모일 것 같다는 점.

그리고 리노키스가 우승자 후보 1위라는 점.

"물론 다 나와도 돼. 우승해도 좋아. 거국적으로 열리는 대규모 대회가 될 테니까 상금도 상당한 액수가 걸릴 거라 생각해. 당연히 이긴 사람이 모두 가져가는 거야. 그 이후로도 나에게 돈을 바치란 소리는 안 할 거니까."

그리고.

"현재는 리노키스가 제일 유리해. 수행 기간도 길고. 그러니까 만약 리노키스가 우승했을 경우 상금은 모두가 동일하게 나눠가지는 걸로 할 거야."

이는 사전에 이미 리노키스와 의논을 마친 일이었다.

내가 큰돈을 벌고 있는 건 맞지만, 그래도 모은 자금은 다 같이 노력해서 벌어들인 돈이다. 그러니까 나누는 것이 좋다고 생각했다. 후환이 없도록.

"솔직히 말하자면 리노키스가 우승하는 건 당연한 일이야. 그녀를 이길 수 있다면 엄청난 대반전. 그게 내 생각이야. 그래서 상금도 나눠 갖는 거야. 다 같이 모은 돈이니까.

불만이 있을 수도 있고, 원치 않는 상황일수도 있겠지만, 그렇다면 더더욱 실력으로 증명해 주길 바라. 불만이 있으면 이겨서 쟁취하란 뜻이지."

그리고 나로서는 꼭 대반전의 승리를 보고 싶었다.

"릴리는 안 나가? 그런 거 좋아할 것 같은데."

프레사의 물음에 나는 고개를 저었다.

"내가 나가봤자 아무 소용도 없으니까. 애초에 나갈 필요가 어디 있어? 돈이라면 이렇게 벌 수 있고, 이름 알리는 데에는 관심도 없어. 다른 업계에서라면 이미 유명하니까. 재미있어 보이는 참가자가 올 것 같지도 않고. 그런 거라면 차라리 강한 마수를 만나러 가는 편이 낫지."

만약 내가 관심이 가는 참가자가 있다면.

그 경우는 대중이 보는 앞에서 하지는 않을 것이다.

그 누구의 방해도 받지 않는 곳에서 마음껏 결투하고 싶었다.

나이 문제로 참가할 수 없는 것은 둘째치고, 애초에 출전하는 매력이 별로 크지 않았다.

학교생활을 시작하면서 다른 정보들도 꽤 많이 듣게 되었다.

그 결과, 이 시대의 무인들은 그다지 강하지 않다는 사실을 알았다.

내가 싸우고 싶은 사람은 아직 찾지 못했다.

……확실히 한 나라의 규모로 보면 없을지도 모르지만, 세계적인 규모라면.

이 세계 어딘가에는 나와 겨룰 수 있는 사람이 있을 것이다.

…….

현시점에서조차 내가 세계 최강이라고는 할 수 없겠지?

아직 열 살도 안 된 이 몸이 성장하면 훨씬 더 강해질 테니까. 전성기 때를 생각하면 지금의 나는 말 그대로 어린아이 수준이다.

──역시 너무 강한 것도 생각해 볼 문제다.

여행 일정과 수행 계획을 함께 논의하다 보니, 앞으로 시작될 무인의 무인에 의한 무인과 제자를 위한 일주일의 시간이 참을 수 없이 기다려졌다.

자아, 촬영하면서 쌓인 스트레스도 풀 겸 철저하게 예뻐해 주마!

◆

즐거운 시간은 왜 이렇게 금세 끝나 버리는 것일까.

여행 일정이 일주일이나 됐는데, 벌써 하루밖에 남지 않았다.

상급 마수 사냥, 제자들 단련, 자신의 수행.

이번에는 불필요한 잡음을 줄이기 위해 천적이라 할 수 있는 숙제도 미리 끝내두었다. 그래, 과도하기 짝이 없는 촬영 스케줄을 소화하며 이동하는 틈틈이 확실히 마무리해 버렸다.

덕분에 이렇게 즐거운 한 주를 보낼 수 있었다. 괘씸한 숫자들 같으니!

"내일 돌아가는 건가? 뭔가 정신 없이 흘러갔네."

"그러게. 계속 이동만 한 기분이야."

땀에 젖은 상반신을 드러낸 채 맨몸으로 휴식을 취하고 있는 안젤과 간돌프.

사실 이 두 사람은 한 살 차이로 안젤이 연상이라고 했다. 겉보기와는 다르게 간돌프 쪽이 연하인 것이다.

하지만 난 알고 있다고.

내가 잠들고 난 뒤 어른들끼리 마시러 갔지? 리노키스도 갔잖아. 내가 모를 거라고 생각하는 건가? ……부럽고 분통만 터지니 굳이 말하지는 않을 거지만.

"이힛, 히히히흐핫…… 대충 계산해 봐도 5억 이상이라니, 후후훗, 웃음이 멈추질 않네……!"

역시나 휴식 중인 프레사는 지난 일주일 동안 주로 돈에 눈이 멀어 있었던 탓인지, 갑자기 혼자 웃음을 터뜨리는 이상한 녀석이 되고 말았다.

그래, 이번 벌이는 대충 5억 정도인가.

뭐, 그 정도는 되겠지.

고액 마수를 계획적으로 사냥한다는 여행 계획을 세워둔 덕분에 그 정도는 벌 수 있다는 계산이 이미 끝난 상태였다.

귀찮은 것은 전부 세드니 상회에 통째로 내맡기고 있었으니 견적은 아직 나오지 않았지만.

그러나 아무리 저렴하게 사들인다고 하더라도 모인 돈과 합치면 4억은 넘겼을 것이다.

즉, 이것으로 격투 대회 개최는 결정이다.

뒷일은 왕에게 맡기자. 그 정도로 큰소리를 쳐댔으니 일은 확실하게 해 줄 것이다. 분명 훌륭한 대회로 만들어 주겠지.

"아가씨, 슬슬 이어서 하죠."

음? 아아.

리노키스를 시작으로 제자들의 체력도 얼추 회복된 듯했다.

──리노키스의 의욕도 충분하다. 단련시킨 보람이 있네.

"그럼 시작해 볼까?"

지난 일주일 동안.

고속선의 창고 한 칸을 빌려 그곳을 우리의 수행 장소로 이용했다.

여러 부유섬에서 사냥을 하고 숙소에서 1박. 그리고 다음 날에는 보급과 하역을 마친 고속선으로 이동해 이동 중에 수행.

사냥, 수행, 사냥, 수행, 거의 그것의 반복이었다. 녀석들은 몰래 술을 마시러 가기도 했던 모양이지만!

덕분에 아주 충실한 시간을 보낼 수 있었다. 제자들은 밤에도 충실했겠지만!

밤에 즐거운 시간을 보낸 듯한 제자들은 격투 대회에도 긍정적이었고, 안젤과 간돌프는 완전히 참가하는 쪽으로 마음을 굳힌 것 같았다. 프레사만은 뒷세계에 깊게 발을 들이고 있어서 너무 화려한 무대에 서는 것은 어렵다고 했다. 하지만 본인은 나가고 싶은 것인지 어떻게든 출전할 방법을 고민하고 있다고.

여러 가지 의미에서 가장 큰 의욕을 보인 것은 간돌프였다. 그것도 그렇다. 격투 대회란 무인의 무대가 아닌가. 의욕이 나지 않을 이유가 없다.

그리고 의외로 의욕을 보인 안젤은 상금이 목적인 것 같았다. 뒷골목에서 하는 싸구려 술집과는 다른, 좀 더 고급스러운 술집을 갖고 싶다나 뭐라나. 취급하는 술을 늘리고 싶다나 뭐라나. 찬성이다. 늘려줬으면 좋겠다. 나는 아직 못 마시지만. 그리고 나 몰래 술 마시러 간 일은 잊지 않을 것이다.

프레사는 돈을 좋아해서 돈을 버는 것에 불만은 없어 보였다. 심지어 편하게 벌 수 있다면 더 바랄 것이 없을 것이다. 뭐, 격투 대회의 내용을 간단히 말하자면, 10명 정도를 때려눕히면 큰돈을 벌 수 있는 식이다. 꽤 수입이 짭짤한 일이라고 할 수 있었다.

그리고 리노키스는—— 생각했던 것보다 간돌프 일행의 성장이 빨라 발등에 불이 떨어진 상태였다.

리노키스는 이래저래 가까이서 봐줄 수 있었지만, 비교적 오래 방치했던 간돌프 일행의 성장은 눈부셨다. 안 본 사이에 이렇게나 성장했나 싶어 몇 번이나 놀랐을 정도다. 각자 꽤 성실하게 수행해 온 것 같았다.

리노키스가 말하길 '제자로서 절대로 질 수 없다'고.

의욕에 불타는 것은 그 나름의 질 수 없는 이유가 있기 때문이었다. 그리고 '아가씨에 대한 사랑을 증명하고 싶다'라는 말도 했다. 무슨 말인지는 잘 이해가 가지 않았지만 '아, 그래'라고만 말해 두었다. 그런 말을 하면서 네 녀석도 밤에 마시러 갔잖아! 사랑이라니 뭐야?! 한밤중에 스승을 버려두고 술이나 마시러 가는 게 네가 말하는 사랑이냐!

수행은 대체로 나와의 대련이었다.

기본적인 '기' 수행은 내가 없어도 할 수 있었다. 그래서 거의 늘 함께 붙어 있는 지금이 아니면 할 수 없는 일을 하고 있었다.

이번에는 안젤부터.

"——응, 좋네."

안젤의 쇠파이프술…… 뭐, 봉술이라고 하는 편이 나으려나. 어쨌든 그것은 꾸밈이 없고 아주 좋았다.

상대를 때리는 것에 초점을 맞춘 컴팩트하고 날렵한 휘두르기가 기본이었다. 쓸데없이 큰 움직임도 없고 잔재주를 부리는 일도 없다. 정말 심플하게 타격하는 것만을 생각하고 있다.

거창한 기술도 화려한 기술도 물론 많지만, 결국 이런 것이 가장 강할 때가 있다. 그것이 무의 재미있는 부분이다.

'기'가 있다면 보통 대인전에서는 일격만으로도 끝이었다. 일격으로 끝나지 않는다 해도 일격을 넣은 시점에서 다음으로 이어질 수 있었다.

안젤의 경우는 특히 한번 끝내겠다고 마음을 먹으면 완전히 끝낼 때까지 공격을 멈추지 않는 싸움에 익숙했다. 한번 하겠다고 결심하면 가차 없는 점이 아주 좋았다.

——숨은 보석 같은 인재였다.

실력이나 기술은 나중에라도 쌓을 수 있지만 사상이나 사고, 이른바 전투 스타일은 쉽게 쌓을 수 없는 부분이다. 그런 것은 실전을 거듭하며 길러진다.

요컨대 안젤은 무에 걸맞은 성질을 지니고 있는 셈이었다.

무인 된 자, 때로는 비정해지지 못한다면 비정해질 수 있는 상대와 맞닥뜨렸을 때 목숨을 잃을 확률이 높았다.

"……한 번도 못 맞혔어……."

"기초 능력 문제지. ——다음!"

수백 번이 넘는 공격을 모두 피한 결과, 이번에도 안젤의 체력이 먼저 바닥났다. ——'기'를 다루는 연습이 부족한 탓이다. 더 빨리 움직여야 맞힐 수 있다.

"부탁드립니다!"

다음은 간돌프다.

그에 관해서는 가르칠 것이 별로 없었다. 무인으로서 경험을 쌓아온 만큼 필요한 것은 이미 모두 갖추고 있다.

굳이 말하자면——.

"치기로 마음먹었으면 주저하지 마."

그는 가만히 서 있는 나에게 주먹을 날릴 때 가끔 주저하는 경우가 있다.

내 외모가 어린아이라서 괜히 더 신경 쓰이는 마음은 알겠지만, 그런 배려나 힘 조절은 나보다 더 강해진 뒤에 해 줬으면 한다.

안젤의 공격은 철저히 피하지만, 반대로 간돌프를 상대로는 여러 번 타격을 허용한다——. '기'를 실은 기술로 누군가를 때렸을 때의 감각을 알려주기 위함이었다. 이런 것은 수행만으로는 몸에 익지 않는다.

누군가를 때린 뒤 그 순간의 감각에 혼란스러워하거나 주저하지 않도록, 확실히 새겨두었으면 하는 마음이었다.

'기'로 때리면 이렇게 되는구나, 라는 것을.

사람을 죽일 정도의 위력으로 때리면 이런 감촉이 남는다는 것을.

그런 것을 알고 나서 맞히는 방법이나 방법을 습득하는 것이 좋다. 온 힘을 다해 치는 것만이 무가 아니다. 강함도 약함도 모두 알아야 한다. 그 또한 강인함으로 이어진다.

"감사합니다!"

"응. ──다음."

다음은…… 프레사인가.

"잘 부탁해, 릴리."

환하게 웃으며 그렇게 말함과 동시에 바늘이 날아왔다.

──상대를 말하자면 프레사가 제일 재미있었다.

몸에 숨긴 암기를 사용한, 이른바 암살술의 전문가.

아무리 사람이 무방비 상태라 해도 시야가 앞을 향하고 있는 이상, 가장 경계하고 있는 정면에서 공격하게 된다.

하지만 그럼에도 상대에게 반응할 시간조차 주지 않는 날렵함과 허실로 가득한 움직임은 수준급이었다.

칼날에 독이 묻어 있는 실전용이었다면, 나도 아찔했던 장면이 몇 번 정도 있었다. 물론 나는 독도 '기'로 정화할 수 있지만.

"이제 암기는 더 없어? 무기가 고갈되면 이길 가능성이 없겠어."

"나머지는 독가스 계열 같은 무차별적인 것들뿐이야."

그렇군. 지난 일주일 동안 완전히 다 내보인 건가.

이제 기본적인 실력만 더 키우면 그만큼 암기의 활용력도 더 늘어날 것 같은데── 이런, 위험했네.

"벨트 대신 장착한 채찍이라. 아까웠네."

끝났다고 생각했을 때 오는 기습. 뭐, 읽기 쉬운 기습이다.

"……정말 자신감이 사라질 것 같아."

아니, 내가 아니라면 어지간한 사람들은 다 죽일 수 있을 것이다. 승부가 아니라 살육만이 목적이라면 제자 중에서는 프레사가 제일 강하니까.

"다음. 리노키스."

"네."

그녀와는 단순한 대련을 했다.

신체 능력을 거의 동등하게 낮추고 서로 주먹을 맞대며 싸운다. 그녀와의 수행은 언제나 이런 형태였다.

실전 형식 안에서 단련하고, 몰아붙이고, 몰아붙이고, 계속 몰아붙여서 거기서 튀어 오르는 부분을 찾아내는 것이다.

그것은 어떤 발상이 될 수도 있고, 공격에 대한 예측이 될 수도 있다. 혹은 상대 공격에 대한 반격 기술이나 카운터가 될 수도 있었다.

사람이 궁지에 몰렸을 때만 보이는 '내 안에 없었던, 하지만 나에게서 생겨난 새로운 선택지'는, 때로는 자신의 예상을 크게 뛰어넘는 경우가 많다.

원래부터 어느 정도 기초가 잡혀 있었던 리노키스는 유일하게 실전 경험만 부족했다.

그렇기에 궁지에 몰렸을 때 끈질기게 살아남기 위한 수행에 집중하고 있었다.

각각이 어느 정도의 효과가 있을지는 모르지만, 이대로 순조롭게 성장해 줬으면 좋겠다.

······한 명이라도 좋으니까 나를 뛰어넘는 사람이 나타나길.

이번 돈벌이 원정에서는 거점으로 삼은 장소가 딱히 없었다.

기본적으로 매일 숙소가 바뀌었고, 매일 이동의 연속이었다.

굳이 말하자면 고속선 안의 생활이었기 때문에 특별히 만남이 있거나 예기치 못한 일이 생기는 일은 없었다. 눈에 띄는 사건이라고 하면 제자들이 몰래 빠져나가 술판을 벌인 사건 정도일까.

──참고로 이번 여행도 알투아르 왕국 제2 왕자 히에로 알투아르의 호출이라는 명분을 내걸고 방문했다.

나는 아직 일곱 살이다.

호위를 겸한 시녀가 붙어 있다고 해도, 역시 평범한 여행을 단독으로 보낼 수 있는 나이는 아니었다.

그래서 겨울 때와 마찬가지로 히에로 왕자에게 협력을 요청했다. 왕족의 호출로 간다는 식으로.

딱 한 번 만나서 밥만 먹고 헤어졌지만.

어쨌든 별문제 없이, 일주일간의 돈벌이 원정은 무사히 끝을 맞이했다.

결과는 최상. 최소한의 목적은 달성했고 아무 근심 없이 알투아르로 돌아갈 수 있었다.

아니.

아무 일도 없이 끝나고 돌아가려던 참이었는데.

"──공적(空賊)이다! 공적이 나타났다!"

6일째 저녁, 돌발 이벤트가 찾아왔다.

호오? 공적?

정말 즐거운 여름의 추억이 되겠구나.

◆

오늘의 수행을 마치고 저녁.

준비된 물로 몸을 씻고 휴식을 취하던 중이었다.

오늘은 부유섬 두 곳 정도를 오가며 사냥했다.

볼일을 마치고 올라탄 고속선은 숙소를 잡을 예정이었던 부유섬으로 향하고 있었다.

그런 순간 공적 소동이 발생한 것이다.

"아가씨, 위험하니까 방에서 나오지 마시…… 아니, 이제 됐어요."

리노키스에게 '이제 됐다'라는 말을 들었기 때문에, 나는 당당하게 방 밖에서 들려온 흥미로운 목소리를 따라가보기로 했다.

드물게 리노키스에게 허락받았으니 사양하지 않았다. 말려도 소용없다는 것을 일찌감치 깨달은 탓에 수고를 덜었다.

뭐, 지금의 난 '리스톤가의 영애 니아'가 아니라 '모험가 리노의 제자 릴리'였으니, 무슨 일이 좀 생겨도 변명할 수 있을 것이다. 머리도 검은색이니까, 작은 소동이 생긴다고 해도 쉽게 들키지는 않겠지.

게다가 정말 진짜로, 여러 의미로 생명의 위기인 것은 확실하다.

왜냐하면 공적이니까.

최악의 경우, 상대가 이 배를 격추할 가능성도 있다.

이것은 틀림없이, 아끼지 않고 최대의 전력으로 맞이해야 할 사건이었다. 놀 수 있는 여지는 전혀 없다.

나는 무슨 일이 있어도 살아남을 수 있다고 생각하지만, 배가 격추되면 반드시 모두 다 죽을 것이다.

게다가 이 배.

비행황국 반돌루즈산 최신 고속선은 대체 몇억 크람이나 하는 물건인지 짐작조차 할 수 없었다.

설령 변상이나 수리비를 내가 낼 필요는 없다 하더라도, 그동안 성심껏 도와주었던 세드니 상회에 손해를 끼칠 수는 없었다.

뭐, 그런 이유가 있기도 하고 없기도 하지만.

오랜만에 사람을 좀 세게 때릴 수 있을 것 같아서, 솔직히 두근거렸다.

"흐음. 그렇구나."

리노키스와 함께 조타실로 향하니 이미 제자들이 와 있었다. 덧붙여 선원들도 지시받기 위해 모여 있었다.

그런 그들과 합류해, 심각한 얼굴을 한 투르크와 선장에게서 상황을 들었다.

"즉 감속한 장소 바로 근처에 운 나쁘게도 공적이 있었다는 건가요?"

리노키스의 확인에 두 사람은 고개를 끄덕였다.

그렇다는 것은.

운 나쁘게 상선을 노리기 위해 매복하고 있던 공적들 영역에서 감속하는 바람에 그대로 잡혔다는 거군.

이 고속선의 비행 속도는 웬만한 비행선과는 비교할 수 없었다. 설령 공적의 표적이 된다고 해서 따라잡을 수 없는 속도인 것이다.

하지만 이착륙 때는 이야기가 다르다.

폭발적인 바람으로 단숨에 가속하는 이 배는 일반 비행 속도가 느렸다. 그리고 가속이 과도하기 때문에 착륙할 부유섬 앞에서는 크게 감속해야 한다. 그렇지 않으면 지나치거나 섬에 충돌할 위험이 있다.

그래서 이번에도 착륙 태세에 들어가기 위해 감속을 진행했다.

거기서 우연히 매복하고 있던 공적들과 조우하고 말았다, 라는 것이다.

"정면, 우현과 좌현에 한 척씩 총 세 척이 있습니다. 진행 방향을 막고 있어서 움직일 수가 없습니다."

"리노 씨도 잘 알고 계시겠지만, 이 배에는 무장이 없으니까요……."

겨울 방학 때 스카이 스쿼드와 조우했을 때 들었다.

이 배는 빨리 나는 것에만 특화되어 제작됐기 때문에 무장은 일절 없다. 표적이 되면 도망치는 것 외에 다른 선택지가 없는 것이다.

그리고 도망치는 속도가 빠르기 때문에 기본적으로는 무장이 없어도 아무 문제가 없지만.

지금처럼 정면을 가로막힌 상황에서는 이도 저도 할 수 없었다. 가장 중요한 도망치는 능력을 사용할 수 없으니까.

"이봐, 공적의 배가 세 척이래."

"좋다, 두근거려. 이제부터 어떻게 되는 걸까?"

"너희들은 왜 그렇게 낙관적인 건데……."

어쩐지 제자들의 수군거림이 들려오는데. 프레샤, 나도 두근거려.

"저쪽에서 요구하는 건?"

"아직은 없습니다. 저희를 놓치지 않도록 천천히 포위망을 좁혀 오고 있습니다."

음. 그렇다면——.

"목적은 이 배 자체인 걸까요?"

응, 리노키스의 추측에 나도 찬성한다.

이 배는 아직 개량점과 문제점을 안고 있는 시제품이었기에 같은 모델은 10척도 되지 않을 것이다. 즉 상당히 희귀하다.

어떤 화물보다도 분명 이 고속선이 더 가치가 있겠지.

게다가 지금은 방금 내가 사냥한 상급 마수들도 실려 있다. 추정 총액 1,500만 크람의 가치였다.

어떻게든 배를 갖고 싶은 공적들 입장에서는 절대 놓치지 않도록 신중하게 접근하고 있다는 것인가.

실수하지 않도록 신중하게 움직이고 있다면 조금 더 쓸 시간이 있을지도 모른다.

"보통이라면 짐 일부를 건네주거나 돈을 내는 선에서 해결할 수 있습니다. 어지간한 일이 아니면 사람이 죽거나 배가 격추되는 일도 없고요. 하지만……."

그렇게 말한 투르크는 미간을 좁혔다.

"하지만 이번에는 모르겠군요. 제가 공적이라면 반드시 이 배를 노릴 테니까요. 짐이나 돈으로는 쉽게 쫓아낼 수 없을 겁니다."

그렇겠지.

유례없는 최신 비행선이다. 공적들도 이 배가 여기까지 왔을 때의 속도를 이미 봤을 것이고.

누구도 따라올 수 없는 꿈의 배. 공적이 아니더라도 갖고 싶겠지. 나도 갖고 싶으니까.

"나도 배를 노릴 거야."

"나도. 완전 갖고 싶어. 무조건 억 단위로 팔리겠지."

"……지금 와서 말하는 거지만, 어째서 이런 쇳덩어리가 날 수 있는 거지? 이상하지 않나?"

간돌프하고는 의견이 좀 맞는군. 금속 덩어리가 하늘을 난다니 쉽게 믿기 어렵다.

"그래서 어떻게 할 생각인가요?"

"고민입니다. 원래였다면 여러분들의 안전을 최우선으로 해서 짐이든 돈이든 내겠지만, 그러나 이 배가 목적이라면……."

아하, 그렇군.

돈으로 해결할 수 있다면 낼 텐데, 그게 아니라서 곤란하다는 건가.

세드니 상회 정도의 큰 상회라면 사실상 배의 가치를 따지기 이전에 신뢰를 잃는 것이 가장 큰 문제일 것이다.

이 고속선의 소유자는 세드니 상회가 아니라 반돌루즈의 누군가. 혹은 그 사람 나라의 소유이고, 이번에는 일시적으로 빌리고 있다. 뭐 그런 느낌인 건가.

신뢰하는 상대에게 신뢰의 증표로 빌린 것이니 절대 잃어버릴 수 없겠지.

──그렇다면 답은 하나뿐이다.

"죽이죠, 스승."

"어?"

"어?"

""어?""

잠자코 듣고 있던 내가 마침내 내뱉은 그 한마디에 전원이 반응했다.

선장도, 투르크도, 제자들도.

바깥 상황을 지켜보고 있던 사람들도.

자연스럽게 이곳에 모여 있던 선원들도 반응했다.

오직 프레사만이 기쁜 얼굴로 휘파람을 불고 있었다.

"분명 녀석들은 이렇게 생각하고 있겠죠. 운 좋게 최상의 먹잇 감이 제 발로 함정에 걸어들어왔다고요. 그러니까 사양하지 않고 먹어주겠다고. 하지만 여기엔 스승이 있으니까 오히려 반대의 상 황이잖아요? 공적들을 몰살시킨 다음 배와 화물, 쌓아둔 보물까 지 모조리 다 빼앗는 거예요. 그리고 다 같이 나눠 가지는 거죠. 약간의 부수입이라고 생각하면 딱이네요. 오히려 저희가 운이 좋 은 편이에요."

악당을 처리하고, 모두에게 감사받으면서 돈까지 받고, 하늘 청소까지 할 수 있는 셈이었다. 하지 않을 이유가 없다.

"아니, 아가…… 릴리, 기다려."

"네? 기다리라뇨?"

당황하는 모험가 리노를, 이 상황에서는 가장 당당했으면 하는 위치의 스승을, 우리의 리더를 지그시 바라보았다.

"꾸물거릴 필요가 왜 있어요? 처음부터 싸우지 않는다는 선택 지는 없잖아요? 애초에 적은 우리를 기다리지 않으니까요. 이 정 도로 신세를 지고 있는 세드니 상회에 폐를 끼칠 수는 없어요. 게 다가 스승이 기껏해야 저런 도적한테 질 정도로 약한가요? 뭘 망 설이는 거죠? 아니면 여기서 자면서 기다릴 셈인가요? 딱히 그 래도 상관없어요. 스승 대신 제가 처리해 놓을 테니까요."

…….

"──하죠!"

그렇지, 그렇지. 답은 그것밖에 없다.

뜻밖의 교전 선언에 조마조마한 얼굴로 상황을 살피고 있던 선원들이 흥분했다. 그렇지, 그렇지. 협박을 받고 순순히 짐이나 돈을 내고 싶은 사람은 아무도 없을 것이다. 누구라도 이런 불합리한 일은 받아들이기 어렵겠지.

"재미있네. 저 녀석 완전 죽일 생각이야."

"어쩜, 멋있어…… 반할 것 같아……."

"스승님……!"

제자들도 죽일 마음이 충만한 것 같다.

"하지만 아가씨, 뒤처리가 힘드니까 죽이는 건 되도록 삼가세요."

나중에 살짝 리노키스가 몰래 속삭인 그 말에, 나는 마지못해 고개를 끄덕였다.

칫, 어쩔 수 없나. 이 일의 처리도 세드니 상회에 맡기게 될 텐데 폐를 끼칠 수는 없으니까.

방침이 정해진 후, 앞으로의 대응을 의논했다.

우선 몇몇 선원에게 단선(1인용 또는 2인용 소형선)을 꺼낼 사출구 근처에서 대기하게 했다.

이 배는 물고기 형태라 갑판 같은 공간이 없었다. 단선으로 쳐들어올 공적들이 침입할 장소가 없는 것이다.

억지로 들어오려다가 배가 망가지면 곤란하니, 녀석들이 오면 사출구를 열고 맞아들인다.

──그리고 단선 준비는 우리가 그 후 공적선에 올라타기 위한

것이기도 했다.

거기까지는 선원들의 힘이 필요하지만, 거기서부터는 우리의 일이었다.

대략적인 작전은 정해졌다.

그 후의 내부 상담을 위해 제자들과 함께 내 방으로 왔다.

여기서부터는 리노키스의 지휘를 받을 상황은 아니었기에 내가 하기로 했다.

그렇다고 해서 세세한 것을 이야기할 시간은 없었다.

"배는 세 척이니까 세 팀으로 나눠서 제압해야겠지."

우선 순차적으로 제압하는 것은 불가능하다. 배는 세 척이 있다. 동료의 배에 이상이 있다는 것을 알면 공격할 가능성이 높다.

그러니 동시에 공격해서 쉽게 대포를 쏠 수 없는 상태로 만들어야 한다. 교전 중에는 느긋하게 대포를 쏠 시간도 없을 테니까.

"참고로 자신 없는 사람 있어? 자신이 없다면 남아도 좋아."

의욕이 넘치는 제자들에게는 의미 없는 질문이겠지만, 일단 물어보았다.

물론 아무도 아무 말도 하지 않았다.

"좋아. 그럼 세 팀으로 나눌 테니까. ……그렇게 말해도 일일이 말할 필요는 없겠지?"

일단 나는 혼자.

리노키스와 간돌프.

안젤과 프레사.

조는 이렇게 결정될 것 같다.

"나는 릴리랑 같이."

"이번엔 안 돼. 지금은 고집을 받아줄 여유가 없어."

"……그렇겠죠."

리노키스가 나와 함께 가고 싶다는 뜻을 드러냈지만 이내 물러났다. 말하기 전에 기각될 거라는 사실도 알고 있었을 것이다.

일단 지금은 목숨이 걸린 상황이니까. 개인의 고집을 일일이 들어줄 상황이 아니었다.

"아까 간단하게 얘기했지만, 대략적인 흐름을 다시 얘기할게. 세 척을 동시에 습격하고, 일단 정면의 한 척을 신속히 제압한다. 제압한 후에는 신호를 보내서 이 배를 이탈하게 한다."

최우선은 이 고속선의 안전이다.

정면의 배만 어떻게든 하면 가속하여 즉시 전선에서 이탈할 수 있다. 그것만 해결하면 나머지는 어떻게든 될 것이다.

"세 척 다 제압하면 신호를 보내서 다시 데리러 와달라고 하면 끝. 제압 방식은 자유야. 하지만 되도록 죽이지는 말 것. 배는 추락시키지 말 것. 이상이 대략적인 작전이야."

실수로 죽여 버리는 것은 별문제도 없고 어쩔 수도 없는 일이니 불살을 엄명하지는 않았다.

죽임당할 바에야 죽여라, 위험할 때는 죽여도 된다는 뜻이었다. 제자의 몸을 위험에 처하게 하면서까지 지킬 필요는 없다.

……나도 최대한 죽이지 않으려고 노력은 하겠지만 어쩔 수 없을 때는 어쩔 수 없다.

　"그리고 없을 거라고는 생각하지만, 만약 실수로 당하면 죽을 힘을 다해 도망쳐. 죽지만 않으면 내가 어떻게든 해 줄 테니까."

　어설프긴 해도 다들 '기'를 다룰 수 있었다. 어지간한 도적들에게는 지지 않을 거다.

　하지만 실전에서는 무슨 일이 일어날지 모르니까, 만약을 위해 말해 두었다.

　"시간이 별로 없으니까 여기까지만 하자. ──그럼 슬슬 가볼까."

　의논을 마치고 사출구 쪽으로 향하자, 지금 막 출입구를 열려고 하는 타이밍이었다.

　이곳을 열면 공적들이 올라탈 것이다.

　선장, 선원들, 투르크도 모두 긴장한 모습이었다.

　──크게 긴장하고 있는 그들에게는 미안하지만, 나는 굉장히 두근거렸다. 어떤 도적이 올까? 강할까? 강했으면 좋겠다, 기대가 자꾸만 부풀어서 멈추지 않는다.

　열린 출입구를 통해 강한 바람이 들어왔다.

　그런 바람을 타고 녹색으로 된, 어딘가 허름한 단선 여섯 척이 들어왔다. 전부 2인승 단선으로, 총 12명의 험상궂은 남자들이 거리낌 없이 발을 들여놓는다.

　우선 무기를 체크.

검, 단검이 주 무기였고, 역시나 허름한 옷을 두른 가벼운 차림이다.

……신경 쓰이는 게 있다면 벨트에 꽂아둔 저 금속제의 작은 통 정도일까. 저건 화살통일까? 뭔가를 날릴 때 쓸 것 같은 느낌인데 본 적은 없다.

"——허허헛! 이거 마중 나와줘서 고맙군!"

나도 모르게 관찰하고 있는데, 마지막으로 한 척이 더 들어왔다.

허름한 단선과 허름한 복장의 적들과는 정반대로. 금실로 화려한 자수를 놓은 검은색 롱코트를 입은 남자였다. 단선도 금빛으로 장식되어 있어 화려했지만…… 자세히 보면 군데군데 벗겨져 있다. 저렴한 도금일지도 모른다. 뭐, 선장으로서의 체면도 있을 테니까 뭐라 하지는 않겠지만.

유쾌하게 웃으며 배에서 내린 그가 크게 손뼉을 치며 당당하게 걸어왔다.

보아하니 저자가 선장인 듯했다.

공적 선장이라는 말을 듣고 얼굴의 90% 정도가 수염으로 빼곡한 거친 중년 남자를 상상했는데, 의외로 날렵한 느낌의 젊은 선장이었다.

나이는 서른 정도 됐을까. 깔끔하게 정리한 콧수염도, 뒤로 넘겨 고정한 머리도—— 이쪽 선장 앞에서 인사하며 허리에 차고 있던 삼각 모자를 쓰는 연극적인 제스처도, 여러모로 요란하긴 했지만 그렇게까지 품위가 없어 보이지는 않았다. 침략자로서의 태도로 봤을 땐 열받지만.

선원과의 낙차가 엄청나지만, 세련된 공적 캡틴이라는 느낌이었다.

"우리들은 천하의 공적 해머헤드단이다. 평소에는 품행 단정하고 친절한 공적 업무에 힘쓰는, 아주 성실하고 유쾌한 공적이지."

해머헤드.

처음 들어보는데 유명한 공적일까. 유명하면 재산을 기대해 볼 수 있을 것 같다.

"그런 이유로? 복잡한 거래는 생략하기로 하고? 좋은 배네?"

응, 대화가 빠른 건 이쪽으로서도 환영이다.

역시 이 배를 원하겠지. 그것도 당연하다. 여기서 욕심내지 않는 녀석이라면 애초에 공적 같은 일을 하지도 않았을 것이다.

용건을 알게 된 이상 더는 지체할 필요가 없었다.

"……."

내가 눈에 띄지 않게 내 앞에 서 있던 제자들에게 '움직인다'라는 신호를 보낸 뒤, 긴장감 넘치는 이 상황에서 나는 홀로 움직이기 시작했다.

빠르게 벽을 따라 이동해 열려 있는 사출구 쪽으로 향했다. 녀석들이 타고 온 단선의 그늘에 숨어 있다가, 도적들의 뒤로 돌아가 상황을 확인했다.

아무에게도 안 들켰네, 좋아.

"요구가 뭡니까?"

"——어이, 이봐. 다 알면서 뭘 묻는 거야?"

선장과 공적이 협상하는 목소리만 들리는 고요한 이 자리에서 나 홀로 조용히 움직였다.

보이는 도적 모두에게 일격을 날렸다.

소리 없이 다가가서 눈치조차 채지 못했다.

첫 번째가 쓰러지기 전에 두 번째, 세 번째로 수면을 가르는 제비처럼 막힘없이 의식을 거두었다.

……이걸로 끝.

12명 연속 불시에 기습을 가했고, 내가 움직임을 멈춘 순간——첫 번째 사람부터 차례로 바닥에 쓰러졌다.

"아…… 어?"

도적들이 쿵쿵 바닥을 울리며 쓰러지자, 공적 캡틴이 돌아보았고…… 나는 눈을 크게 떴다.

——빠르다.

캡틴의 움직임은 빨랐다.

녀석이 상황을 이해했다고는 생각할 수 없다. 하지만 뒤를 돌아보니 부하들이 다 쓰러져 있고, 나만 그 한가운데 서 있는 상황을 보고.

녀석은 망설임 없이 움직였다.

시선이 빗나갔을 때 공격하려고 벼르고 있던 제자들보다도 빠르게, 허리에 차고 있던 금속 통을 빼내 구멍이 뚫린 끝을 나에게 겨눴다.

반사적인 행동이었다.

생각도 의지도 없는, 그저 조건반사적인 행동일 뿐이다. 그래서 빨랐다. 기척도 읽을 수 없었다. 살기조차 느끼지 못했다.

좋은 움직임이다. 이 움직임에 반응할 수 있는 무인이 대체 얼마나 될까.

찰칵, 하고 통의 안쪽이 빛나는가 싶더니——.

타앙!

묵직한 소리와 함께 검은색의 무언가가 눈에 띄지 않는 속도로 날아왔다.

"아가씨!"

"스승님!"

"릴리!"

"야!"

——어.

"재미있는 무기네."

나는 손안에 있는 작고 검은 물체를 관찰했다. ——흐음, 그저 금속으로 된 둥근 공이다. 뜨겁네. 게다가 이 냄새는 화약인가? 화약의 힘으로 강하게 발사한 건가.

"소위 말하는 작은 대포라는 거구나."

합리적인 무기다.

힘이 없는 아이도 다룰 수 있을 것 같은, 상당한 살상 능력을 가진 투척 무기라는 생각이 들었다.

이 위력이라면 쉽게 피부를 뚫고 살을 파고들 수 있었고, 맞은 곳에 따라서는 뼈가 으스러질 것이다. 급소를 맞으면 즉사하겠지.

"무슨…… 자, 잡았어? 탄환을……?"

보이는 그대로다.

쏜 캡틴을 비롯해, 비명처럼 나를 부른 리노키스 일행도, 캡틴에게 달려들기 직전이었던 안젤도, 그리고 선원들까지 넋이 나간 얼굴로 나를 보고 있었다.

그렇지만, 보이는 그대로다.

──재미있는 무기이지만, 정면에서 쏘면 맞을 방법이 없다.

위력 역시 이 정도로는 내 피부를 뚫을 수 없다. 기껏해야 '아야!' 하고 끝나버리겠지. 무기로서 결함품이라고 말할 정도는 아니지만, 아주 많은 개선점이 남아 있었다. 특히 위력. 속도는 나쁘지 않지만, 아니, 속도도 이 정도면 여전히 좀 느리다.

"이거, 돌려줄게."

펙.

"으헉?!"

손가락으로 튕겨서 되돌려주자, 금속 포탄은 캡틴의 배에 박혔다.

──실제로 내 손가락으로 튕기는 편이 위력도 높고 속도도 더 빠르다.

이렇게 공적 선발대를 쓰러뜨린 후, 우리는 신속하게 다음 공정으로 넘어갔다.

도적들의 포박은 선원들에게 맡기고 나와 제자들, 선장과 투르크는 배를 공격당한 캡틴을 창고의 한 방으로 데려갔다.

　이곳은 우리가 수행을 위해 쓰던 빈방이었다.

　아마 다른 도적들을 가두는 것도 이 방이 될 것이다. 딱 좋은 공간이니까.

　"어쩔래? 일단 더 패놓을까?"

　안젤이 흉흉한 제안을 해 왔다.

　하지만 때리기 이전에 이미 약해진 상태였으니 굳이 여기서 더 폭력을 행사할 필요는 없어 보였다.

　어쨌든 계속 굴러다니며 괴로워하고 있으니까. 저항 의사도 전혀 보이지 않았다.

　……일단 실수로 몸통을 관통하지 않게 벨트의 버클을 노려서 맞췄는데. 버클째로 배에 박혀 버린 걸까?

　아무튼 선발대를 무너뜨린 현 상황을 대기 중인 공적선 측이 눈치채지 못하도록 신속히 행동해야 했다.

　돈을 빼앗든 뭐든 일단은 주위의 배를 다 치우는 것이 우선이다.

　나에게 맡겨달라는 눈빛으로 일동을 둘러본 뒤, 나는 한 걸음 앞으로 나섰다.

　"질문이 있어요."

　배를 움켜쥐고 쓰러져 있는 캡틴 옆에 쪼그리고 앉아 조용히 말을 건넸다.

"당신들은 모두 몇 명이고 몇 척의 공적선을 갖고 있죠? 아지트는 어디예요? 잔당들을 처리하고 싶으니까 알려줬으면 좋겠는데."

"……하, 하하, 하…….."

캡틴은 통증으로 일그러진 얼굴로, 미약하지만 굴하지 않는 미소를 지으며 말한다.

"말할 리가 없잖아……? 죽어도 말하지 않겠다……."

흠.

"그럼 이 자리에서 몰살할 건데, 상관없어요?"

"뭐……?"

"우리로서는 당신들을 살려둘 이유가 없어요. 빠르게 죽이고 바다에 던져서 물고기 밥으로 만드는 편이 뒤끝도 없고 빠르죠. 수고도 덜 들고. 하지만 여기서 당신이 제대로 정보를 준다면 정상 참작의 여지가 있다고 간주하고 최대한 죽이지 않고 제압만 할게요. ──시간이 없으니까 지금 당장 결정해요. 결정하지 못하겠다면 몰살이니까."

나를 잡아먹을 듯한 얼굴로 올려다보는 캡틴을 향해 미소 짓는다.

"헛소리 같아요? 아니면 진심인 것 같아요? 미리 말해 두자면 전 죽이고 싶은 쪽이에요. 뒤처리가 귀찮으니까. 아니면 본보기로 눈앞에서 한 명 죽여볼까요?"

나의 위협…… 뭐, 거의 진심이긴 하지만. 어쨌든 그가 내 경고에 대해 무슨 생각을 했는지는 모르겠다.

모르겠지만, 그는 연장자인 선장과 투르크를 향해 소리쳤다.

"──이, 이봐! 이 막가파 꼬맹이는 대체 뭐야!"

막가파 꼬맹이. ……막가파…… 오래된 인간인 나조차도 촌스러운 표현이라는 걸 알 것 같은데…….

"그 막가파 같은 아이는 어느 실력 있는 모험가의 제자다. 나쁜 말은 하지 말고 시키는 대로 하는 게 좋을 거다. 그 아이는 한번 하기로 마음먹으면 반드시 하니까."

이봐, 선장님, 막가파 같은 아이라니.

……뭐, 이렇게 놀고 있을 때는 아니었지만.

"어쩔래요? 정보를 줄 거예요? 안 줄 거예요?"

"네가 약속을 지킬 거라는 보증은 없잖아!"

"그래서 뭐? 그러니까 몰살을 택하겠다고요? 실낱같은 희망에 걸어볼 생각조차 안 하고?"

처음부터 선택의 여지는 없을 텐데.

몰살을 당해도 상관없다면 얘기는 별개지만.

"진짜 이 막가파 녀석은 뭐야?! 처음부터 지금까지 아이의 눈빛이 아니잖아! 생명이 오가는 삶이 일상인 것 같은 정신 나간 놈의 눈빛이라고!"

다음에 또 막가파라고 하면 배를 차버리자.

캡틴은 두세 방 때리자 얌전해져서 곧 필요한 정보를 술술 털어놓았다.

인원은 한 척에 대략 15명 안팎.

아지트에 남기도 하고, 배를 타거나 타지 않는 경우도 있어서 매번 정확히는 알 수 없다고 했다.

세 척으로 공적업을 운영하고, 우두머리는 캡틴이지만, 각 배에 그 배를 움직이는 캡틴이 타고 있다고 한다. 소위 말하는 부캡틴이다.

그런 부캡틴이 각 배에 한 명씩 있고 그들이 각각 지휘를 맡고 있었다.

두 척은 일반적인 중형선이고 캡틴이 타고 있는 배만 약간 크다. ──정면에서 진로를 가로막고 있는 그 배였다.

이곳에 온 열두 명의 도적은 각각의 배에서 나왔다고 하니……

단순 계산으로 보면 각 배에서 4명씩 온 느낌인가.

그렇다면 각 배에는 대체로 열 명 안팎의 적이 남아 있는 셈이다.

뭐, 지금은 이 정도일까.

아지트에 대해서도 가볍게 듣긴 했지만 그건 뒤로 미루자.

지금은 대포를 날릴지도 모르는 공적선을 어떻게든 처치해야 했다.

필요한 정보는 얻었다.

필요가 없어진 캡틴은 묶어서 던져두고, 우리는 다음 순서로 넘어갔다.

다음은 세 팀으로 나뉘어서 공적선에 올라타는 것.

──하지만 여기서 문제가 발생했다.

도적들이 타고 온 허름한 단선에 올라타는 제자들 앞에서, 나는 홀로 충격에 휩싸였다.

단선의 핸들에 손이 닿지 않았다.

발 페달에 발도 닿지 않았다.

지금만큼 아이의 몸이 원망스러웠던 적은 없었다.

누가 뭐래도 육체 연령은 7살이었기 때문에, 어른을 기준으로 만들어진 물건에는 맞지 않았다. 말로 하고 나면 당연한 이야기이긴 하지만.

하지만 나는 단독으로 정면의 배에 올라타 신속하게 배를 제압해야 했다. 제자들은 각자의 배에 가도록 배정했기 때문에 이번에는 동행할 수 없다.

운전기사가 필요하다.

지금의 내 몸으로는 '공중 질주'는 어렵다. 무인이 된 자라면 자고로 하늘 정도는 달릴 수 있어야 하지만, 지금의 나로서는 단련이 부족해 어려웠다. 단거리라면 몰라도 거리가 좀 되니까.

"아무나 앞에 좀 타줘요."

어쩔 수 없이 근처에 있는 선원들에게 말을 걸었지만, 아무도 나서지 않았다. 오히려 모두가 꺼리는 표정이었다.

그것도 그런가. 지금부터 공적선에 오르는 거니까. 위험한 짓은 하고 싶지 않겠지.

게다가 이유는 모르지만 아이 혼자서 가려고 하는 상황. 지적하고 싶은 사람도 많을 것이다. 다만 그럴 처지가 아니다보니 그 누구도 아무 말을 하지 못하는 것뿐이다.

"나는 안 될까?"

그러던 중 뜻밖의 장소에서 목소리가 들려왔다.

돌아보니 투르크가 있었다.

"이래 봬도 세드니 상회 출장 담당이거든. 비행선에도 자주 타고, 공부도 제대로 하고 있으니까 나름대로 지식은 있어. 나라면 혹시 배에 무슨 일이 생겨도 대응할 수 있을 거다."

"괜찮아요? 위험할 수도 있는데요?"

"릴리가 같이 있는데? 무슨 위험이 있다는 거냐?"

……

보았느냐, 제자들아. 이게 바로 내 정당한 평가다. 내 존재만으로도 상급 마수 수십 마리가 한꺼번에 달려들어도 아무 문제가 없단 말이다. 너희들은 은근히 날 얕보고 있다고. 알고 있는 거야? 이제 좀 깨달으란 말야. 이미 깨달을 때도 됐잖아. 이제 적당히 알아차리란 말이다.

"막가파 녀석이 자랑스러운 얼굴로 이쪽을 보고 있는데. 뭐야, 저 얼굴은?"

"글쎄? 하지만 자신감에 찬 아이 얼굴은 귀엽네."

안젤과 프레사가 숙덕거렸다.

"나는 알 수 있다. 저건 이기는 건 당연하겠지만 조심해서 다녀

와라, 라는 얼굴이야. 제자들을 걱정하고 계신 거지."

"아니, 그건 절대 아니야. 분명 '또 시작이구나'라는 말이 나올 정도로 어린애 같은 허황된 생각을 하고 계신 거겠지. 오래 함께 지내 온 나는 알 수 있어."

간돌프와 리노키스가 의견을 나누고 있다.

……전해지지 않았구나.

가장 전해지길 바라는 무리에게는 조금도 전해지지 않았다.

하지만 어쨌든, 안젤과 리노키스는 나중에 설교 좀 해야겠다. 막가파라고 부르지 마라. 특히나 리노키스는 나를 향한 존경심이 부족하다.

도적들은 이쪽 상황을 모르고 있을 것이다. 그렇다면 당장 공격은 오지 않을 것이라는 추측이 가능하다.

설령 무슨 일이 생긴다고 해도 우리는 그들의 캡틴과 열두 명의 동료를 인질로 잡고 있는 셈이었다.

녀석이 부하들의 미움을 받는 존재가 아니라면 적어도 포탄이 날아올 일은 없다. 그렇게 쉽게 버린다는 선택은 하지 않겠지. 뭐, 절대 없다고는 단언할 수 없지만.

그런 이유로 변경은 없음. 예정대로 움직이게 되었다.

정면에서 세 방향으로 진격하여 공적선에 올라탔고── 그대로 전투에 들어갔다.

약 10명을 신속하게 정리해야 한다.

응, 기대된다. 이런 여름의 추억도 나쁘지 않겠지.

"먼저 갑판을 제압할게요. 제가 배 안으로 들어가면 그 뒤에 내려오세요."

앞에 앉아 단선의 핸들을 잡는 투르크에게 나는 그런 지시를 내렸다.

"알았어. 내려가지 않고 다가가면 되는 거지?"

"네."

맞다.

어느 정도 배에 접근하면 나는 뛰어내려 공적선에 올라타 그대로 적들을 처치한다. 투르크는 그 일이 끝난 후에 내리면 된다.

함께 내려 불필요한 위험을 감수할 필요는 없다.

어차피 금방 끝날 테니까.

없을 거라고 생각하지만 절대 없는 것은 아니다. 당장이라도 대포의 포탄이 날아올지도 모르는 그런 상황이다.

시간이 아까운 탓에 급히 운전기사로서 제압팀에 참가하게 된 투르크와 최소한의 협의를 마쳤다.

"──자, 가죠!"

모험가 리노의 구령에 따라 세 척의 단선이 사출구에서 튀어 나갔다.

◆

하늘은 바람이 거세다.

고속선에 둘러쳐진 방풍 구역을 벗어나자 휘몰아치는 강풍에 노출됐다.

"간다! 꼭 잡아!"

투르크가 말하자 바람에 휘날리는 나뭇잎처럼 흔들리던 단선이 생명을 얻은 것처럼 나아가기 시작했다.

뒤를 돌아보니 똑같이 튀어나온 리노키스와 간돌프, 안젤과 프레사도 각자의 방향으로 날아가는 것이 보였다.

앞을 향했다.

선체를 옆으로 기울여서 가능한 한 큰 면적으로 고속선을 막은 채 정지해 있는 녹색 외장의 공적선이 보였다.

배의 배 부분에는 화려한 그림이 그려져 있었다. 망치 모양의 머리를 가진 상어가 헤엄치고 있는 그림인데, 한눈에 봐도 공적이라는 것을 알 수 있는 꽤나 강렬한 그림이었다.

그리고 여섯 개의 대포가 장착되어 있다.

조준은 고속선에 맞춰져 있다.

"위에서 접근해요! 이쪽의 모습이 보이도록!"

"어, 보이도록?!"

"이미 들켰으니까! 쓸데없이 숨으면 더 경계할 거예요!"

향해가는 공적선 갑판에서 도적들이 보고 있다.

이미 우리의 모습도 확인했고, 자신들의 동료가 돌아온 것이 아니라는 것도 확인했을 것이다.

쓸데없이 숨으면 의심받는다.

하지만 캡틴이 간 후 돌아오지 않은 지금, 이 타이밍에 당당하게 간다면 무슨 협상이나 연락책이라고 판단할지도 모른다. 적어도 갑자기 습격하지는 않겠지. 아마도. 적어도 용건 정도는 물어볼 것이다. 아마도.

이쪽은 갑자기 습격할 생각이지만.

──갑판 위에 있는 여섯 명의 도적을 확인했다. 딱히 강해 보이는 사람도 없다. 안다, 알아. 예상 그대로라 실망하지도 않았다. 다 알고 있었으니까.

우선은 저 여섯 명을 쓰러뜨리고 선내에 침입하자.

"내려갈게요! 지나쳐서 이 근처를 한 바퀴 돌고 와주세요! 갑판 청소는 끝내놓을 테니까!"

"알았어!"

공적선 바로 위를 통과한 그때, 나는 단선에서 뛰어내렸다.

여섯 명의 도적은 모두 나를 올려다보고 있었다.

──잘 봐둬라. 눈을 깜빡이는 것도 금지다.

갑판에 착지한 뒤 낙하의 충격을 줄이기 위해 바닥을 굴렀다. 그리고 그 기세 그대로 이동해 첫 번째 사람 배에 일격을 가했다. 몸을 반전해 옆에 있던 두 번째 사람의 목을 치고, 허리에 차고 있는 단검을 빼앗아 가장 멀리 있는 세 번째 사람에게 박히지 않도록 던졌다.

던진 단검의 자루 끝이 세 번째 사람의 안면에 박히는 것을 확인하지도 않고, 소리 없는 '뇌음'처럼 초속으로 다가가 네 번째 사람을 가격하고, 다섯 번째 사람의 머리가 여섯 번째 사람 머리에 맞도록 조준해서 발로 찼다.

좋아, 끝.

기척을 확인하고 갑판 위에 그 밖에 아무도 없는 것을 확인했다. 신속하게 선내로 들어가는 문으로 향했고—— 그 뒤에서 여섯 명이 거의 동시에 쓰러졌다.

대략 한 호흡만에 끝나는 빠른 기술이었다.

뭐, 아까 열두 명을 처치하는 게 더 편하긴 했지만. 좁은 장소에 모여 있으면 더 수월하니까.

갑판의 도적들은 단선에서 뛰어내린 나를 보았지만, 갑판에 내려선 순간부터 이미 내 움직임을 따라잡지 못했다.

저 웃기는 캡틴은 반응만큼은 빨랐다. 이길 수 있을지 없을지는 별개로, 녀석이었다면 뭔가 반응을 보였을지도 모른다.

그러나 보통 사람이라면 뭐, 이 정도겠지.

아직 강습을 들키지는 않았을 것이다. 들키는 편이 나는 더 재미있지만. 적이 혼란에 빠져 대포를 쏘는 일이라도 생기면 곤란하니 이 정도면 충분하다.

자, 다음은 내부 청소다. 빨리 가자.

숨을 곳이 많은 배 안에서 도적을 기습으로 계속 쓰러뜨려 나갔다. 갑판 제압보다 더 손쉬웠다. 겨울 돈벌이 여행 때 침입했던 레스토랑 때와 비슷할지도 모른다.

신속하고 조용하게 배 안을 제압해 나가는 와중―― 쿠웅, 하는 익숙한 충격음이 멀리서 들려왔다.

지금 소리는 고속선이 가속했을 때 나는 소리였다.

상의한 대로 조금 늦게 이 배에 내려선 투르크가 고속선에 신호를 보낸 것이다. 지금 이 배는 움직일 수 없다, 대포는 쏠 수 없다.

이로써 고속선은 전선을 이탈하며 격추될 염려가 사라졌다. 최우선 과제는 달성이다.

"뭐, 뭐야?! 저 속도는 뭐야?! ――헉?!"

조타실에 부캡틴으로 보이는 남자가 있었다. 이곳에 있다는 점과 그럭저럭 체격이 좋다는 점을 봤을 때 캡틴이 부재할 때는 대신하여 배의 책임자를 담당하는 모양이었다.

녀석은 감시하고 있던 고속선의 말도 안 되게 빠른 이탈을 보고 경악했다.

배 바로 위를 빠져나갔으니까.

그리고.

"안녕하세요."

평범하게 말을 걸며 들어와 옆에 서 있던 나를 보고도, 놀랐다.

이 녀석이 최후의 1인이다.

이것으로 이 배는 제압 완료다.

갑판으로 돌아오자, 투르크가 적들을 묶어놓고 나란히 세워두고 있었다.

"끝났어?"

"네, 안에 일곱 명이 쓰러져 있어요."

캡틴의 정보대로다. 뭐 10명 내외라는 정보만으로 보면 좀 많긴 하지만.

이 배에는 13명이 타고 있었다.

여기에 고속선에 올라탄 무리까지 포함하면 처음에는 16명 정도가 타고 있었던 셈이 된다. 자백한 정보보다 약간 많네.

……뭐, 괜찮겠지.

열 명 이상의 오차가 있었다면 일부러 잘못된 정보를 흘렸다고 의심할 수 있었을 텐데.

선원 수를 정확하게 파악하지도 못하는 허술하기 그지없는 캡틴이다. 이 정도 숫자를 숨기겠다고 고의로 거짓말을 했을 것 같지는 않았다.

——이쪽은 몇 명이 있더라도 아무래도 상관없지만, 제자들은 괜찮을까…… 괜찮을 것 같긴 하지만, 실전에서는 무슨 일이 있을지 모른다. 부디 방심하지 말고 움직이기를.

고속선은 탈출했다.

이곳에 남아 있는 것은 세 척의 공적선뿐이고, 지금 제자들이 싸우고 있을 두 척은 여기서는 상황을 전혀 알 수 없었다.

"릴리."

멀리 보이는 공적선을 바라보고 있는데, 투르크가 말을 걸어왔다.

"네, 도와드릴게요."

"아니, 그게 아니라."

응? 아닌가? 멍하니 있지 말고 묶는 걸 도와달라는 게 아니었나?

"너 혹시, 리노 씨보다 더 강한 거냐?"

……하긴, 고속선으로 공적들을 불러들인 것도 그렇고, 반격한 것도 그렇고.

그리고 단독으로 공적선에 승선한다는 인원 배치도 그렇고. 그렇게 생각할 수 있는 요소는 많을 것이다.

당연히 품을 수 있는 의문이었다.

어쩌면 투르크는 그것을 물어보기 위해 나와 동행한 것일지도 모른다.

──나는 그에게 등을 돌리고 말했다.

"모르는 편이 약인 일도 있지 않을까요? 사람과 사람이 사이좋게 지내기 위해서는 적당한 거리감도 필요하니까요. 투르크 씨는 어떻게 생각하세요?"

날것 그대로 말하자면 '깊이 관여하지 마라. 앞으로 거래는 없을 것이다'라는 뜻이기도 했다.

모처럼 우호적인 관계를 유지하며 상호 이익을 창출할 수 있는 훌륭한 사이인 것이다. 굳이 스스로 망치는 짓은 하지 않겠지.

"……알았어, 미안해. 바보 같은 질문이었다. 리노 씨와 너랑 좀 더 친해지고 싶어서. 하지만 포기할게."

그래, 답은 하나. 포기하는 것.

하지만 분명 속으로는 포기하지 않았겠지.

'너무 성급했군. 다음에는 천천히 시간을 들여서 하자……'라고 생각하고 있지 않을까. 그는 뼛속까지 상인인 사내이니, 돈과 관련된 이야기는 쉽게 포기하지 않을 것이다.

뭐, 천천히 알아가면 된다.

교제가 길어지면 싫어도 알게 되는 부분이 있을 테니까.

선내의 적을 포박하고 배의 곳곳을 체크하거나 금품을 찾고 있는데, 제자들이 제압하러 갔던 두 척에서도 연락이 왔다.

저쪽도 성공적으로 끝난 모양이었다.

◆

공적…… 해머헤드단의 비행선 세 척을 무사히 제압한 뒤 이탈해 있던 고속선이 다시 돌아왔다.

제자들도 다친 곳은 없고, 뭐, 대부분 쉽게 이긴 것처럼 보였다.

포박한 적들은 모두 고속선에 옮긴 뒤 창고에 밀어넣었다. 약 40명의 남자가 여기저기 바닥을 나뒹구는 모습은 어떤지 좀 우스우면서도 비극적이었다. 나이 든 어른들이 이런 푸대접을 받는 일은 쉽게 보기 어렵겠지.

그들을 앞에 두고 우리는 그들의 처우에 대해 의논했다.

덧붙여서 참가자는 나와 제자들…… 아니, 모험가 리노와 동료들이었다. 어디까지나 리노가 우리들의 대표니까. 그리고 선장과 투르크도.

일단 잔혹한 미래에 도달할 가능성도 있었기에 일반 선원은 참여하지 않았다. 폭력적인 것에 익숙하지 않은 평범한 비행선 기술자도 있기 때문이었다. 그 결과에 따라서는 마음이 아플지도 모르니까.

"해머헤드단이라면 분명 기병왕국 마벨리아령과 비행황국 반돌루즈령 국경 부근에서 활동하는 걸로 기억하고 있습니다."

과연 출장 전문 투르크. 사정을 잘 아는 듯했다.

"아마 현지에서 너무 과격하게 행동했던 거겠죠. 먹잇감이 줄어드니 열기도 식힐 겸, 말하자면 돈벌이를 위해 알투아르까지 온 것 같습니다."

선장이 그런 추측을 세웠다.

과연 돈벌이 원정인가. 우리랑 똑같네.

"그럼 마벨리아로 인도하면 약간의 포상금도 있을까?"

리노키스가 묻자 투르크가 '그렇겠죠'라고 대답했다.

"다만 마벨리아는 옛날부터 폐쇄적이고 호전적인 나라라서요. 그 나라 입장에서 세드니 상회는 외지인이니 금전과 관련된 협상은 하기 어려운 상황입니다.

떼일 가능성도 높고, 트집을 잡힐지도 모르고요. 운이 좋아서 포상금이 나온다고 해도 소액일 거고 그것이 바로 나올지 어떨지는⋯⋯."

즉 교섭의 노고에 비해 이익의 균형이 맞지 않는다는 말인가.

"뭔가 까다로운 나라네?"

어른들의 대화를 방해하지 않기 위해 작은 목소리로 옆에 있는 안젤에게 그렇게 말했다. 그는 "그건 그렇지" 하고 고개를 끄덕인다.

"거기는 기병이라는 강한 패를 쥐고 있는 만큼 기본적으로는 전쟁을 원하는 쪽이야. 하지만 비행선 기술이 따라잡지 못해서 먼 곳으로 기병을 옮길 방법이 없어. 그래서 쉽사리 침략에 나서지 못하고 발만 구르고 있는 거야. 벌써 몇십 년 동안이나."

호오, 그렇군.

기병에 대한 소문은 듣긴 했는데 어떤 것인지 궁금하다.

듣기로는 마석과 마력으로 움직이는 전신갑주, 라고 하던데⋯⋯.

"나 마벨리아 출신이야."

문득 프레사가 손가락 끝으로 머리를 만지작거리며 중얼거렸다.

"어렸을 때 나왔으니까 요즘 사정은 잘 모르지만. 별로 좋은 기억은 없어."

호오, 프레사는 마벨리아 출신인가.

그러고 보니 저번에 반돌루즈에서 결혼한 신부 필레디아도 마

벨리아 왕국 출신이었지. 분명 코큘리스 가문 귀족의 딸이라고
했다.

"──잠깐만!"

갑자기 소리를 지른 것은 뒤로 손이 묶여 있는 공적단의 캡틴
이었다.

그는 두 무릎을 꿇고 선 채로 똑바로 앞을…… 아니, 나를 바라
보았다. 어째서인지. 이유는 모르겠지만, 나를.

"마벨리아에는 가고 싶지 않아! 거기 가면 전원 사형이다! 나뿐
이라면 몰라도…… 물론 나도 죽고 싶진 않으니까 살려만 준다면
신발도 핥을 수 있고 엉덩이도 깔 수 있지만, 이 녀석들까지 다
살해당하는 건 불쌍하잖아!"

아아. ……응. 엉덩이를. 응. 각오는 알겠다. 왜 내 눈을 보고
말하는 건지는 모르겠지만, 각오는 확실히 전해졌다.

"우리는 그냥 잔챙이야. 어차피 마벨리아에 넘긴다고 해도 푼
돈이 나올지 말지도 모를 정도인데, 협상 과정에서 불쾌한 일만
잔뜩 겪고, 결과적으로 보면 마이너스가 되는 상황밖에 안 벌어
질 거라고! 이 잔챙이 공적단 우두머리가 보증해!"

음…… 스스로를 너무 비하하는 것도 안 좋은 것 같지만, 뭐,
그렇지. 잔챙이 같은 느낌은 만났을 때부터 계속 느껴지긴 했다.
확실히.

"하지만 너희들은 지금까지 상인들에게서 짐을 빼앗았잖아?
몇 번은 죽이기도 했을 거고? 동정의 여지는 없을 것 같은데."

내려다보는 상인 투르크의 시선은 차가웠다.

리노키스나 나를 대할 때는 '너무 배려하네'라고 말하고 싶을 정도로 웃는 얼굴에 붙임성 좋은, 욕심만 좀 많은 마음씨 좋은 아저씨인데.

역시 상인답게 냉철한 면도 갖고 있었다.

"변명은 하지 않겠다! 확실히 그랬어! 몇 명은 죽인 적도 있어! 살기 위해서였다는 변명도 하고 싶지만 하지 않겠어! 하지만, 절대 죽고 싶지 않지만, 우두머리인 내 머리 하나로! 부디 이 녀석들 목숨만은 살려줘!"

쿠웅.

앞으로 접힌 상체가 쓰러지고, 이마가 바닥을 울린다.

"이렇게 빌게! 이 녀석들을 살려줘! ……가능하다면 내 목숨도 살려줘! 겸사겸사라도 좋으니까!"

덧붙이지 마라. 정말 마무리가 어설픈 녀석이네.

캡틴의 말과 자세는, 아주 조금 내 마음을 울렸다.

"어떻게 할까?"

투르크가 나에게 물었다.

"왜 저한테 물어보세요? 스승에게 물어보세요."

"아니, 왜냐하면……."

왜냐하면.

왜냐하면, 바닥에 머리를 붙인 채로 재주 좋게 자세를 바꿔 시선을 돌리는 캡틴도, 의식이 돌아온 공적 무리도, 거기에 더해 모험가 리노를 비롯한 제자들도, 나를 보고 있었으니까──라고 말하고 싶은 건가?

이 멤버 중에서, 10살도 안 되는 나에게 결정권이 있다고 말하고 싶은 것인가?

……확실히, 실제로는 있긴 하지만. 그래도 표면적으로는 아니다. 그러니까 대놓고 보지 마라.

"왜 저를 보는 거죠?"

다른 무리라면 몰라도 공적 캡틴은 아까부터 왜 나한테만 말하는 거지? 일단 그 이유를 확실하게 알고 싶었다. 이 자리에 가장 어울리지 않는 것은 나인데.

"어딜 어떻게 봐도 네가 제일 높은 위치에 있는 것처럼 보이니까. 겉모습은 그냥 막가파 애송이지만, 내가 보기에는 그렇게밖에 안 보여."

……그렇군. 아무래도 드러나는 걸까. 강함이. 압도적인 강함이. 이거 곤란하네.

"저기 진짜로, 신발을 핥으라면 얼마든지 핥을 테니까 살려주면 안 될까? 당근이나 피망이나 싫어하는 채소가 있으면 내가 대신 먹어줄게, 피곤하면 업어줄 수도 있어. 온 마음을 다해서 섬겨줄게!"

"──안 돼. 그건 안 돼."

반론 따위는 허락하지 않는 냉정한 목소리로 리노키스가 거절했다. 아마 날 섬기는 것은 자신만으로도 충분하다고 말하고 싶은 거겠지.

……자, 어떻게 할까.

그동안 해 온 짓을 생각하면 무죄 방면은 어렵다.

그러나 이미 어느 정도는 미워할 수 없게 된 것도 사실이다.

녀석이 죽는다고 생각하니, 조금 잠자리가 찜찜할 것 같았다. 이렇게 확실하게 목숨을 구걸하고 있기도 하고…….

"릴리, 잠깐 괜찮을까? 확인하고 싶은 게 있는데."

확인하고 싶은 거라.

"그럼 투르크 씨한테 맡길 테니까 알아서 하면 되지 않을까요? 어떤 결정이든 이유가 있으면 반대하지 않을게요. ——어때요? 스승."

일단 우리의 대표는 모험가 리노였기 때문에 최종 결정은 그녀에게 맡기기로 했다. 뭐, 약속 같은 거지.

이렇게 촬영과 돈벌이 여행으로 바빴던 초등학부 2학년의 여름 방학이 끝을 맞이했다.

마지막의 마지막 순간 마주친 즐거운 해프닝의 추억과 함께.

그래, 추억과 물리적인 의미로도 함께, 알투아르로 귀성하게 되었다.

그리고 2학기가 시작되었다.

◆

　돈벌이 원정 여행에서 알투아르 왕도로 돌아와 하루가 지난 오늘.

　"여러 일이 있긴 했지만, 꽤 즐거웠어."

　"다사다난했지."

　점심시간, 고급 레스토랑 '검은 백합 향기'의 개인실을 빌렸다. 그곳에 제자들이 모두 모여 있었다.

　오늘은 돈벌이 원정에 동행하지 않았던 오라비의 시녀 리넷도 있다.

　프레사의 이야기를 들으며 여행 중에 있었던 일을 공유하는 중이다. 그들의 10억 현상은 조금 더 계속될 예정이니까.

　식사하는 동안 여기까지의 설명을 간단히 마치고 각자의 앞에 디저트 접시가 놓였을 때.

　"——아가씨, 슬슬 괜찮을까요?"

　리노키스의 말에 나는 고개를 끄덕였다.

　오늘 모두를 부른 이유는 지금부터 설명할 예정이다.

　"세드니 상회에서 설명을 듣고 왔기 때문에 보고하도록 하겠습니다."

　나도 아직 듣지 못한 최신 정보였다.

　리노키스는 오늘 오전, 모험가 리노로서 세드니 상회와 이야기를 나눴다.

여러 가지 물어보고 싶은 것도 궁금한 것도 있었으니까.

그리고 그렇게 느낀 것은 나뿐만이 아닐 것이라는 생각에 제자들을 불러 모은 것이다.

──이제는 무관하다고 할 수 없는 이야기도 있었으니 제자들 모두가 알 권리 정도는 충분히 있었다. 각자에게 일일이 이야기하는 것도 귀찮으니 이 자리에서 한 번에 끝내는 것이 효율적이다.

각자의 생활도 일도 있어서 바쁘니까.

"먼저 10억 크람 건입니다. 이번 여름의 돈벌이 원정으로 모인 돈이 8억 크람을 돌파했습니다."

오, 8억이나 갔나.

이번 여름에 4억을 넘지 못하면 대규모 격투 대회가 중지될지도 모른다는 우려도 있었는데.

이렇게 되면 마침내 10억 크람을 준비하는 것도 먼 이야기가 아니게 되었다.

"2년에 10억을 번다는 말도 안 되는 농담이 정말 현실로 다가올 줄이야. 게다가 1년에 8억? 금전 감각이 꼬일 것 같아. 난 지난달에 500만은 벌었다고."

"돈을 너무 벌어서 눈에 띄지는 마. 안 그래도 모험가 리노가 너무 눈에 띄고 있는데, 어떤 귀찮은 일이 생길지 몰라."

한숨을 쉬며 말하는 안젤에게 간돌프가 주의를 준다. ──그래, 나처럼 금전 감각이 완전히 이상해지면 큰일이니까. 농담처럼 10억을 번다고 하게 될지도 모른다. ……뭐, 애초에 나는 현금을 손에 쥐어본 적조차 없으니 이상해질 것도 뭣도 없지만.

"오히려 눈에 띄기 위해서 하는 거니까 그 부분은 신경 안 써. 오히려 그렇게 되도록 움직였던 것도 있으니까."

리노키스가 하는 말은 사실이었다.

굳이 이름을 알리기 위해 행동한 경우도 있었다.

덕분에 모험가 리노의 이름은 널리 알려졌다. 알투아르 제일의 모험가, 라고 불릴 정도로 빠르게 출세한 인물이 되었다.

많은 사람이 어디선가 이름 정도는 들어본 적이 있을 정도로.

주위에서 보이는 구체적인 예시를 말하자면, 레리아렛이 '리노를 취재하고 싶은데 응해 주지 않는다'라고 투덜거릴 정도로는 유명해졌다.

그런 말까지 들을 정도로 이름이 알려졌다면, 분명 격투 대회 출전을 선언했을 때 큰 화제를 모을 수 있을 것이다.

당연히 이웃 나라에도 이름 정도는 전해졌겠지. 세드니 상회 쪽에도 '은근슬쩍 이름을 퍼뜨려 달라'라고 부탁해 뒀으니까.

리노키스의 설명이 이어졌다.

"10억 출자로 열리는 격투 대회는 무사히 개최하기로 결정되었습니다. 이미 계획은 움직이기 시작했고, 이제 저희의 손을 떠났다고 말할 수 있습니다."

다행이다, 드디어 왕이 움직이기 시작한 건가.

1년에 걸쳐 준비한다고 했으니, 지금부터 움직여 준다면 준비 기간으로는 충분할 것이다.

개최는 내년 겨울을 예정하고 있으니까. 1년 이상의 시간 여유가 있다.

"그리고 저희 목표는 10억 크람이었죠. 남은 금액은 2억입니다만, 부족한 금액은 세드니 상회가 투자하고 싶다고 전해 왔습니다."

호오, 투자라.

"답변은 보류해 뒀습니다만, 어떻게 할까요?"

뭐, 거절할 이유는 없다.

"격투 대회의 이권을 원하는 거겠지. 왕과 상의해서 그쪽에 편한 대로 해 달라고 전해 줘."

그리고 말이다.

"마지막은 조금 허무할지도 모르지만, 이것으로 10억 크람 건은 달성한 것으로 하겠습니다."

조금 더 계속할 생각이었지만, 끝내기 적당한 시점이었기에 여기까지만 할 생각이었다.

각자 멀쩡한 본업이 있는데도 열심히 노력해 줬다. 이 이상은 더 끌어들이는 것도 미안하다.

"돈을 보태줘서 고마워. 나는 정말 복 받은 사람이네."

내가 고맙다는 말을 전하자 왜인지 드문드문 박수가 터져 나왔다. 박수의 의미는 잘 모르겠지만. 기획 성공에 대한 것일까. 아니면 터무니없는 계획이라고 생각했는데 의외로 성공해서 자신도 모르게 나온 것일까.

뭐, 이유가 뭐든 상관없다.

이렇게 해서 10억 크람 건은 마무리되었다.

이제 내년 말에 개최되는 격투 대회를 기다리는 것만 남았다.

"다음 보고입니다."

우선 최우선 사항의 보고를 들었다.

다음 주제로 넘어가서.

해야 할 말은 아직 남아 있었다.

"세드니 상회에서 들어온 제안입니다. 앞으로도 사냥을 해 주지 않겠냐고 요청하더군요. 가능하면 자신들이 요구하는 사냥감을 잡아주면 좋겠다고 했습니다. ──요컨대 세드니 상회의 전속 모험가가 되어주지 않겠느냐는 제안입니다."

오호라.

"그건 각자의 판단에 맡기는 게 좋겠어. 이 중에 순수한 모험가는 없으니까, 가끔 용돈벌이도 할 겸 빚을 져두는 것도 나쁘진 않겠지."

"그렇군요. 그럼 이 이야기는 각자의 판단에 맡기는 것으로 하겠습니다."

응, 그게 좋겠다.

"저기, 질문 좀 해도 돼? 아까부터 계속 궁금한 게 있었는데."

이야기가 잠시 끊긴 순간을 노려 프레사가 손을 들었다.

"그, 10억 건은 끝난 거지?"

"아가씨 말씀 못 들었어? 아까 그렇다고 말씀하셨잖아."

리노키스는 정말로 차갑다. 그렇게 날카롭게 쏘아붙일 필요는 없을 텐데.

"듣긴 들었는데. 아니, 반대로 그 말을 들으니까 궁금해서."

하지만 조금도 기죽지 않은 프레사는 표정 하나 바꾸지 않고 말을 이었다.

"그렇다는 건── 우리는 더 이상 릴리에게서 아무것도 배울 수 없다는 뜻이야?"

아.

……아, 그렇구나. 그렇겠지.

그들은 정확히는 제자가 아니었다. '10억을 벌 예정이니 나를 도와라. 그 대신 강하게 만들어주겠다'라는 약속으로 도움을 받고 있었다.

10억을 다 번 지금, 그 약속은 어떻게 되느냐는 이야기였다.

──나는 깜빡 잊고 있었는데 프레사를 포함한 제자들은 잊지 않고 있었던 모양이다.

"넌 그런 건 정말 정확하게 물어본단 말이지. 나는 잊은 척하려고 했는데."

"음. 잊은 척하고 앞으로도 계속 배울 수 있기를 기대했는데."

안젤과 간돌프도 신경을 쓰고 있던 모양이다.

"아니, 그러니까 더 확실히 해 둬야지. 릴리는 시간이 없으니까, 앞으로도 우리한테 계속 시간을 내줄 수는 없을 거 아냐."

다들 저마다의 걱정이 있었구나.

참고로 리넷만 아무 말도 하지 않는 이유는, 그녀만은 다른 사정으로 수행을 계속할 수밖에 없었고, 오히려 도망칠 수 없다는 것을 깨닫고 있기 때문이었다.

그래, 그녀는 오라비에게 '기'를 가르친 책임을 져야 하니까.

오라비에게 경솔하게 가르쳐준 너만큼은 절대 놔주지 않겠다! 무조건 내가 납득할 수 있는 수준까지 '기'를 가르쳐 주겠어! 그리고 오라비에게 제대로 가르쳐라! 내가 납득할 수 있는 수준까지! 그전까지는 절대로 풀어주지 않을 테니까!

"너희들을 단련하는 이야기는 나중에 하기로 하고. 지금은 달리 들어야 할 내용이 있어."

사실상 더 이상 내가 가르칠 것도 그렇게 많지 않다.

'기'의 수행 방법은 이미 알려주었고, 나머지는 독학으로 어느 정도는 할 수 있을 것이다. 최강을 목표로 하는 것이 아니라면, 이 이상의 지도는 필요 없다고 생각한다.

하지만 그것은 지금 말할 내용이 아니었다.

나중에 원하는 사람과 대화하면 되니까 지금은 이야기를 진행하자.

리노키스에게 "이야기를 계속해 줘"라며 뒤를 재촉했다.

"나머지는 세부적인 확인 사항만 남았습니다. 아가씨만 들으시면 충분할 거라고 생각합니다."

다시 말해 나 개인과 관련된 이야기라는 건가.

리스톤 가문과 관련되어 있다거나, 매직비전과 관련된 일.

확실히 그런 이야기라면 모두가 들을 필요는 없겠지.

"다만 그 세부적인 것 중에서 가장 큰 보고가 바로 그 공적에 관한 일입니다. 이것만큼은 모두가 듣는 편이 좋을 것 같습니다."

아, 그 녀석들.

"습격한 녀석들을 반대로 습격했다는 그거?"

유일하게 그 현장에 있지 않았던 리넷의 말에 리노키스는 "그래, 그거"라고 대답한다.

"그들과는 함께 돌아왔습니다. 그 이후의 일입니다. 좀 중요할 수도 있으니 잘 들어주세요."

응, 중간까지는 같이 돌아왔다. 공적선 세 척과 함께.

물론 왕도까지는 오지 않았지만, 도중에 헤어져 세드니 상회의 선원과 어느 부유섬을 향해 갔다는 것까지는 알고 있다.

참고로 돌아오는 길에는 고속선의 고속 이동이 아닌, 공적선이 끌어주는 형태로 여유롭게 돌아왔다.

"그들 대부분은 마벨리아의 비행선 기술자였습니다."

어?

"그 녀석들 대부분이 기술자라고?"

"맞습니다."

아니, 잠깐. 장인들이 뭘 하는 거야. 나는 분명 적당히 모인 불량배들 집단인 줄 알았는데.

"이야기가 길어지니 요점만 정리하겠습니다. 마벨리아는 고성능의 비행선을 원했습니다. 그것을 위한 개발조에 소속되어 있었다고 하는데, 결과를 내지 못해서 직장을 잃고, 심지어는 나라 밖으로 쫓겨났다고 합니다."

그리고 공적이 된 건가.

확실히 비행선 기술자가 선원도 겸임하고 있으면 꽤 믿음직할 것이다. 저런 금속 덩어리가 날아다닌다는 것이 애초에 이상한 이야기니까, 여러 가지 문제가 발생하는 것은 당연하다.

"마벨리아의 공적은 전직 기술자다. 그런 소문을 들은 적이 있던 투르크 씨가 그 사실을 확인했다고 합니다."

그러고 보니 투르크가 그때 '확인하고 싶은 것이 있다'는 말을 했었지. 귀찮아서 뒷일은 다 맡겼지만.

"내년에 대규모 격투 대회가 열리는 이 상황에서, 저렴한 임금으로 부려먹을 수 있는 전직 공적 성인 남성이 약 40명. 게다가 절반은 기술을 가진 비행선 기술자입니다. 활용하지 않을 이유가 없다고 판단한 것 같습니다."

아아, 그 집단을 세드니 상회의 노동력으로 사용하겠다는 것인가. 상인다운 사고방식이다.

"괜찮지 않아? 쌍방이 납득했다면."

노예나 다름없는 취급을 받을 것 같지만, 그래도 쌍방이 납득했다면 내가 이래라저래라 나설 일은 아니었다.

이렇게 해서 조금 시간이 걸린 점심 모임은 해산하게 되었다.

내일부터 2학기가 시작된다.

분주한 돈벌이 원정이 끝나고 기숙사로 돌아와 겨우 안정을 찾을 수 있었다.

곧바로 신학기가 시작되었는데. 상당히 빡빡한 스케줄이다.

"어떻게든 신학기 준비도 끝났네요."

"그러게."

기숙사 방 테이블 위에는 내일부터 학교에서 사용할 문구류가 놓여 있었다.

그리고 내가 한 여름 방학 숙제. 내가 전부 해치웠다. 흥, 네놈이 졌어. 감히 숙제 따위가 날 이길 수 있다고 생각하지 마라. 두 번 다시 내 앞에 나타나지 마라! ……나타나겠지만.

일정상 꽤 빠듯했다.

얼마 남지 않은 시간에 리노키스와 함께 맞췄다.

……이번 여름, 방학다운 방학은 기숙사에 돌아온 후 하루 이틀 정도뿐이었다. 뭐, 그렇다고 나쁘게 보낸 시간은 아니었지만.

하지만 여름 방학을 돌이켜 보면, 마음에 걸리는 것은 남아 있었다.

이를테면 올여름에는 왕도에도 실버령에도 가지 않았다.

좀 더 엄밀히 말하면 양측 촬영에 참여하지 않았다.

10억 크람 건을 우선한 결과였다. 도저히 시간을 낼 수가 없었다.

레리아렛과 힐데트라에게는 한 학기 내내 권유가 들어왔다. 물론 리스톤 가문 앞으로 공식적인 제안도 들어왔었다.

하지만 이번만큼은 원정을 더 우선시했다.

여기서 돈을 벌지 못하면 격투 대회 개최가 위험해질 수 있었으니까.

어딘가에서 보충해 주고 싶긴 한데⋯⋯ 아, 그러고 보니.

"리넷한테 들었어?"

"네?"

준비한 문구류를 정리하고, 홍차를 끓이고 있는 리노키스에게 물었다.

"여름 방학 때 오라버니 일 말이야."

"아, 네. 조금은 들었습니다."

오, 그래?

"뭐, 리넷 님이 말하는 닐 님의 이야기이니 조금 과장됐을 가능성은 있지만── 닐 님은 아가씨의 대역을 훌륭히 해내셨다고 합니다."

──그랬다. 실은 이번 여름 방학 때 내가 자리를 비운 동안 오라비인 닐이 내 자리를 메우기로 되어 있었다.

이야기의 흐름까지는 잘 모르겠지만, 힐데트라가 말한 어촌 축제라거나, 실버령에서 하는 촬영 등에 참가한다는 이야기였다.

영상으로 볼 수 있는 것은 조금 뒤의 일이 될 것 같았다.

분명 2학기 중에 방송되겠지.

결과가 궁금하긴 하지만, 어쨌든.

힐데트라는 그렇다 치더라도 레리아렛에게서 불평을 들을 일은 없을 것이다. 그녀는 나보다는 오라비가 있는 편이 더 좋을 테니까.

남은 건 영상의 완성도가 어떻게 됐느냐인데.

뭐, 그건 방송을 즐겁게 기다리도록 할까.

──자, 본론으로 돌아와서.

"이걸 다 마시면 나갔다 올게."

"그렇군요. 시간상으로도 딱 좋을 것 같네요."

그랬다.

이제 곧 지정된 시간이다. 굳이 늦게 가서 상대를 열받게 하는 방법도 있지만, 무계획으로도 전혀 상관이 없었기에 빨리 끝내고 돌아올 생각이었다.

"아가씨, 가볍게 본때를 보여주고 오세요."

"그럴까."

언제라도 이길 수 있는 상대라면 이기고 지는 것은 크게 상관이 없었지만.

이런 것은 처음이 중요하니까.

아직도 햇살이 강했다.

내일부터 가을이 된다고 하는데, 믿을 수 없을 정도로 더운 날들이 이어지고 있었다.

뙤약볕 아래, 사토미 속검술 도장 옆에는 서른 명가량의 아이들이 모여 있었다. 초등학부 학생과 중등학부 학생, 게다가 몇 명이지만 고등학부 학생까지 있는 것 같았다.

생각보다 사람이 많아서 놀랐다. 게다가 연령대도 다양하다.

분명 다들 한가한 거겠지.

내일부터 신학기다. 하지만 오늘은 더 이상 할 일도 없다. 이제 와서 밖에 놀러 나갈 시간도 없고, 심심하다.

그렇게 조금 심심한 참에 약간의 이벤트가 있다더라, 라는 소식을 듣고 구경하러 온 느낌이었다.

"아, 니아다!"

"니아다! 실물이다!"

그래, 그래. 응, 응.

말을 걸어오는 아이들에게 손을 흔들고 나는 그대로 걸어갔다.

"──니아!"

아, 사노윌 바도르다. 1학기 동안은 많이 못 놀아줬지. 어디 보자, 시간이 되면 나중에 좀 어울려줄까? 일단 오라비의 선배이기도 하니까.

"──스승…… 니아 님!"

아, 간돌프도 있네. 저 녀석도 한가했나?

그런 덩치 큰 그에게도 손을 흔들어준 뒤 나는 목적지에 도착했다.

거기에는── 붉은 머리띠를 휘날리며 당당히 서 있는 키키리라 아몬. 그리고 학교 준 방송국의 무리가 기다리고 있었다.

응, 표정은 좋네.

기합도 들어가 있다.

아쉬운 것이라면── 뚜렷한 실력차.

이것만큼은 기합만으로 극복할 수 없었다.

다가가는 와중 준 방송국 감독인 와그너스와 눈이 마주쳤다. 그가 고개를 한번 끄덕였다. 그것을 보고 나도 납득했다.

"기다렸죠."

키키리라 앞에 서서 나는 말했다.

"결투장, 잘 받았어요."

그렇게 말하며 주머니에서 봉투를 꺼내 보였다.

발신인을 쓰는 부분에 마구 갈겨 쓴 필체로 '결투장'이라는 글자가 큼직하게 적혀 있었다. 실로 도발적인 행동에 조금 두근거렸다.

참고로 내용은 '만약 시간이 있으면 달리기로 승부하자, 날짜는 이쪽이야'라고. 비교적 정성스럽게 적혀 있었다.

키키리라와는 엮이고 싶지 않았기 때문에 무시할까도 생각했지만, 지금은 오기를 잘했다고 생각한다.

이 정도로 사람이 몰려 있는데 내가 오지 않았다면 준 방송국이나 나나 입장이 곤란해졌을 것이다. 위험할 뻔했네.

결투장을 손에 들고 미소 짓는 나에게 키키리라가 소리쳤다.

"승부다, 니아 리스톤!"

아까 감독님과 눈이 마주쳤을 때 확신했다.

이것은 준 방송국의 촬영이다. 그리고 지금 이미 카메라는 돌아가고 있었다.

개와의 달리기에서 무패를 자랑하는 니아 리스톤에 대한 도전, 뭐 이런 기획일까? 키키리라의 운동 신경이 뛰어나다는 점을 최대한 활용해 보자는 취지인 듯했다.

재미있을지 어떨지는 모르겠지만.

달리기 무패인 나에게 키키리라가 이길 수 있다면, 그건 분명 정식 방송에 나올 만한 영상이 될지도 모른다. 일단 내 무패 기록은 유명하니까.

그래서, 였다.

"어? 거짓말……?!"

시작 신호와 함께 달리기 시작했고, 당연히 내가 이겼다.

간신히 이기는 정도로 조정할 여유도 있었다. 리노키스 말대로 가볍게 본때를 보여줬다.

주위의 아이들도 놀라거나 하면서 여러 반응을 보이는 와중——키키리라는 경악한 얼굴이었다. 진심으로 놀란 얼굴이다.

자기 다리에 상당한 자신이 있었던 거겠지.

"나, 나, 달리기로 진 거 처음이야……."

아아, 그래.

뭐, 빠른 편이지 않을까?

아마추어 중에서는.

깜짝 놀라는 연상의 언니에게 나는 말해 주었다.

"다음에 다시 도전해요."

모범적인 답변을 달아두었다.

카메라가 돌아가고 있으니까. 너무 수위 높은 발언을 할 수는 없다. 달리 할 말도 없었지만.

좋아, 이걸로 한동안은 키키리라가 다가오는 일은 없겠지.

평화롭게 2학기를 보낼 수 있을 것이다.

참고로 나와 키키리라와의 승부는, 방송되지 않았다.

영상의 세계는 냉정하다.

"요즘 릴리가 안 오네."

오늘 밤도 '어슴푸레한 영서정'은 성황이었다. 뭐, 손님이 많아도 단가가 싸기 때문에 이익은 많이 나지 않지만.

카운터석에 앉아 있는 사람은 최근 모험가들 사이에서는 꽤 알려진 리노, 리노키스였다.

그리고 일을 땡땡이치고 옆에 앉아 있는 사람은 직원인 프레사.

"지금 한창 바쁘니까. 사적으로 움직일 여유는 없어."

사냥을 중심으로 한 모험에서 돌아온 리노키스는 이곳에서 술을 한잔하고, 그 후 빌린 아파트로 돌아간다.

한잔하고, 돌아간다.

그 사이에 리노를 쫓고 있는 자들을 따돌리는 것이다.

가게에는 몰래 리노키스를 뒤쫓는 사람들이 많았다.

지금으로는 이 나라에서 가장 돈을 많이 버는 모험가다. 본모습을 알고 싶다, 정체를 알고 싶다, 가까워지고 싶다, 라고 생각하는 무리는 많았다.

"릴리라. 아직 만나본 적이 없군."

노령의 바텐더가 잔을 닦으며 중얼거렸다.

안젤이 고용한 가게 직원 기스였다.

그에게도 리노키스의 사정에 대해서는 말해 두었다. 여기를 거점으로 삼고, 여기서 소식을 끊기 때문에 협조를 구하기 위해서.

사정을 잘 아는 그는 많은 질문을 하지 않아 편했다.

"조만간 만날 일도…… 없으려나."

기스는 밤 근무가 많았다.

하지만 릴리——니아 리스톤이 표면적으로 움직일 수 있는 시간은 저녁 무렵까지. 학교의 통금 시간도 있었기에 필연적으로 그렇게 되고 말았다.

"그렇군. 얼굴 정도는 보고 싶었는데."

뭐, 언젠가 기회가 있으면 볼 수 있겠지.

무엇보다 조금 있으면 2학년이 되는 현재의 니아는 특히나 더 바빴다.

지금은 1학년 3학기다.

내년 준비도 해야 하고, 촬영도 당연히 많았다.

무엇보다 현재 가장 큰 문제라면, 진급 시험이다.

니아는 머리가 나쁘지 않다. 수업도 잘 따라가고 있고, 쪽지 시험 결과도 좋다. 지금 상태라면 시험을 봐도 문제는 없을 것이다.

하지만 본인은 다르게 생각하는 것 같았다.

학업에 대한 강한 부담감 때문인지, 여전히 자신이 없어 보였다. 숙제도 하면 할 수 있는데 하기 싫어하고. '만약 숫자가 신이라면 날려서 소멸시켜 버리겠어'라는 등 아이다운 것인지 아닌지 알 수 없는 투정을 부리기도 하고.

전속 시녀로서는 좀 아쉬운 점이었다.

"내일부터 당분간은 본업?"

"응, 리넷이랑 교대. 프레사는 같이 안 갈래? 요즘 사냥 많이
안 갔지?"

10억 크람을 버는 것을 도와준다, 라는 약속을 한 상태였다. 그
래서 프레사에게도 남의 일은 아니었다.

대가는 이미 받았으니까── '기'라는 힘을.

"고민 중이야. 나 같은 경우는 마수 상대는 서투르니까. 돈이
될 만한 거물은 사냥하지 못하는 경우도 많고."

프레사의 본업은 암살자.

즉 사람 전문이다.

사람을 죽이는 방법이라면 잘 알고 있지만, 사람 이외의 존재
가 상대가 되면…… . 몇 번 정도 돈을 벌러 나가본 결과, 마수 사
냥은 효율적이지 않다고 판단했다.

소형 무기는 대인용이기에 큰 마수에게는 효과가 미미하다. 그
러나 작은 마수를 사냥한다고 해도 벌 수 있는 돈은 한정적이다.

"정규 일을 하는 편이 그나마 벌 수 있을 것 같긴 한데…… 하
지만 그것도 좀 무섭잖아?"

"그렇지."

리노키스의 눈이 가늘고, 그리고 차갑게 빛났다.

"만약 우리와 관련된 사람을 죽이면, 내가 프레사를 죽이게 될
지도 모르니까."

리노키스는 진심이었다.

우리들── 리스톤가에 관련된 사람을 죽이면 후회할 일이 생

길 것이라고.

그에 반해 프레사는 즐거운 얼굴로 웃었다.

제대로 경고해 줄 정도로 상냥하구나, 생각하면서.

"그렇지. 지금 요인을 사냥한다는 건 드래곤의 역린 위에서 춤을 추는 것만큼이나 위험하지."

프레사는 생각했다── 리노키스라면 어떻게든 될지도 모른다.

하지만 그 후 반드시 등장할 니아에게는, 아무리 발버둥 쳐도 이길 수 없다. 아마 도망치는 것도 불가능했다. 마지막까지 쫓아올 미래를 쉽게 상상할 수 있었다.

그런 타입은 자신의 규율에 집착한다. 특히나 매듭을 짓는 일에 관해서는 목숨을 걸고서라도 완수하려고 할 것이다.

논리로 움직이는 것이 아닌, 자신이 납득할 수 있는지 없는지에 따라 움직이는, 그런 타입이었다.

──얼마 전부터 프레사는 조금씩 그런 생각을 했다.

슬슬 본업을 그만둬야 할 때가 온 것이 아닐까.

뒷세계에서도 특히나 어두운 곳에 발을 담근 상황이었기에, 쉽게 '그만두겠습니다' 하고 끝낼 수도 없는 이야기였고, 아무도 인정하지 않을 것이다. 이면을 알고 있는 프레사를 방치할 수도 없다.

분명 동업자가 목숨을 노려오겠지.

그러나 지금의 나라면, 자객들을 물리칠 수 있을지도 모른다…… 아니, 아직 시기상조일까. 고민스러운 상황이었다.

"잘 마셨어."

두 잔 정도 마시고 리노키스는 몸을 일으켰다.

"또 보자, 프레사. 기스 씨."

리노키스는 오늘도 뒷문을 통해 가게를 나섰다.

자, 여기서 또 하나 할 일이 남았다.

──감시하는 눈은 많다.

어둠 속, 골목 옆길, 옥상, 창문, 그 근처에 모여서.

많은 눈이 술집에서 나온 리노키스에게 향하고 있었다.

여기서 어디로 가는지, 어디로 돌아가는지.

소문난 모험가 리노의 거처를, 정체를, 사생활을, 모든 것을 알아내려 했다.

지금 리노는 단기간에 억 단위를 벌어들이는 굉장한 인물이다. 실상은 조금 다르지만, 겉으로는 그것이 분명한 사실이었다.

그런 실적도 있고, 실제로도 강하다.

누가 어떤 식으로 접근해도 모두 물리친다.

그리고 추적을 허용하지 않는다. 추적의 프로도, 그야말로 베테랑 모험가도 눈을 번뜩이고 있는데 여전히 어디로 돌아가는지는 수수께끼였다.

리노키스가 제대로 따돌린 덕분이었다.

"……으음."

리노키스는 움직이지 않고, 자신을 향한 시선들의 사각지대를 살폈다.

‘기’가 몸에 배면서 인기척도 더 읽기 쉬워졌다. 확실히 감각이 날카로워지고 있는 것이 느껴졌다.

인체의 기초 능력을 올려주는 것이 바로 ‘기’.

감지 능력도 향상되었다.

니아가 ‘기’를 활용하여 던전의 지형을 조사했었는데, 아마 이 감각이 더 성장한다면 할 수 있게 되지 않을까.

“좋아.”

탈출 루트를 찾았다.

빠른 걸음으로 움직이기 시작해 첫 번째 코너를 돌아 전속력으로 달렸다. 또 한 번 방향을 틀고, 벽과 창틀 등을 발판 삼아 단숨에 건물 옥상으로 뛰어올랐다.

“사라졌어?!”

“빌어먹을! 찾아!”

아래에서 작게 목소리가 들려왔고, 그들은 어디론가 달려갔다.

좋아, 따돌렸다.

리노키스는 그대로 옥상에서 옷을 갈아입었다. 술집에 놔뒀던 옷을 가져온 것이다.

모험가에서 평범한 마을 소녀로 돌아간다.

그리고 건물 위를 이동해 아파트로 향했다.

“어떡하지, 기스 씨. 드디어 듣고 말았어.”

리노키스를 배웅한 프레사가 푸념을 털어놓았다.

특별히 신경 쓰는 얼굴은 아니었지만, 포커페이스에 능한 여자다. 표정과 심정은 비례하지 않은 경우가 많다.

"리노가 말했던 돈벌이?"

"맞아, 그거."

기스가 고용된 이유가 바로 그것이었다.

실제로 지금 안젤은 돈을 벌러 나간 상태였다. 원래라면 프레사도 가야했다.

하지만 프레사는 고민하고 있었다.

그녀에 한해서는 이 돈벌이가 효율적이지 않았다. 무리하게 나간다 해도 약간의 도움 정도밖에 줄 수 없는 것이 현실이었다.

"너나 안젤 군이 누군가에게 큰 빚을 졌다는 생각은 들지 않지만…… 뭔가 큰 사고라도 친 건가?"

"아니, 비싼 쇼핑을 한 느낌이랄까. 그에 대한 대가야."

'기'의 수강료로 10억 크람.

프레사는 그렇게 생각하고 있었다. 그리고 10억 이상의 가치가 있었다고 생각한다.

그러니 일하고 싶은 마음은 있었다.

단순히 니아의 신의를 저버리는 것이 두렵다는 이유도 있었지만, 무엇보다 뒷세계의 주민으로서 진 빚은 빨리 해소하고 싶었다. 안 그러면 발목을 잡힐 수도 있으니까.

하지만.

"경험에서 배운 개인적인 법칙이지만…… 효율적이지 않은 활동은 실패로 이어지는 경우가 많았던 것 같아. 적어도 나는."

낭비가 많다고 할까, 리스크가 발생한다고 할까.

낭비가 많기 때문에 리스크가 발생한다, 라고 해야 할까.

일은 신속하고 짧은 시간에 끝내는 것이 가장 좋다고 생각한다. 그리고 프레사는 마수를 상대로는 그럴 수 없었다. 좀 더 말하자면, 다칠 위험이 높기까지 하다.

"모르는 건 아니야. 고생을 하든 즐기든 돈은 돈이니까. 쉽게 벌 수 있는 것보다 더 좋은 건 없지."

그 생각이 맞는 것 같기도 하고, 아닌 것 같기도 했다.

그러나 뭐, 동감이다.

요점은 원정을 나가지 않더라도 돈을 벌어서 낼 수 있으면 되는 것이다.

"뭐 없을까, 기스 씨? 벌이가 짭짤한 거."

"암투기장에 나가보는 건 어떤가?"

"으음…… 옛날에 좀 다툼이 있어서 출입 금지를 당해버렸거든. 가까이 가는 것조차 문제의 소지가 될지도 몰라."

"모험가의 일용직 의뢰는?"

"등록부터 시작해야 하니까 보수가 좋은 의뢰는 바로 받을 수 없잖아."

"도적질은?"

"음…… 다음에 높으신 분한테 찍히면 목이 날아갈지도 몰라."

"카지노는?"

"그쪽에서도 찍힌 상태라 들어가는 순간 아마 시비가 붙지 않을까."

──기스 입장에서는 기가 막힐 노릇이었다.

분쟁의 수가 문제가 아니다. 그 정도로 문제를 일으켜 놓고도 프레사가 아직 살아 있다는 사실이 놀라웠다. 악운에 강한 것일까, 아니면 정말로 일처리가 유능한 것일까.

아니면 둘 다일까.

"얌전히 원정을 가는 게 어때?"

"뭐어? 기스 씨 냉정해."

"──이봐, 술! 아까부터 계속 부르잖아!"

너무 오래 땡땡이를 쳤나. 양아치가 목에 핏대를 세우면서 부르고 있었다.

"네, 네. 지금 가요."

평소의 가벼운 태도로 돌아온 프레사는 다시 일을 시작했다.

──정말로 어떻게 하지.

속으로는 상당히 고민하면서.

◆

"──그런 사정이 있어서 돈이 좀 필요해. 뭔가 좋은 일 없어?"

봄이 코앞이다.

하지만 아직 추운 날들이 계속되는 그런 밤, 프레사는 창고 거리에 있었다.

프레사는 검은 옷을 입고 있다. 골목 술집에서 일하는 점원의 모습과는 다른, 마치 다른 사람 같은 분위기를 풍기고 있었다.

오싹하고 위험하다. 하지만 사람을 끌어당기는 매혹적인 여성 특유의 달콤한 향기를 두르고.

다가가고 싶지만 가까이 가면 다친다.

진정한 의미에서 그런 뒷세계의 주민 같은 모습이었다.

"없어."

마주한 남자는 정보상이었다.

창고 옆의 어둠에 섞여 이야기를 나누고 있었다. 이 근방에 사람은 적지만 아예 없지는 않았다. 섣불리 움직이지 않는 편이 남의 눈에 띄지 않는 방법이었다.

"살인은 안 한다며? 살인 말고 달리 보수 좋은 일은 난 잘 모르겠는데."

"······그렇겠지."

지난 며칠간 몇몇 정보상들과 접촉했지만, 대답은 모두 한결같았다.

──밤의 창고 거리 일각은, 알투아르에서 가장 위험한 장소가 된다.

이곳에는 불법 업소가 있었고, 암투기장이 있었으며, 인가받지 않은 카지노도 있었다.

다른 나라로 치면 슬럼가에 해당할지도 모른다. 그러나 이 나라에는, 적어도 왕도에 슬럼가는 없었기에 가장 혼란스러운 곳이라고 해도 상당히 평화로웠다.

겉으로 보기에는.

덕분에 다른 곳에서 흘러들어온 마피아나 폭력배들이 장악하기 쉬울 것이라 생각하고 이곳의 뒷세계를 좌지우지하기 위해 쳐들어오는 경우가 종종 있는데——.

평화롭다고 해서 약하다고는 할 수 없다.

암살조직 '키론'을 비롯해 알투아르의 어둠에도 위험한 무리는 많았다.

그야말로 표면상으로도 세계 최강 수준의 아이마저 있을 정도다. 프레사만 모를 뿐, 아직 강한 자는 더 많겠지.

"밀입국자는? 위험한 녀석들이 섞여 들어오지는 않았고?"

"여전히 많긴 하지만 걸린 정보는 없어. 그 근방에는 눈에 불을 켜고 감시하는 무리가 있으니까, 정말 위험한 건 넘어오지 않을 거다."

——참고로 프레사도 밀입국자다. 이미 몇 년 전에 왔기 때문에, 그것을 모르는 사람도 점점 늘고 있다.

"밀수도 없어?"

"용돈벌이 수준은 있을 것 같긴 한데, 화려한 건 없을걸. 그쪽도 감시가 있으니까. 평화로운 상황이야."

"……그래?"

이제 정말 절박했다.

밀입국자나 밀수 쪽 일은 잘만 하면 쉽게 돈을 벌 수 있는데. 수익이 큰 만큼 알투아르의 어둠 속 감시도 엄격해서 큰 움직임은 없는 모양이다.

일이 없다.

이렇게 되면, 원정에 나서서 마수를 사냥하는 편이 그나마 나을지도 모른다. 효율적이지는 않지만 그렇다고 해서 아예 못 버는 건 아니니까.

한동안 원정에 나서지 않았다.

슬슬 돈을 벌지 않으면 니아에게 한 소리 들을지도 모른다. 그건 무섭다. 안젤에게 한 소리 듣는 건 그나마 괜찮지만, 니아의 신뢰만은 흔들려서는 안 된다.

아직 배우고 싶은 것이 많았다. 아직 더 강해지고 싶었다. 모처럼 극적으로 강해질 기회를 얻었는데, 이 기회만큼은 놓치고 싶지 않았다.

뒷세계에서 살기 위해서는 강해야 한다.

적어도—— 프레사가 아는 한 자신보다 강할 것 같은 '본가 키론', '용성회', '맹수용병단 비스트', '사공왕 화이트오르카 폭주왕'…… 그 존재들보다는 더 강해지고 싶었다. 그렇게 쉽게 마주칠 거라고는 생각하지 않지만, 마주쳐서 싸움이 벌어진다면 죽을 것이다. 세상에는 무서운 자들이 많으니까.

뭐, 그래도 가장 두드러진 존재는 니아 리스톤이지만. 그녀는 강하다. 강함의 차원이 다르다.

　그리고 그 강함으로 이어질 수 있는 줄을, 지금 잡고 있었다.

　포기할 이유는 없다.

　"얼마나 필요한데?"

　"최소 백만. 더 벌 수 있다면 더 필요해."

　"살인 말고는 없네."

　"살인은 좀. 지금은 위험해."

　본업이 암살자인데 그 암살을 할 수 없는 상황.

　역시 이제 그만둬야 할까.

　"——시간을 뺏었네."

　눈에 띄는 일은 없었다.

　정보상과 헤어지고 프레사는 걷기 시작했다.

　그냥 평범하게 원정으로 버는 편이 더 빠르지 않을까, 그런 생각을 하면서.

◆

　누가 시작했는지 모르겠지만, 니아의 제자들은 비행선의 객실 하나를 빌려 훈련하고 있었다.

　이번에는 프레사와 리넷이다.

　"일이라. ……확실히 마음은 이해해."

　성향은 다르지만, 마찬가지로 무기를 사용하는 자.

리넷 블란.

리노키스의 친구이자 니아의 제자라고 소개받은 뒤 함께 돈벌이 원정을 하는 사이였다.

니아의 제자라고 하기에는 드물게 검…… 무기를 사용하는 여자다. 리노키스보다 훨씬 모험가처럼 보였다.

무기를 사용하는 사람이라 그런지 프레사의 고민과 갈등을 이해하는 모양이었다. 뭐, 그녀는 맨손으로 싸우는 방법도 배우는 것 같지만.

"큰 무기를 든다는 선택지는?"

"안 맞는 것 같아."

조용히 대화를 이어가면서도 분위기는 팽팽하다.

서로 칼을 들고 있는 것이다. 잠시의 방심이 큰 부상으로 이어진다.

"애초에 난 무기를 고집하는 건 아니니까."

"그렇지. 그런 느낌──이긴 하지!"

검으로 튕겨낸 칼날이 다시 날아와 리넷은 가까스로 피한다.

그나저나──.

"대인전이라면 잘할 수 있는데, 정말로."

"……역시 강하네."

아주 찰나 자세를 무너뜨린 것뿐인데, 프레사는 거리를 좁혀 어느새 리넷의 목덜미에 칼을 들이대고 있었다.

──프레사 입장에서는, 검을 휘두른 자세에서 칼을 피한 리넷

이 더 무서웠지만.

손목의 반동만을 이용해 칼을 던지는 고급 기술이다. 검으로 튕긴 직후 날린 것인데 이 여자는 그것을 피했다.

팔도 휘두르지 않고 자세도 관련이 없다. 예비 동작을 드러내지 않아 읽기 힘든 공격이다. 게다가 싸움이 한창인 근접 거리에서. 이것에 반응할 수 있는 사람은…… 뭐, 요즘에는 흔해졌나. 니아는 아예 처음 봤을 때도 여유롭게 받아냈으니까.

"하지만 이런 칼로는 대형 마수를 사냥할 수 없겠지. 중형도 의심스럽고."

상처를 낼 수는 있어도 급소까지 칼날이 닿지 않는다. 지금의 공격도 위력은 낮다. 사람의 얼굴을 겨냥해 던지는 것이기 때문에 그나마 치명상을 노릴 수 있는 것이었다.

"알다시피 내 무기는 숨길 수 있는 소형뿐이니까. 소위 말하는 암기 말이야. 하지만 딱히 무기에 집착하는 건 아냐."

효율적으로 일을 수행하기 위한 무기. 그 이상도 그 이하도 아니었다.

이런 방식이 마수 사냥에는 적합하지 않은 것이다.

"뭔가 엉망이야."

"대놓고 말하는 거야?"

며칠간의 사냥을 마치고 돌아오는 비행선에 올라탔다.

돌아오는 길에 늘 준비해 주는 목욕탕에 사양하지 않고 뛰어들

자마자 리넷에게 그런 소릴 들었다.

뭔가 엉망이다, 라고.

"양동을 하거나 미끼가 되어주는 부분은 도움이 돼. 하지만 프레사는 사냥은 엉망이야. 네 방식으로 하면 사냥감에 상처가 너무 많아져."

"마수가 커지면 커질수록 말이지."

알고 있다, 말하지 않아도.

리노키스, 안젤, 간돌프처럼 두개골을 부숴버릴 정도의 무거운 공격은 불가능했다.

그렇다고 리넷처럼 일격에 목을 베거나 급소를 찌르는 긴 검 종류를 갖고 있는 것도 아니었다.

프레사가 마수를 사냥한다면 조금씩 소모시키는 형태가 된다. 그러나 그것은 사냥감의 가치를 떨어뜨리는 사냥 방법이다. 가죽은 상처 입고 쓸데없이 피도 흐른다.

물론 프레사도 그러고 싶지는 않았다.

실로 어중간한 강함이다. 자신도 그렇게 생각했다.

"그렇지? 내가 사냥을 나가도 효율적이지 않잖아?"

"사실상 걸림돌."

"대놓고 말하네……."

알고 있다, 말하지 않아도.

"릴리에게 상담해 보는 게 어때?"

"이미 했어. 은근슬쩍 물어본 거지만."

"뭐라고 했어?"

"'어설프게 참견하면 프레사의 장점을 죽일 것 같아서 아무 말도 못하겠네'라고 하더라. 릴리와는 스타일이 너무 다르니까."

니아는 무기를 사용하지 않고 암살술도 사용하지 않는다. 그보다 그러한 차원을 초월했기 때문에 자잘한 테크닉 따위는 필요 없는 거겠지.

"하지만 지금 이대로라면 걸림돌일 뿐인데?"

"대놓고 말하지 마."

나도 충분히 알고 있다. 말하지 않아도.

"다음에 또 걸림돌이라고 하면 가슴을 잡아당길 거야. 꽤 상처받았다고."

"……잡아당겨……."

욕조 안에서 리넷은 조금 거리를 벌렸다.

물론 프레사는 떨어진 만큼 더 가까이 다가갔지만. 여전히 공격 범위 안에 있었지만.

◆

"뭐? 살인 말고 짭짤한 일? 있지."

골목 술집에 얼굴을 내민 옛 친구 나스틴에게 말을 걸었더니, 예상과 다른 대답이 돌아왔다.

"있어?!"

첫 당첨에 프레사 쪽이 더 놀라고 말았다.

솔직히 전혀 기대하지 않았는데.

"그런 매력적인 일이 있다고? 나스틴."

오늘은 가게에 있는 안젤이 그렇게 묻자 나스틴은 고개를 끄덕였다.

"있다고 볼 수 있지. 너희들도 알잖아? 그 지하 하수도 말이야."

그 말을 듣고 프레사와 안젤도 무언가를 깨달은 얼굴을 했다.

"지하 정기 조사 말이지. 그러고 보니 이 시기였나?"

이곳 왕도의 지하 하수도는 여러 가지 소문이 무성하다.

알투아르 왕성과 연결되어 있다느니, 왕족을 위한 도주 루트가 있다느니.

밤이 되면 마수 소리가 들린다느니.

재미있는 소문 중에는 암살 조직의 아지트가 있다는 말도 있다. 하지만 이건 헛소문이다.

그 밖에도 도망친 흉악범이 정착해 있다느니 어쩌니.

뭐, 다 뻔한 소문이었다.

다만── 매우 광대하고 복잡하며 지도를 믿을 수 없고 자주 바뀐다.

물론 던전은 아니기 때문에 자연스럽게 바뀌는 것은 아니지만. 인위적으로 길이 늘어나거나 벽이 부서지면서 다시 막히기도 하는 것이다.

어두운 지하.

사람은 거의 없고 사각지대도 많다.

그런 장소인 만큼 여러 가지 목적을 가진 사람들이 잠입하여 자신들의 입맛에 맞게 바꿔놓는다.

넓어서 구석구석 눈이 미치지 않고, 그렇기 때문에 정기적으로 이곳을 둘러보고 확인하는 조사가 이루어진다.

시기도 빈도도 어느 정도는 정해져 있지만 언제나 제각각이다. 조사할 내용이 새어나가면 도망가는 사람도 많으니까. 이른바 불시 조사인 셈이다.

"5일 안에 끝내면 300."

"300이라."

5일 만에 끝날 수 있다면 프레사의 요구에 부합하는 일이었다.

──지금이라면 혼자 할 수 있을까?

'기'를 배운 지금이라면 어떨까.

만약 자신보다 강한 존재와 마주친다면…… 싸워서 이길 수 없을지는 몰라도 도망치는 정도는 할 수 있지 않을까.

이 조사에서 무서운 것은, 자신보다 강한 무언가와 마주치는 것이다.

원래라면 몇 명 정도 사람을 모아 자기 몸을 지키며 행동하겠지만, 인원이 늘어나면 받는 몫도 줄어든다. 그러니 하려면 혼자 하는 편이 좋다.

장소상 대형 마수는 없다.

만약 있었다면 소리나 진동, 여러 가지 요소들로 누군가가 이미 감지했을 것이다. 그런 일은 없었으니 커다란 생물은 살지 않는다는 거겠지.

사람과의 싸움이라면 니아 정도로 무서운 상대와 조우하지 않는 한 괜찮을 것이라고 생각한다. 어떤 상대라도 이길 수는 없더라도 도망칠 자신은 있었다.

원정으로 버는 것보다는 효율적이었고, 리스크가 있는 것은 어차피 둘 다 마찬가지였다.

리넷에게 '엉망'이라느니 '걸림돌'이라느니 '쓸데없이 큰 가슴'이라느니 '얼굴만 예쁜 쓸모없는 존재'라느니 하는 말을 들었을 때 받은 마음의 상처는 아직도 생생하게 남아 심장을 아프게 했다. ……듣지 않은 말도 섞여 있는 것 같긴 하지만, 마음에 상처를 입었다는 것은 사실이었다.

지금 이대로 순순히 사냥을 가는 것에는 좀 거부감이 있었다. 걸림돌이라는 소리를 듣는 상황이니까.

"해 볼까?"

최근 10억에 공헌하지 못하고 있다. 돈을 벌 기회가 있다면 할 수밖에 없다.

"가려고? 그럼 유령 조심해."

긍정적으로 고민하기 시작한 프레사에게 안젤이 그렇게 말한다.

"유령? ……아아, 그런 소문도 있었지."

그러고 보니 최근에 들은 소문이었다.

지하 하수도…… 즉 어둡고 축축한 인적 없는 장소에 나타나는 유령. 뭐, 흔한 소문이다. 너무 자주 들려서 궁금하지도 않을 정도다.

누군가가 고의로 퍼뜨린 소문이라면 사람들을 막기 위한 것일 수도 있다. 그렇다면 또 누군가가 정착해 있을지도 모른다.

"뭐, 최대한 조심할게. 그래서? 나스틴은 얼마나 빼먹을 건데?"

"정당한 중개료라고 말해 줘. 네가 실수하면 내 책임 문제가 되니까. 리스크에 대한 당연한 보수지."

"얼마?"

"200."

"잠깐만, 원래 보수가 500만이잖아? 그건 너무 떼먹는 거 아냐?"

"싫으면 안 해도 돼. 더 싸게 쓸 수 있는 애들을 모으면 그만이니까. 애초에 프레사가 해줬으면 하는 일도 아니었어."

"흐음? 친구한테 바가지를 씌우는 거야?"

"친구? 누가? 네가? 너한테는 술에 취해 지갑 뺏기고 쓰레기장에 버려진 원한밖에 없는데? 게다가 세 번이나."

"아, 이런."

프레사는 일하러 돌아가기로 했다.

괜히 쓸데없는 일을 떠올리게 만든 것 같았다. 이 이상 이야기하면 받는 몫만 더 줄어든다.

"내일부터 시작할게. 다른 쪽에 넘기지 마."

그렇게 말하고 옛 친구와의 대화를 중단했다.

◆

"——개요는 이상이다. 뭐, 너라면 자세한 설명은 필요 없겠지."

다음 날.

자주 이용하는 찻집에서 아침 식사를 하며, 다시 나스틴을 만나 지하 하수도의 지도를 받았다.

업무 내용의 설명은, 가벼운 확인이었다.

과거 딱 한 번 조사에 참여한 적이 있기 때문에 대체로 알고 있었다.

"통로의 확인과 조사. 노숙자는 방치해도 괜찮지만, 깡패 같은 녀석들은 쫓아낸다. 뭔가 조직 같은 패거리라면 최대한 손을 대지 않고 보고한다. 이거면 되는 거지?"

"그래, 그 부분은 변경 없어."

즉 평소와 같은 정기 조사다.

노숙자들이 모여드는 일은 늘 있는 일이니, 이것은 별 해가 없다. 다만 깡패들이 모이면 조직으로 발전하기 때문에 이쪽은 싹을 없애놓는다.

나머지는 어떤 조직이 은신처로서 사용하는 경우다. 이 경우는 상대의 정체를 알아내고 난 뒤에 대처해야 한다. 대처하는 것은 나스틴이나 그 위의 높으신 분이 될 것이다.

"혼자서 괜찮겠어?"

"혼자가 움직이기 더 편해."

프레사는 신속히 움직일 생각이었다.

요약하자면 통로의 상황을 확인하고 방해자는 적절히 처리하면 되는 간단한 업무였다. 전체를 다 살펴보기만 하면 되고 세부적인 이상을 발견하는 것까지는 필요하지 않다.

게다가 지하의 주민들에게 정보를 들을 수 있다면 조사도 더 빨라질 것이다.

지하 하수도는 넓고 복잡하지만, 5일이면 충분히 답파할 수 있다.

"잘 먹었어. 빨리 갔다 올게."

아침 식사를 마치고 프레사는 몸을 일으켰다.

"내가 내겠다고는 안 했는데."

인심 좋은 나스틴에게 계산을 맡기고 재빨리 가게를 나섰다.

지하로 들어가는 입구는 많았다.

그중 하나, 지하로 들어가는 입구 위에 세워진 왕도 소유의 작은 오두막으로 들어갔다. 즉 정식 루트였다.

평소에는 당연히 자물쇠가 걸려 있지만 오늘은 열려 있었다. 사전에 관계자가 열어둔 덕분이었다.

기본적으로 국가에서 고용한 업체 이외에는 출입이 금지되어 있다. 왕도의 배수 시스템 전부가 넓은 지하에 집약되어 있기 때문이었다.

프레사는 지하 하수도의 원리까지는 자세히 알지 못한다.

생활 배수가 이곳을 지나 큰 저수지에 고이고, 마법 처리를 거쳐 깨끗이 정수한 뒤 바다로 흘러간다는 것만 알고 있다.

사람의 배설물 등은 무해한 물질로 분해하는 마법 처리 방법이 확립되어 있다. 그래서 그 자체가 고스란히 흘러들지는 않는다.

덕분에 알투아르의 지하 하수도는 의외로 깨끗했다.

투박한 돌로 만들어진 통로가 계속 이어졌다.

통로의 양 끝에 보행로가 있었고, 중앙을 흐르는 배수는 끝이 보이지 않는 어둠 속 깊은 곳을 향해 잔잔하게 흘러갔다.

"——여전히 냄새가 나네."

사다리를 내려와 서 있는 프레사가 얼굴을 찡그렸다.

오수는 거의 없지만, 그 외 다른 것들은 있다는 뜻이다.

예를 들어 이곳에 서식하던 마수나 동물 등이 썩어서 부패했을 수도 있다. 어쩌면 마수나 동물이 아니라 인간일지도 모른다.

그런 정체불명의 냄새가 가득했다.

이곳은 햇빛이 닿지 않는 지하다. 기본적으로 무슨 일이 있어도 겉으로 드러나지 않는다. 게다가 공기도 거의 흐르지 않아 모든 게 축축하게 고여 있는 느낌이었다.

한동안 그대로 움직이지 않고 주위를 살펴보았다.

벽에 박혀 있는, 희미한 빛을 내는 마석의 불빛에 눈이 익숙해진 것을 확인하고 걷기 시작한다.

내부는 상당히 어두컴컴했고, 마석의 불빛은 조금 불안했지만, 이동만 할 수 있다면 큰 문제는 없겠지.

"──누군가가 있으면 이야기가 더 빠를 텐데."

그런 소리를 중얼거리며, 지도를 보면서 빠른 걸음으로 나아갔다.

바닥에 뿌옇게 먼지가 쌓여 있다.

최근 이곳은 쥐조차 지나가지 않은 것 같았다.

뭐, 상관없다.

사람이 들어설 수 있는 구획은 여기가 아니니까 꾸준하게 나아가 볼까.

◆

"이걸로 대략 절반은 왔나."

왕도는 18개의 구역으로 나뉘어 있다. 그래서 지하 하수도도 18개의 구역이 있었다.

조사 사흘째.

오늘도 지도를 확인하면서 답파를 목표로 나아갔다.

익숙해진 이후로는 빨리 달려왔기 때문에 조사는 순조로웠다. 냄새와 환경이 불쾌한 것 외에는 별다른 문제가 없었다.

다행이라고 해야 할지, 재미없다고 해야 할지, 깡패들은 들어와 있지 않았다.

노숙자들은 있었지만 수는 적어 흥미로운 정보는 들을 수 없었다.

봄이 기다려지는, 아직은 추운 시기. 물가 근처는 추웠기에 모이거나 잠들기에 적합하지 않았다.

뚜렷한 이변은 발견되지 않았다.

이 정도면 내일 밤 정도면 끝날 것이다.

……그렇게, 생각했는데.

"유령이야아, 뭔가 있는 것 같아아."

조사 중 두 명의 노숙자가 있어서 말을 걸어보았다.

둘 다 추레한 아저씨였다.

동전을 쥐어 주며 '지하 조사를 하고 있는데 요즘 뭔가 이상한 일은 없느냐'라고 물었더니, 그런 이야기가 흘러나왔다.

"유령?"

소문도 들었고, 안젤에게도 들었던 이야기라 일단은 머릿속에 넣어두고 있었다.

설마 여기서 들을 줄은 몰랐지만.

"그래애. 하얗고 팔랑거리는 녀석이 안쪽으로 스으 이동하는 걸 봤다고오. 난 소름이 쫙 끼쳤어."

"나도 그래. 춥잖아."

"이 멍청아, 추워서 몸을 떤 게 아니라아."

프레사는 생각에 잠겼다.

유령.

술집에서 듣는다면 시시한 소문에 지나지 않겠지만, 이곳……

현지에서 듣는다면 신빙성은 확연히 달라진다.

정말 유령이 있는지 아닌지는 차치하고.

유령이나 그렇게 보이는 무언가가 있을 가능성은 매우 높아졌다.

이 노숙자들이 거짓말을 할 이유는 없었다. 혹은 '누군가에게 그렇게 말해라'라고 명령받았을 가능성도 생각해 볼 수 있었다.

"그러니까 난 이렇게 음산한 곳에서는 자고 싶지 않다고오. 춥고, 냄새도 지독하고, 쥐 한 마리도 없잖아. 먹을 것도 없어어."

"나도야. 배고파."

"네가 날 데려왔잖아아."

이 두 사람이 누군가의 명령에 따라 움직이고 있다고는 보기 어려웠다. 사람을 속이는 것치고는 말과 행동에 긴장감이 너무 없었다.

뭐 어쨌든, 유령이 있든 없든 조사는 할 수밖에 없으니까 어느 쪽이든 상관없다.

"유령을 어디서 봤어?"

──그들이 가리킨 것은 10구 방면이었다.

아직 조사하지 않은 방향이다.

"고마워. 만약 갈 곳이 없다면 창고 거리로 가봐. 동료들이 있을 테니까."

이런 곳에서 아사하거나 동사하거나 익사한다고 해도 민폐였기 때문에 살짝 언질을 넣어두었다.

알투아르 왕도에 슬럼은 없다.

갈 곳 없는 자들을 받아주는 일은 뒷세계의 주민들이 책임지고 있다. 중간에서 이익을 챙길 목적으로 일을 알선해 주는 사람들도 있다.

대우가 좋은지 나쁜지는 별개의 문제였지만, 적어도 잘 곳과 먹을 것에 어려움을 겪지는 않을 것이다.

노숙자들과 헤어진 뒤 걷기 시작했다.

——일단 조사를 계속 진행하자.

조사 나흘째.

어제는 조금 분발해서 총 17구의 조사를 모두 마쳤다.

남은 것은 하나, 10구뿐이다.

유령의 목격 정보가 있었던 구역이다. 뭔가 있을 것 같아서 마지막으로 남겨두었다. 조사에 얼마나 시간이 걸릴지 모르기 때문이었다.

뭔가가 있을 거라고는 생각한다.

하지만 무엇인지는 전혀 알 수 없다.

유령도…… 뭐, 있어도 이상하지는 않지만, 있다고 해도 그리 대단한 영혼은 아니지 않을까. 정기적인 조사가 진행되고 있으니 리치 같은 거물이 있을 리 없다.

그것보다는—— 유령으로 가장한 사람이 있다고 생각하는 편이 더 자연스럽고, 그편이 훨씬 더 위협적이었다.

"재미있는 결말이었으면 좋겠는데."

그렇게 말한 프레사는 마지막 구역 조사에 들어갔다.

◆

"──흐음?"

바닥의 오염도. 정체된 공기. 그리고 여자의 감.

어느 쪽이라고 해도, 그 모든 것이 이 구역의 이상함을 말해 주고 있었다.

쪼그려 앉아 바닥을 관찰했다.

희미하게 쌓인 바닥 먼지의 흐트러짐과 흙먼지. 자세히 보지 않으면 알 수 없는 여러 정보를 읽어낸다.

"……세 명?"

신발 자국이 있다. 세 개. 그럭저럭 큰 걸 보니 아마 남자겠지. 상당히 복잡하게 얽혀 있는 것으로 보아 자주 드나들고 있는 것 같았다.

셋.

조직이나 그룹치고는 적은 숫자였다. 업무상 관계가 있는 삼인조, 라는 느낌일까.

이런 곳에서 몰래 활동하는 이상 제대로 된 일을 하고 있지는 않을 것이다. 하물며 이들은 유령 행세까지 하며 모습을 드러내지 않으려 한다.

아니, 이곳을 출입하고 있는 것이 3명인 것뿐이고 실제로 동료 자체는 더 많을 수도 있다.

"후훗."

어쨌든 사악한 냄새가 났다.

즉 돈 냄새가 났다.

일의 내용에 따라서는 가볍게 조사해 보고하는 것까지가 의무였다. 하지만 소규모의 사건 정도라면 현장의 판단으로 해결해도 괜찮을 것이다. 보고할 필요도 없는 수준의 일이라면. 수고를 덜어주겠다는데 무슨 잘못이란 말인가. 단순한 호의였다고 밀어붙일 수도 있다.

하지만, 그렇지.

악행을 좀 처리해 주면서, 겸사겸사 돈이 든 물건을 슬쩍하는 것뿐이다.

"——좋아."

제대로 조사하고, 조사한 김에 좀 엿보기도 하고, 잠시 물러나기로 했다.

그날 저녁 프레사는 다시 지하 하수도로 돌아왔다.

"어느 쪽이야?"

조력자인 안젤을 데리고.

"저쪽."

상황을 이야기하니 흥미를 보인 것이다.

지금은 술집 주인이라는 정상적인 일을 하고 있지만, 여전히 본질은 이쪽이다. 더 편한 돈벌이에 이끌린 것이기도 했다.

"미리 말해 두겠는데, 보수는 없어."

"알아. 그보다 나눈다고 해도 어차피 용도는 똑같잖아. 설령 여기서 보수를 받는다 해도 전부 10억으로 돌릴 생각이니까. 네 목적과 똑같지?"

맞는 말이지만.

"순종적이네."

이 남자도 상당한 비뚤어진 인간이다. 남의 말을 순순히 듣는 타입은 아닐 텐데.

"후환이 두려우니까. 만약에 10억을 못 벌면 어떡해. 나는 도망갈 거야."

"아아, 뭐, 나도 도망가야겠지."

——니아 리스톤을 화나게 해서는 안 된다.

그 점에 관해서는 프레사와 안젤의 의견이 완전히 일치했다. 현재의 최우선 사항일 정도로.

두 사람은 걷기 시작했다.

"어떤 상황이야?"

"최소 3명. 그 이상은 모르겠어. 아무래도 지상의 어딘가와 연결된 것 같아."

"구멍을 낸 건가?"

"아마도. 10구 위쪽엔 꽤 부유한 주택가가 있으니까, 배후가 있을지도 몰라."

"흐음. 그래서 나한테 말을 건 건가."

"뭐, 그렇지."

세 사람 정도면 어떻게든 할 수 있다. 그 이상이라도 상관없다.

하지만 상대방의 규모가 커지면 혼자서는 대처할 수 없는 상황이 벌어지는 경우가 많다. 그래서 만약을 위해 안젤에게 상담했다.

넘어온다면 다행이고, 꺼린다면 조금 협상하고, 그걸로도 안되면 다른 방법을 찾을 생각이었다.

"네 판단은? 어떤 놈들일 것 같아?"

"아마 외국인. 깡패치고는 실력이 좋다고 할까, 너무 조용해. 다른 나라 공작원이나 마피아가 아닐까? 알투아르에 정통한 자문자를 두고 있다는 건 확실해. 대충 그런 느낌."

"……귀찮은 일이 생길 것 같은 느낌인데."

"그때는 그때 가서 생각하면 돼. 어쨌든 갈취하러, 아니, 상황을 보러 가자."

"그래. 보고하기 전에 돈 되는 건 챙겨둬야지."

역시 대화가 빠르다.

지하 하수도 10구에서 유령으로 분장한 남자 세 명이 출입한 흔적을 발견했다.

그것을 추척하듯이 가볍게 조사해 본 결과, 통로 중간, 벽 한면 전체가 시트로 덮인 장소가 나왔다.

놓인 팻말에는 '붕괴 주의'라는 글자가 새겨져 있었다. 어떠한 사고로 벽이 부서졌다, 라는 느낌으로 위장해 둔 것이다.

뭐, 당연히 시트는 치울 거지만.

그곳에는 판자로 만든 얇은 벽이 세워져 있었다.

"잠깐 들고 있어."

걷어낸 시트를 건네받았다. 이어서 안젤이 판자를 옆으로 밀어내자, 사람이 지나갈 수 있을 정도의 구멍이 뻥 뚫려 있었다. 몸을 굽히면 통과할 수 있을 정도의 큰 구멍이었다.

"이 앞이지?"

"응."

두 사람은 망설임 없이 구멍 속을 빠져나갔다.

한참을 걸어간 곳에 열린 공간이 있었다.

과거 이곳을 거점으로 삼으려 했던 조직이 만든 공간이었다.

그때의 조직은 무너졌다. 이 공간도 없앨 예정이었지만, 기껏 만들어진 공간이었기 때문에 뭔가 유용하게 활용할 수 있지 않을까 하는 생각에서 남겨진 것이었다. 이런 곳이 꽤 있다.

어떤 경위로 이곳을 이용하게 되었는지는 모르겠지만.

결과적으로는 꽤 적절하게 이용되고 있는 셈이다.

──큰 방 안에는 커다란 나무 상자들로 가득했다.

밀수품이다.

"흐음, 내용물은 뭐야?"

"금속이었어. 무슨 부품 같아."

프레사가 조사한 내용은 여기까지다.

오전에 여기까지 조사하고 한 차례 물러난 것이다.

"부품?"

나무상자는 일정한 간격으로 깔끔하게 배치되어 있었다. 상당한 양이다. 아마 200개는 거뜬히 넘어 보였다. 내용물이 똑같은지 어떤지는 모르겠지만.

"저기."

구멍을 통해 나오자마자 바로 앞.

눈에 잘 띄지 않는, 아래에서 두 번째 나무 상자를 가리켰다.

프레사가 조사했을 때, 상자의 옆구리를 부숴서 내용물을 확인했다. 아직 들키지 않은 것 모양인지 부쉈을 때 상태 그대로였다.

안젤이 부서진 나무 상자의 내용물을 확인하고 팔짱을 꼈다.

"이건 단선 부품이잖아?"

"단선?"

그렇다면 1인용이나 2인용 소형 비행선인가.

"……이거, 밀수지?"

"그래, 틀림없는 밀수네."

지하의 어둠 속, 지도에 없는 장소에, 남의 눈에 띄지 않게 물자를 운반해 보관한다.

즉, 어떻게 생각해도 밀수다.

외국에서 불법적인 방식으로 들여와 이곳에 보관하는 것이다.

"굳이 단선 부품을 밀수하는 거야?"

문제는 물건이다.

밀수품이라고 하면 고급스럽거나 귀중한 물건, 혹은 국가가 수입을 금지하고 있는 위험물인 경우가 많았다. 법의 눈을 피해 위험을 무릅쓰고 밀수하는 만큼 그에 상응하는 가치가 없으면 수지가 맞지 않을 테니까.

하지만 밀수품은 단선의 부품이다.

딱히 희귀한 것도 아닌 것 같은데, 이걸로 돈을 벌 수 있다고?

"확증은 없어. 근데 아마 단선 부품이 맞을 거야. ……꽤 귀중한 물건 아닐까?"

"음…… 어쩔래? 갖고 돌아갈까?"

어떤 대단한 물건일까 두근거렸던 프레사도 실제 물건의 정체를 알고 실망을 금치 못했다. 고급품일지도 모르지만, 결국은 단선의 부품이다. 판매 가격은 뻔하다.

그리고 이 정도로 많다. 하나하나 꽤 무게가 나가기 때문에 둘이 운반하는 것조차 어려웠다. 이 노동력과 이익이 과연 맞아떨어질지 어떨지.

"밀수할 만한 이유가 있을 것 같은데. 금지된 물건이라거나, 아니면 신제품일 수도 있어. 단순한 부품이 아닐 가능성은 높겠지."

"으음."

밀수업자들이 유령 행세까지 하며 꾸준히 이곳으로 운반해 둔 것이다.

단선의 부품을.

대규모로 움직이면 감시의 눈을 피할 수 없을 테니까 분명 조금씩, 차근차근 진행해 왔을 것이다.

여기에 있는 이상 공식적으로는 거래할 수 없는 부품이다, 라는 예상은 가능했다.

하지만 정작 중요한 물건의 가치를 모르겠다. 정말 단선의 부품이라고 하면 그렇게까지 가치가 나갈 것 같지는 않은데.

"남자애들은 좋아하겠지만, 비행선이나 단선 같은 거. 하지만 난 전혀 모르겠어."

"내가 너보단 연상이지만 말이야."

안젤은 나무 상자를 하나 들어보고는, 다시 내려둔다.

"상당히 무겁고 부피도 커. 한 번에 세 개 정도밖에 못 옮기겠어."

그렇다면.

"그냥 빨리 끝내 버릴까?"

지금은 은밀하게 움직이는 중이다.

이 밀수 비즈니스와 관련된 사람들의 시선을 피해 잠입한 상태였다.

즉, 관계자 전원을 때려눕혀 버리면 이 비즈니스 전체가 손에 들어온다. 나머지는 사람을 고용하든지 뭐든지 하면 그만이다. 편하게 운반할 방법은 얼마든지 있으니까.

뒷세계란 그런 것이다.

틈을 보이면 빼앗기고, 강해야만 살아남는다. 그것이 싫다면

법을 지켜 공개적으로 장사하면 된다.

악은 더 큰 악에 삼켜지는 법이다.

"상대를 파악한 뒤에 움직이고 싶지만, 이미 시간이 없네."

나스틴에게 받은 조사 기간은 5일.

그리고 오늘이 5일째다.

보고하면 이 사업은 나스틴이 위에 보고할 것이고, 그쪽에서 대처할 것이다.

그렇게 되면 프레사와 안젤에게는 아무런 이득도 없다.

가장 이상적인 결과는, 조사 보수인 300만 크람을 받고, 거기에 더해 여기 있는 물건까지도 확보하는 것이었다.

가치는 알 수 없지만 이런 보물산에 도달했다. 이것을 보고 반대로 물러서는 뒷세계 주민은 거의 없지 않을까.

"위로 통하는 구멍은?"

"저기. 사다리가 있어."

"위의 상황을 보고 결정하자. 관계자는 몇 명인지, 싸울 수 있는 녀석이 있는지. 그런 부분을 확실히 확인한 뒤에——."

"——더 이상의 방해는 용납할 수 없다."

이상음.

안젤의 말을 가로막듯이 끼어든 소리에 두 사람은 즉각 반응했다.

말의 의미를 인식하기도 전에.

프레사와 안젤은 동시에 움직여 각각 다른 장소의 나무 상자 그늘로 숨었다. 쪼그려 앉아 주위의 상황을 살핀다.

소리…… 목소리의 출처는? 낮은 남자의 목소리였다. 하지만 사람의 기척은 없다. 이곳은 프레사와 안젤 외에는 없었으니까.

긴장감이 고조된다.

"──아까 그 쥐새끼인가."

이번에는 제대로 알아들을 수 있었다.

아까 그 쥐새끼.

프레사를 말하는 거겠지. 단독으로 조사에 들어갔을 때도 발견되었다는 뜻이다.

아마도──.

"마법사네."

"목소리는 천장에서 들려."

안젤의 목소리에 프레사도 대답한다. 약간 소리가 울려서 알기 어려웠지만, 확실히 위에서 들려왔다.

자신의 시야 밖, 먼 경치를 볼 수 있는 '원시'.

그리고 소리를 보내는 '송음', 뭐 그런 종류의 마법이겠지.

──현대에서 마법은 그리 일반적이지 않았다.

전란의 시대에는 서민들의 출세 방법의 하나이기도 했지만, 지금은 먼 과거의 일.

사람이라면 누구나 마력이 내재되어 있다.

하지만 마법을 사용할 수 있을지 어떨지는 별개의 문제였다. 역사 속으로 사라진 마법도 많고, 배우려면 많은 돈이 필요하다.

반대로 강력한 마법을 쓸 수 있다고 해도 그것을 어디서 어떻게 사용할 것인지도 문제였다.

마력이 쇠퇴하며 마법을 사용할 수 있는 자가 적어진 결과가 현대, 라는 설도 있었다.

게다가 나라적인 특성도 있었다.

알투아르의 마법 분야는 지속적인 쇠퇴일로를 걷고 있었다. 매직비전 보급에 난항을 겪는 것도 오래도록 마법이 가까이에 있지 않았기 때문이다.

귀왕국 하발헤임 쪽에서는 지금도 마법 교육이 활발하다고 하지만…….

──마법사는 성가시다.

마법을 모르는 사람에게 마법사는 뭐가 들어있을지 모르는 깜짝 상자와 똑같았다. 갑자기 불이 나기도 하고 얼음이 튀어나오기도 하고, 혹은 그 외의 것이 나올 수도 있다.

그것도 즉사급의 위험이 날아온다. 방심할 수 있을 리가 없다.

다시 본론으로 와서.

마법사에게 들킨 이상 프레사와 안젤은 움직일 수 없었다.

상대는 여기에 없다.

이렇게 되면 어디가 위험한지조차 알 수 없다. 마법사와 싸울 때는 어쨌든 본인을 처치하는 것이 가장 빠르고 확실했다. 섣불리 도망쳐봤자 뒤가 위험하다. 등으로 마법이 날아올 테니까.

숨죽이고 주위 상황을 살피는 데 집중하고 있는데.

"——얌전히 돌아가라. 지금이라면 봐주겠다."

이런 상황에서 경고라니, 참으로 상냥하기 이를 데 없다.

당연히 속고 속이며 살아온 뒷세계의 주민으로서는 이면을 생각할 수밖에 없다.

"간다."

"응."

경고. 침입자를 쫓아내기 위한 말.

말의 이면을 생각해 보면—— 상대는 지금 싸울 준비가 되어 있지 않으니, 지금은 싸우고 싶지 않다는 뜻이었다.

여기서 마법사에게 시간을 주어서는 안 된다.

얌전하게 물러난다면 이 보물 더미는 사라지고, 두 번 다시 볼 수 없을지도 모른다. 철수할 시간을 줘서는 안 된다.

"——어리석은 놈들."

프레사와 안젤은 물러서긴커녕 안으로 더 돌진했다.

그것을 감지한 마법사는 초조함 섞인 목소리로 그렇게 내뱉는다.

그 순간 몇 개의 나무 상자가 부서졌다.

나무 상자를 부수고 튀어나온 금속 조각—— 단선 부품이 두 사람을 향해 날아온다. 수는 100개 이상.

적잖이 무겁고 단단한 것이다. 맞으면 꽤 아프겠지. 게다가 수도 많았다.

"여긴 맡길게!"

프레사는 안젤에게 이곳을 맡기기로 했다.

우르르 다가오는 금속 조각을 피하면서도 프레사는 걸음을 멈추지 않았다.

여기서 멈추는 것은 악수였다. 표적이 될 뿐이다. 그렇다면 한쪽이 미끼가 되어서 다른 한쪽을 자유롭게 움직이게 하는 편이 생존 확률은 더 높았다. 그리고 프레사는 표적이 되는 것은 싫었다. 위험한 순간에는 능동적으로 움직이고 싶었으니까. 가만히 버티고 서 있는 것은 성에 차지 않는다.

"어이! 나중에 두고 보자!"

그리고 안젤도 대체로 비슷한 생각을 하고 있었다.

보내는 것은 발이 빠른 프레사가 낫다. 이 상황이라면 미끼는 자신이다. 그쪽이 생존 확률은 더 높다고.

하지만 납득했다는 뜻은 아니었다.

단둘이 와서 일방적으로 위험을 떠안았는데 조용히 넘어갈 리가 없다.

"바카냐 10년짜리!"

"다섯 병!"

"세 병!"

"네 병!"

"알았어!"

결론이 나왔다.

비싸게 먹히겠구나 생각하면서 프레사는 사다리를 뛰어올랐다.

고급 술 네 병으로 거래를 끝낸 안젤을 남겨두고.

──생각보다 편하다. 그것이 안젤의 솔직한 소감이었다.

쉴 새 없이 금속 조각이 날아오긴 하지만 별로 큰 위협이 되지는 않았다.

'기'를 배운 덕분인지 상당히 느리게 느껴졌다.

실제로는 그렇게 느리지도 않고, 제대로 맞으면 **뼈** 정도는 부서지겠지만.

그러나 피하기도 쉬웠고 손바닥으로 받아서 쳐낼 수도 있었다.

섣불리 피하다가 금속 조각…… 단선의 부품이 부서지는 것은 아까웠다. 부서지지만 않으면 팔 수 있을 테니까.

빠르게 움직이는 프레사보다 발을 멈춘 안젤을 노리기가 더 쉽다고 생각했는지, 금속 조각이 이쪽으로 집중되었다.

뭐, 미끼 역할을 잘 해내고 있다고 봐야겠지.

──이 마법사, 별로 싸움에 익숙하지 않다.

이렇게까지 노골적인 미끼에 걸려들 정도라면, 프레사의 일도 빠르게 끝날 것이다.

"──우습게 보지 마라!"

가볍게 상대하는 느낌이 거슬렸는지, 마법사가 화를 내기 시작했다.

"뭐? ……잠깐, 잠깐. 진짜야?"

금속 조각이 하나둘 모여들기 시작했다.

가만히 지켜보자 그것들은 서서히 형태를 이뤄가더니── 완성되었다.

단선이.

자동 조립식. 그런 말이 뇌리를 스쳤다.

눈앞에서 단선이 여러 개 조립되어 가는 모습을 보고── 안젤은 납득했다.

"그래서 밀수한 건가."

낱개로 보관할 수 있고 자동으로 조립할 수 있는 단선.

이건 제법 팔리겠다. 안젤도 좀 갖고 싶었다. 딱히 쓸 데는 없었지만.

좀 열받지만 프레사의 말이 맞았다.

남자는 아마 아무리 나이를 먹어도 이런 것을 좋아하지 않을까.

단선이 안젤을 향해 날아왔다.

크고 무겁다. 맞으면 치명상을 입을 것이다.

어디까지나 맞았을 때의 이야기지만.

"조심히 좀 다루라고!"

적이었지만 나도 모르게 그런 말이 나왔다.

가능하면 벽이나 바닥, 혹은 배끼리 부딪치지 않게 조종해 주길 바라는 마음이었다. 고장은 물론이고 흠집이 나는 것조차 피하고 싶었다.

꽤 긴 사다리를 타고 올라가 금속으로 된 해치를 박차고 안으로 뛰어들었다.

"──침입자다!"

그곳은 어두컴컴한 건물 안이었다.

나무 막대 등 각자의 무기를 든 5명 정도의 덩치 큰 남자들이 기다리고 있었다.

뭐, 이 정도라면 문제없다.

상대의 정체는 모르겠지만 실력은 흔하게 보이는 불량배 수준이다. 이전의 프레사 실력으로도 문제없이 이길 수 있었지만, '기'를 습득한 지금은 힘 조절까지 가능했다.

물 흐르듯이 빠르게 때려눕힌 뒤 주위를 둘러보았다.

"······창고인가?"

상당한 넓이의 공간에 난잡하게 어질러진 공구나 잡동사니들. 가구 등은 없는 걸 보면 집은 아닌 것 같다.

지하 하수도 10구는 꽤 부유한 주택가 바로 아래에 자리하고 있었다. 그러니 주택가 중 한 곳은 맞는 것 같은데.

아니, 고찰은 됐다.

의외로 끈질긴 안젤이니 당분간은 괜찮겠지만, 얼른 마법사를 처치하지 않으면 나중에 잔소리를 심하게 들을 것이다.

대놓고 습격한 이상 프레사와 안젤의 침입은 이미 발각되었다.

그렇다면 더 이상 지체할 틈은 없다.

강하게 밀고나갈 때였다.

밀수 규모나 조용히 몰래 움직이는 방식으로 미루어 봤을 때 사람은 많이 없을 것이다. 적어도 이곳에는.

어디론가 연결된 문을 열자 그곳은 밖이었다. 큰 단독주택의 정원이었다. 외벽이 있어 바깥과는 격리되어 있었다.

냄새나는 지하에서 어둑어둑한 창고를 지나, 그리고 아직 이른 저녁의 밖으로 나왔다.

정원은 어질러져 있지 않았다. 깡패들의 집합소라는 느낌은 나지 않는다.

집주인이 배후인가?

아니, 그런 의문도 지금은 중요하지 않겠지.

주위에 사람이 없는 것을 확인한 프레사는 재빨리 집 쪽으로 향했다.

아직 밖으로, 벽 너머로는 소란이 퍼지지 않았으니 가능하다면 부지 안에서 모든 일을 해결하고 싶었다. 특히나 헌병에게 들키면 최악이다. 법에 따라 모든 것을 다 빼앗길 것이다.

당당하게 현관문을 열자―― 그 순간, 눈앞이 새빨갛게 물들었다.

"아, 안 돼."

불이다. 붉게 타오르는 불길이 바로 눈앞으로 다가오고 있었다.

마법사가 날린 '화구'였다. 기습이나 불시의 공격은 예상했다. 이것도 예상은 했지만…… 예상외였던 것은, 그 크기다.

크다. 틈을 비집고 안으로 파고들 틈이 없을 정도로.

그리고―― 이것은 피할 수 없다.

아마도 폭발하는 불이겠지.

프레사가 피하면 주택지 한복판에서 폭발해 불바다가 펼쳐질 것이다. 거기까지는 그나마 낫다. 하지만 그런 화려한 사고가 일어나면 프레사가 무슨 짓을 하려고 했는지가 드러난다. 만천하에 드러나고 말 것이다.

변명은 떠올랐지만—— 나스틴이 이 사건을 빌미로 보수를 깎을 미래는 쉽게 상상이 갔다. 최악으로는 무보수가 될지도 모른다. 당연히 지하의 짐도 얻을 수 없다.

그래서, 피할 수 없었다.

당연하지만 맞을 수도 없었다. 맞으면 숯이 될 것이다.

——순식간에 거기까지 생각한 프레사는 각오를 마쳤다.

재빨리 벨트를 뽑아 몰래 숨겨둔 암기인 채찍을 들었다.

훈련은 하고 있지만 아직 한 번도 성공하지 못했다. 손에 감각은 있다. 조금씩 그럴듯해지고 있다. 그러나 성공하지는 못했다.

하지만 한다면 지금, 이때밖에 없었다.

——'기권 · 타열'.

니아에게 '무기를 사용한 기술은 없느냐?'라고 물었을 때 배운 것이었다.

습득 난이도에는 차이가 있었지만, 타격 무기라면 무엇에도 사용할 수 있는 기술이었다. 표면 파괴를 목적으로 한 기술로, 말하자면 무기를 사용한 '기권 · 굉뢰'. 간돌프가 미친듯이 훈련하고 있는 그것과 비슷한 것을 할 수 있는 셈이었다.

그리고 니아는 보여주었다.

가장 타격 무기 같지 않은 채찍으로도 할 수 있는가, 프레사가 그렇게 묻자—— 눈앞에서 직접 시연해 주었다.

평범한 가죽 벨트 같은 채찍으로 돌을 쪼개고 병을 부수고—— 공기를 파괴했다.

아무것도 닿지 않았는데도 강력한 파열음을 울리며…… 공기를 때렸던 그 기술.

그것이라면 물질이 아닌 불도 파괴할 수 있을 것이다.

니아는 말했다.

채찍의 타격은 끝부분, 휘둘렀다가 당겼을 때의 반동—— 이 한 지점에 힘과 속도를 넣어야 한다고.

'타열'.

아직 한 번도 성공하지 못했지만, 분명 성공은 코앞이었다.

그렇다면 여기서 성공시킨다.

절박한 상황에 강해지는 자신의 가능성을 믿는다.

"후우——."

'기'를 담아 날카롭게 숨을 내쉬고, 위쪽에 자리 잡은 채찍을 휘두르며—— 다가오는 '화구'에 닿는 순간, 온 힘을 다해 채찍을 당겼다.

펑!

이 소리다! 니아가 보여준 그때 그 소리……라고 생각했는데.

"아얏! 뜨거워!"

사방팔방으로 튕겨 나간 불꽃에 맞아 반사적으로 땅을 굴렀다.

'화구'를 파괴하는 것에는 성공했지만, 깨끗하게 없애버리지는 못했다. 조금 흩날리고 말았다.

하지만 폭발보다는 훨씬 나았다. 살짝 닿은 것뿐이라 화상도 입지 않았다. 현관 주변에는 조금 탄 곳도 있지만 다행히 불이 날 정도의 피해도 발생하지 않았다.

"무슨…… 젠장할!"

남자의 목소리에 프레사는 정신을 차렸다.

위기 회피, 첫 '타열'의 성공.

여러 가지 감정이 소용돌이쳤지만—— 어쨌든 지금은 마법사의 확보가 먼저였다.

"——오지 마!"

불에 그을린 현관 안쪽에 마법사가 있었다.

검은색 로브 차림의 전형적인 마법사도 아니었다. 어디에나 있을 법한 일반인, 아무런 특징이 없는 또래의 청년이었다.

복도 끝에서 불을 날렸던 마법사는 '화구'를 지나쳐 온 프레사에게 그렇게 소리치더니 더욱 안쪽으로 발을 옮겼다.

당연히 쫓지 않는다는 선택지는 없다.

오히려 도망치게 놔둘 순 없었다.

주위의 기척을 살피면서 조심스럽게, 그러나 서둘러서 뒤를 쫓으려는—— 그때.

쿠웅. 복도의 옆에서 닫힌 문이 힘차게 날아왔다. 프레사가 지나가려던 순간. 분명히 노린 공격이었다.

"──이런."

이미 예상했다.

바로 직전 '화구'까지 본 상황이라 더욱 경계하고 있었다.

노골적으로 도망쳐서, 쫓게 만들고, 그 중간에 트랩을 둔다. 흔한 수법이다.

"어? 혹시 일반인?"

조금도 상처 입지 않고 회피한 프레사가 문짝이 날아간 방안을 들여다보는데, 지팡이를 든 여자가 서 있었다.

동갑이거나 조금 연하. 안색이 좋지 않다. 겨눈 지팡이 끝이 떨리고 있다. 누가 봐도 험한 일에 익숙하지 않고, 전투에도 익숙하지 않다는 느낌이었다.

마법사는 두 명 있었던 모양이다.

"할래? 때려도 돼?"

일단 물어는 봤다.

의욕을 보였다면 주저하지 않고 때려눕혔겠지만, 그녀는 확실히 겁에 질려 있었다.

"……아, 안 할래!"

여자는 격렬하게 고개를 좌우로 흔들었다.

"그래? 그럼 그대로 움직이지 마. 방에서 나오면 다쳐."

경고를 전해 두고 다시 안쪽으로 사라진 남자를 쫓았다.

──마법사가 두 명.

전력만으로 보면 나쁘지 않지만, 어느 쪽도 험한 일에 익숙하지 않다고 할까, 실전 경험이 부족한 것 같았다.

뭐, 됐어.

이쯤 되면 그것도 더는 중요하지 않았다.

"끝났나?"

그 후, 별 저항 없이 안쪽으로 사라진 마법사를 따라잡아 때려눕히고 포획. 그 녀석을 잡아끌고 몸을 떨며 기다리고 있던 여자까지 데리고 창고로 돌아왔다.

또 방금 피했던 불은 그을린 자국만 남기고 꺼졌다. 불이 붙으면 위험했을 텐데 다행이다.

창고에는 담배를 입에 문 안젤이 있었다.

프레사가 마법사와 접촉했을 때 아래에서의 공격도 멈춘 거겠지. 그래서 바로 쫓아온 것이고.

"이 녀석이랑 이 여자가 마법사. 이걸로 전부야."

물론 집에 없는 동료도 있을 수 있겠지만. 특히 외국에서 밀수하는 경우라면 동료는 외국에 있을 가능성이 높았다.

배경은 모르겠다. 얼마나 큰 조직인지, 권력자가 연루되어 있는지도 알 수 없다.

하지만 그 정도까지 알 필요는 없을지도 모른다.

"너희들 책임자가 누구야?"

안젤이 떨고 있는 여자에게 묻자, 그녀는 프레사가 끌고 온 남자를 보았다.

"이 녀석인가. 이봐, 이 녀석이 마법사인가?"

프레사는 "맞아" 하고 고개를 끄덕이고 겁에 질린 여자를 보았다.

"그렇게 무서워할 필요 없어. 우린 그저 거래를 하고 싶을 뿐이니까."

"거, 거래요?"

"맞아. 우리의 목적은 돈, 즉 지하의 짐 전부다. 넘겨준다면 너희들은 모두 봐줄 수도 있어. 이 이상은 아무것도 하지 않고, 아무것도 묻지 않겠어."

──프레사와 안젤 입장에서도 그들을 끼고 있어 봐야 아무 이득이 없었다.

그들의 목숨을 가져가도 돈이 되지 않는다. 뒤로 이어진 패거리에게 넘긴다 해도 돈 몇 푼밖에 안 될 것이고, 푼돈은커녕 통째로 빼앗길 가능성마저 있었다.

외국 조직과 트러블을 일으키는 것도 귀찮고, 이 이상 관여하는 것도 귀찮다.

알투아르의 암흑 세계를 원한다면 침략하면 그만이다. 그때는 프레사와 안젤이 끼어들 틈도 없이 알투아르의 어둠이 상대해 줄 것이다.

"말해 두겠는데 이 정도는 가벼운 거야. 어느 정도의 돈으로 모든 게 해결한다면 완전 싸게 먹히는 거지. 밀수는 실패, 목격자 제거도 실패, 이 나라의 법에도 위반되고, 마피아에게 걸리면 모두 즉살. 이번만큼은 너희들 조직에 대해서도 묻지 않을게. 여기 있는 것들을 모두 버리고 너희 나라로 돌아간다면, 전부 봐줄 수 있어."

그렇다기보단 사실 그렇게 해 주는 것이 가장 좋았다.

뒤처리 깔끔하고, 돈이 되는 물건까지 손에 넣을 수 있으니까. 그리고 프레사와 안젤에게도 제일 이득이 되는 형태였다.

"뭐, 겨우 삼류 악당인 우리 두 명에게 무너질 정도의 밀수 사업이니까. 여기서 망하지 않았더라도 성공하진 못했겠지만."

◆

"──수고했어."

조사 닷새째 밤.

안젤의 술집으로 온 나스틴에게 지도를 돌려주고 프레사는 지하 하수도 조사 보고를 마쳤다.

이번에도 별다른 보고는 없었기에 다른 손님이 있어도 말할 수 있는 내용이었다.

유일하게 있었다면 '제10구의 벽이 부서져 있었다'라는 것뿐.

"벽 붕괴인가. 또?"

"특별히 찾지는 못했어. 날이 추워서 노숙자도 적었고."

"알았어. 돈은 다음에 주지."

간단한 대화를 마치고 프레사는 일로 복귀했다.

──밀수품은 이미 운반이 끝났고, 마법사들은 지금쯤 비행선을 타고 해외의 하늘을 날고 있을 것이다. 이름도 모르고 조직도 모른다. 심지어 어느 나라 사람인지도 듣지 못했다.

　이거면 됐다.

　귀찮은 일에는 엮이고 싶지 않고, 깊이 파고들 이유도 없다. 목적은 어디까지나 돈이다.

　남은 일은 상황이 안정되면 물건을 처분하기만 하면 된다.

　가치는 모르지만 기대는 하고 있다.

　누가 뭐래도 자동으로 조립되는 최신형 단선이었다. 지금까지 들어본 적도 없는 기술이다. 분명 비싸게 팔리겠지.

　──이것으로, 원정에 나가지 못했던 만큼 보충할 수 있을 것이다.

　지금은 이걸로 충분하다.

　'기'를 좀 더 연마한다면 머지않아 대형 마수도 사냥할 수 있게 될 것이다.

　실제로 니아가 그렇게 하고 있으니까.

후기

피규어라는 늪에 가벼운 마음으로 손을 댄 것을 조금 후회하고 있습니다.

안녕하세요, 미나미노 우미카제입니다.

2024년 2월 말, 이 후기를 쓰고 있습니다.

5권이요. 5권이라고 하면 그거죠…… 좀 더 쓰고 싶지만, 이번에는 후기의 여백이 거의 없으니 감사 인사와 보고만 드리겠습니다.

일러스트 담당 카타나 선생님, 멋진 일러스트 감사합니다.

이번에도 표지 일러스트가 좋았습니다. 어린 소녀를 좋아하는 남녀노소가 '오오' 하고 놀라며 멈춰 설 모습이 눈에 선합니다.

만화 담당 코다이 선생님, 늘 재미있는 만화를 그려주셔서 감사합니다. 코믹스 3권이 나왔습니다. 리노키스→리노의 메이크업 변화가 굉장합니다. 수많은 볼거리 중 하나라고 생각합니다. 아직 못본 사람은 꼭 확인해 보세요!

담당 편집자님 S씨, 이번에도 많은 신세를 졌습니다.

이번 권, 사실 번외로 새로 쓴 내용이 꽤 많습니다. 본편 페이지가 부족했던 탓입니다. 부족하다는 건 무서운 일이죠. 저도 좀 무서웠습니다. 못 쓰면 어쩌나 걱정했는데, 생각보다 술술 잘 써져서 다행입니다. 서로 위험했네요.

S씨 및 관계자 여러분, 감사합니다.

마지막으로 독자 여러분.

5권까지 이어질 수 있었던 것은 여러분 덕분입니다.

앞서 쓴 대로 이번에는 새로 쓴 내용이 꽤 많습니다. 어딘가에서 캐릭터의 깊이감을 더해 주고 싶었는데, 작가로서는 만족스럽습니다. 즐겁게 읽어주셨다면 더 기쁘겠습니다.

감사하게도 6권도 나올 것 같습니다. 6권입니다. 6권이라고 하면 그거죠……라는 이야기를 다음 권에서는 제대로 쓸 수 있다면 좋겠습니다.

그럼, 또 6권에서 뵙겠습니다!

Kyoran Reijyou Nia Liston 5
Byojyaku Reijyou ni Tenseishita Kamigoroshi no Bujin no Kareinaru Musouroku
©Umikaze Minamino
Originally published in Japan in 2024 by HOBBY JAPAN CO., Ltd.
Korean translation rights ©2024 by Somy Media, Inc.

흉란영애 니아 리스톤 5

2024년 11월 15일 1판 1쇄 발행

저 자	미나미노 우미카제
일 러 스 트	카타나 카나타
캐릭터디자인	지샤쿠
옮 긴 이	이소정
발 행 인	유재옥
부 사 장	이왕호
이 사	조병권
출판본부장	박광운
편 집 2 팀	정영길 박치우 정지원 조찬희
편 집 3 팀	오준영 권진영 이소의
디자인랩팀	김보라 차유진
디지털사업팀	박상섭 김지연 윤희진
라이츠사업팀	김정미 맹미영 이윤서
영업마케팅팀	최원석 이다은
물 류 팀	허석용 백철기
경영지원팀	최정연
인쇄제작처	㈜코리아피엔피
발 행 처	㈜소미미디어
등 록	제2015-000008호
주 소	서울시 마포구 토정로222, 502호 (신수동, 한국출판콘텐츠센터)
판매 및 마케팅	(070) 8822-2301

ISBN 979-11-384-8488-6
ISBN 979-11-384-8008-6 (세트)